비뚤어진집

비뚤어진 집
2005년 3월 25일 초판 1쇄 발행

지은이 애거서 크리스티
옮긴이 정성희
펴낸이 이경선
펴낸곳 해문출판사

등록 1978년 1월 28일 제3-82호
주소 서울시 강남구 논현로87길 41, 607(역삼동, 신일유토빌)
전화 325-4721
팩스 325-4725

값 10,000원

ISBN 978-89-382-0121-8 04800
ISBN 978-89-382-0100-3 (세트)
※잘못 만들어진 책은 구입한 곳에서 바꾸어 드립니다.

국립중앙도서관 출판시도서목록(CIP)

비뚤어진 집 / 애거서 크리스티 지음 ; 정성희 옮김.ㅡ서울:해문출판사, 2005 p.; cm.ㅡ(애거서 크리스티 추리문학 베스트 ;21)
ISBN 89-382-0121-X 04800 : ₩10000 ISBN 89-382-0100-7(세트)
843-KDC4 823.912-DDC21   CIP2005000523

AGATHA CHRISTIE

비뚤어진집

애거서 크리스티 / 정성희 옮김

해문출판사

CROOKED HOUSE

Copyright ⓒ 1975 Agatha Christie Ltd.

Korean translation edition is published by arrangement with
Agatha Christie Ltd., a Chorion group company.

이 책은 Agatha Christie Ltd., a Chorion group company와
적법한 계약을 통해 출간되었습니다.
저작권법에 의해 한국 내에서 보호를 받는 저작물이므로
무단 전재와 무단 복제를 금합니다.

Crooked House

서두에

이 책은 내가 특히 좋아하는 작품 중 하나다.
여러 해에 걸쳐 스토리를 구상하는 동안 다시 생각하고, 고치고 하면서 나 자신에게 이렇게 말했다.
「어느 날, 시간도 많고 또 나 자신이 즐기고 싶을 때—써 보자!」
내 소설 중 다섯 편을 정말로 재미있는 작품이라고 감히 말하고 싶다. 「비뚤어진 집」이 바로 그런 소설이다.
책을 읽는 사람들은 작가가 그 책을 얼마나 힘들게 썼는지, 아니면 즐거운 마음에서 썼는지 알 수가 없을 거라고 가끔 생각해 본다.
어떤 분이 내게 여러 번 이런 말을 한 적이 있다. 「그런 작품들을 쓴다는 것은 무척 재미있을 것 같아요!」
책에 관한 한 이 이야기는 독자들 생각처럼 결코 그렇지 않다고 말해야겠다. 등장인물들은 자연스럽지 못하고, 구성은 불필요하게 복잡하고, 대화체는 딱딱해진다—아니, 독자들 보기에 그런 건가?
아무튼 작가는 자신의 작품에 대해 올바른 판단을 내릴 수 없다. 그럼에도 불구하고 실제로 모든 사람들이 이 「비뚤어진 집」을 좋아한다. 그래서 이 작품이 내 걸작 중 하나라는 생각을 확고히 하고 있다.
내가 레오니데스 가족에 대한 생각을 어떻게 하게 됐는지 모르겠다—그냥 생각난 것이다. 그래서 마치 롭시처럼 그 생각이 '자라난' 것이다. 난 단지 그들의 대변자일 뿐이라는 생각이 든다.

애거서 크리스티

제1장

　나는 전쟁이 끝날 무렵 이집트에서 소피아 레오니데스를 처음 알게 되었다. 그녀는 그곳에 상주하는 외무성 파견 기관의 상당한 고위직에 있었다. 처음 나는 그녀를 공적인 업무로 만나게 되었는데, 곧 그녀가 꽤 유능하다는 것을 알게 되었다. 그렇기 때문에 젊은 나이에도 불구하고(당시 그녀는 겨우 스물두 살이었다) 그런 고위직에 오를 수 있었던 것이다.
　그녀는 보는 이의 마음을 지극히 편안하게 해 주는 용모를 가졌을 뿐만 아니라 마음 또한 솔직 담백하고 꾸밈없는 유머 감각도 있었다. 나는 그녀의 그런 점들이 매우 마음에 들었고 그래서 우리는 친구가 되었다. 그녀는 전혀 부담이 느껴지지 않는 대화 상대였다. 우리는 함께 저녁식사를 즐기기도 했고 가끔 춤을 추러 가기도 했다. 이것이 내가 아는 전부였다. 그러나 유럽 전쟁이 끝나고 내가 동양으로 전근 명령을 받았을 때 무언가 다른 느낌, 즉 소피아를 사랑하고 있으며 그녀와 결혼하고 싶다는 생각을 하고 있음을 깨달았다.
　내가 그것을 깨달은 것은 셰퍼드에 있는 식당에서 저녁식사를 하고 있을 때였다. 놀라움은 없었고, 아주 오랫동안 익숙해 있던 생각을 새삼스레 인식하게 된 것 같은 느낌이었다. 나는 새로운 시선으로 그녀를 바라보았다. 하지만 눈에 보인 것은 이미 오랫동안 내가 알아온 바로 그 모습이었다. 내 눈에 보이는 그녀의 모든 것이 좋았다.
　이마로 시원스럽게 물결치며 흘러내린 검은 머릿결하며 반짝이는 푸른 눈, 약간 각이 져서 도전적으로 보이는 턱, 오뚝한 콧날, 그녀가 입고 있는 디자인이 잘된 연회색의 정장 등, 그리고 흰색의 빳빳한 셔츠도 좋아 보였다. 그녀는 신선한 영국 여인의 분위기를 풍겼으며,

그것은 3년 동안 고향을 떠나 있던 나에게 강렬한 인상을 주었다.

나는 그 누구도 그녀보다 더 영국인다울 수는 없다고 생각했다. 그리고 그런 생각을 하는 바로 그때 갑자기 그녀가 정말로 겉보기처럼 내부도 그렇게 영국인다울까 하는 생각이 들었다. 사실, 무대에서 보여지는 것처럼 실제로 그렇게 완전함을 보이는 경우가 과연 있는가?

나는 그녀와 함께 서로의 이상을 논하고, 싫어하는 것과 좋아하는 것, 자신의 미래, 그리고 가까운 친구와 지인(知人)들에 대해 이야기하면서 소피아가 자신의 가정이나 가족에 대해 한번도 언급한 적이 없다는 것을 깨달았다. 그녀는 나에 대해서 모든 것을 알고 있지만 (앞에서도 지적했다시피 그녀는 남의 말을 아주 잘 들어 주는 사람이었다) 내가 그녀에 대해 아는 것은 아무것도 없었다. 나는 그녀도 아무 흠잡을 데 없는 배경을 갖고 있을 것이라 추측했지만 그런 얘기를 하지는 않았다. 그리고 바로 이 순간까지도 나는 그 점을 의식하지 못하고 있었다.

소피아는 무슨 생각을 하느냐고 내게 물었다.

나는, 「당신에 대해서.」라고 솔직하게 대답했다.

「그랬군요.」라고 그녀는 말했다.

그녀의 목소리는 그럴 줄 알았다는 듯한 목소리였다.

「우린 한 2년 동안 만나지 못하게 될 거요. 언제 영국에 돌아오게 될지는 모르겠지만 돌아오는 대로 당신에게 결혼을 신청하겠소.」

그녀는 눈도 깜박이지 않고 내 얘기를 들었다. 담배를 피우며 앉아서, 나는 바라보지도 않은 채. 그렇게 1~2분이 흐르자 나는 그녀가 내 말을 이해하지 못한 것이 아닐까 초조했다.

「들어 봐요. 지금 당장 결혼하자는 건 아니오. 그건 현실적이지 않아요. 첫째 당신이 거절할지도 모르고, 그렇게 되면 나는 비참한 심정이 될 것이고, 그 공허감을 메우려고 어떤 끔찍한 여자에게 매달리게 될 테니까 말이오. 그리고 설사 당신이 거절하지 않는다 해도 지금 당장 어쩌겠소? 결혼하고 금방 떨어진다고? 약혼만 하고 오랜 시간을 서로 기다림 속에서 지낸다고? 오, 당신을 그렇게 만들 수는 없소. 당신이 누군가 다른 사람을 만나게 될지도 모르는데, 그러면 나와 약혼한 사실이 구속으로 느껴질 거요. 우리는 모든 것이 열에 들뜬 듯 순식간에 이뤄지는 서류 속에서 살고 있소. 금방 사랑에 빠져 결혼했다가 또 금방 파경에 이르는 사람들이 우리 주위에 숱하게 많아요. 난 당신이 부담감 없이 자유로운 몸으로 고향에 돌아가 전쟁 이후 세상이 어떻게 변했는지도 나름대로 가늠해 보고 그때 마음을 결정해 주었으면 하오. 당신과 나 사이의 감정은, 소피아, 영원한 것이어야 하오. 영원하지 않은 결혼은 내게 아무 소용이 없소.」

「저 역시도 그래요.」 소피아가 말했다.

「다른 한편으로는, 난 내가 어떻게, 음, 어떻게 느끼는지를 당신에게 알릴 자격이 있다고 생각하오.」

「하지만 낭만적인 말 한 마디 없어요?」

소피아가 중얼거리듯 말했다.

「소피아, 내 말을 이해 못하겠소? 난 사랑한단 말을 하지 않으려고 애써 왔소…….」

그녀가 내 말을 가로막았다.

「알아요, 찰스, 그리고 당신의 그런 신중한 태도가 전 좋아요. 고향에 돌아오시면, 다시 절 보러 오실 수도 있겠지요. 그때까지도 절 원한다면…….」

이번에는 내가 그녀의 말을 가로막았다.

「그 점에 대해선 의심할 것 없어요.」

「어떤 일에든지 다 의심할 점은 있어요, 찰스. 예상치 못했던 일이 계획을 완전히 뒤엎어 버리는 경우가 늘 있다고요. 예를 들어, 당신은 저에 대해 많이 알지도 못하잖아요?」

「당신이 영국 어디에서 살았는지조차 모르지.」

「전 스윈리 딘에서 살고 있어요..」

난 익히 알고 있는 곳이라 고개를 끄덕였다. 그곳은 시티(런던의 금융·상업 중심지)의 자본가들을 위한 훌륭한 골프장이 세 군데나 있기로 유명한 런던 외곽 도시였다.

그녀는 생각에 잠긴 듯 부드러운 목소리로 이렇게 덧붙였다.

「작고 비뚤어진 집에서요……」

그때 나는 약간 놀랐던 게 분명하다. 왜냐하면 그녀가 놀라는 내 표정을 보고, 재미있다는 듯 애써 설명했기 때문이다.

「식구들 모두 그 작고 비뚤어진 집에서 살고 있어요. 우리 가족은 그래요. 사실은 그렇게 비뚤어진 집도 아니에요. 하지만 분명히 비뚤어지긴 비뚤어졌죠. 박공(牔栱;팔(八)자 모양의 지붕)은 비뚤어지고, 대들보도 한 옆으로 쏠리고 했으니!」

「당신 집안은 대가족이요? 형제자매들이 많소?」

「남동생 하나, 여동생 하나, 아버지, 어머니, 큰아버지, 큰어머니, 할아버지와 이모할머니, 그리고 새 할머니가 계시지요.」

「놀랍군!」 나는 약간 압도당한 기분으로 외쳤다.

그녀는 웃었다.

「물론 원래부터 함께 모여 살았던 건 아니에요. 전쟁도 일어났고, 독일군의 폭격도 있고 해서 그런 거니까요—하지만 모르겠어요.」

—그녀는 뭔가 기억해 내려는 듯 얼굴을 찌푸렸다.

「아마 우린 정신적으로는 늘 함께 살고 있는 거 같아요……. 할아버지의 시선과 보호 하에서 말이죠. 그분은 한 사람 이상의 몫을 하시는 분이지요. 우리 할아버지 말이에요. 팔십이 넘으셨고, 키는 작지만 누구라도 그분 옆에 서면 다 작아 보여요.」

「재미있는 분이신 것 같군.」 내가 말했다.

「재미있는 분이시죠. 터키 스미르나 출신의 그리스 인이세요. 성함은 애리스티드 레오니데스예요.」

그녀는 눈을 반짝이며 이렇게 덧붙였다. 「큰 부자시죠.」

「전쟁이 끝난 뒤에도 그전의 부(富)를 계속 유지할 사람이 있을까?」

「우리 할아버지는 그런 분일 거예요.」
소피아는 자신 있게 말했다.
「부를 축내려는 어떤 책략도 그분께는 아무 영향을 끼치지 못할 거예요. 그분은 자기 재산을 축내려는 사람을 오히려 더 빨아들이실 거예요. 찰스, 당신이 우리 할아버지를 좋아할 수 있을지 모르겠군요.」 그녀가 말했다.
「당신은 어떻소?」
나는 대답 대신 그렇게 물었다.
「세상 어떤 사람보다도 좋아하죠.」라고 소피아는 말했다.

제2장

내가 영국으로 되돌아오기까지는 2년 이상 걸렸다. 그 2년은 결코 편치 않은 세월이었다. 나는 소피아에게 편지를 썼고, 그녀의 답장도 꽤 자주 받았다. 내 편지와 마찬가지로 그녀의 편지도 연애편지는 아니었다. 이념과 사상과 시류(時流)에 대한 논평이 담긴, 가까운 친구 간의 편지였다. 하지만 내가 소피아에게 관심이 있는 만큼 그녀도 내게 관심이 있다는 믿음이 있었다. 그래서 서로에 대한 우리의 감정은 날로 깊어져 갔고 또 강해졌다.

나는 9월의 흐린 어느 날 영국으로 돌아왔다. 거리의 나뭇잎들은 저녁의 불빛 속에서 황금빛으로 빛나 보였고, 바람은 희롱하듯 불고 있었다. 나는 비행장에서 소피아에게 전보를 쳤다.

> 방금 도착했소. 오늘밤 9시 마리오 식당에서 말이오. 식당에서 저녁을 함께 했으면 하오.
>
> 찰스

두 시간쯤 뒤 나는 타임스 지(紙)를 읽으며 앉아 있었다. 출생, 결혼, 사망을 알리는 난을 훑어보다가 레오니데스란 이름에 내 시선이 고정되었다.

> 9월 9일, 스윈리 딘의 스리 게이블스 저택에서 애리스티드 레오니데스 사망. 향년 87세.
>
> ―미망인 브렌다 레오니데스

그 난 바로 아래 또 하나의 광고가 실려 있었다.

레오니데스— 애리스티드 레오니데스가 스윈리 딘의 스리 게이블스 자택에서 급서(急逝)함. 조화(弔花)는 스윈리 딘의 세인트 엘드리드 교회로 보내 주시기 바람.
—아들 및 손자 일동

나는 이 두 개의 부고 광고에서 뭔가 이상함을 느꼈다. 장례를 집행하는 사람들 사이에 착오가 있어 광고가 중복된 것으로 보였기 때문이다. 하지만 나의 가장 큰 관심사는 소피아였다. 나는 급히 그녀에게 두 번째 전보를 쳤다.

할아버지의 사망 소식을 방금 신문에서 보았소. 매우 유감이오. 언제 당신을 만날 수 있을지 알려 주시오.
—찰스

6시쯤 소피아의 전보가 내 아버지 집으로 배달되었다.

9시에 마리오 식당으로 가겠어요.
—소피아

소피아를 다시 만난다는 생각이 나를 초조하게 했고 들뜨게 만들었다. 시간이 너무 느리게 가서 나는 거의 미치는 듯했다. 결국 20분이나 빨리 마리오 식당으로 갔다. 소피아도 내가 도착한 지 겨우 5분 뒤에 나타났다.
오랫동안 만나지 못했지만 마음 속에 늘 생생하게 살아 있는 사람을 만난다는 것은 사실 하나의 충격이었다. 마침내 소피아가 회전문을 열고 나타났을 때, 나는 우리의 만남이 현실로 느껴지질 않았다.

그녀는 검은 옷을 입고 있었는데, 그 야릇한 분위기가 나를 놀라게 했다. 그곳에 있는 다른 여자들도 대부분 검은 옷을 입고 있었지만, 그녀에게는 정말로 애도의 분위기가 느껴진다는 생각이 들었다. 아무리 가까운 친척의 죽음이지만 소피아가 상복을 입어야 하는 사람이 되었다는 것이 나를 놀라게 했다.

우리는 예약된 좌석에 앉아 칵테일을 마셨다. 카이로 시절의 옛 친구들에 대한 안부를 물으면서 우리는 빠르게, 그리고 흥분된 마음으로 이야기를 나누었다. 피상적인 대화였으나 그로 인해 우리는 오랜만에 만난 어색함에서 벗어날 수 있었다. 나는 할아버지의 죽음에 대해 소피아에게 애도의 뜻을 표했고, 그녀는 '너무도 갑작스런' 일이었다고 침착한 어조로 말했다. 우리는 다시 옛날을 회상하기 시작했다. 그런데 뭔가 문제가 있다는 불편한 느낌이 들기 시작했다. 그것은 오랜만에 만난 사람들 사이에 흔히 있기 마련인 어색함과는 다른 것이었다. 소피아 자신에게 무언가 좋지 않은 일, 분명 좋지 않은 일이 있는 듯했다. 나말고 좋아하는 사람이 생겼다는 이야기를 하려는 것은 아닐까? 나에 대한 그녀의 감정은 '모두 실수'였단 말인가? 하지만 나는 그런 일이라고 생각하고 싶지 않았다. 그녀에게 무슨 일이 있는지 알지 못한 채 우리는 계속 겉도는 대화를 나누었다.

웨이터가 커피를 날라다 주고 인사를 하며 물러가려던 바로 그때, 갑자기 모든 것이 확실해졌다. 전에도 자주 그랬던 것처럼 여기 이 레스토랑의 작은 테이블에 소피아와 나는 앉아 있는 것이다. 서로 떨어져 있었던 기간은 존재하지 않았던 것 같았다.

「소피아!」

나는 그녀의 이름을 불렀다.

「찰스!」

그녀 역시 내 말이 떨어지자마자 내 이름을 불렀다.

나는 깊은 안도의 한숨을 내쉬었다.

「전쟁이 끝난 건 참 고마운 일이오. 그런데 우리에게 무슨 일이 생긴 거지?」
「제 잘못일 거예요. 제가 어리석었어요.」
「하지만 지금은 다 좋지 않소?」
「그래요. 지금은 다 좋아요.」
우리는 서로를 바라보며 미소를 지었다.
「언제 나와 결혼해 주겠소, 소피아?」 내가 물었다.
그러자 그녀의 얼굴에서 웃음이 사라졌다. 무슨 문제인지 모르지만 좀 전의 그 문제가 다시 끼어든 것 같았다.
「모르겠어요. 당신과 결혼할 수 있을지 확신할 수 없어요, 찰스.」
「아니, 소피아, 왜 확신을 못한다는 거요? 내가 낯선 사람처럼 느껴지기 때문이오? 다시 친숙해지기까지 시간을 달라는 거요? 다른 사람이 생겼소? 아니—.」
나는 잠시 말을 끊었다.
「내가 바보요. 그런 일은 아닐 테지.」
「그래요, 그런 일은 아니에요.」
그녀는 고개를 저었다. 나는 그녀가 말해 주기를 기다렸다. 곧 그녀는 가라앉은 목소리로 이야기하기 시작했다.
「할아버지의 죽음 때문이에요.」
「할아버지의 죽음 때문이라고? 아니, 왜? 그 일이 당신과 내 관계에 도대체 무슨 변화를 일으킬 수 있단 말이오? 돈 때문이란 의미는 아닐 테지? 할아버지께서 한 푼도 남겨 주시지 않았소? 하지만 그건…….」
「돈 때문이 아니에요.」 그녀는 미소를 띠었다.
「언젠가 제가 했던 말을 믿으셔야 해요. 할아버지는 생전에 재산을 한 푼도 축내지 않으셨어요.」
「그럼, 도대체 뭐가 문제요?」
「단지 그분의 죽음 때문이에요, 찰스. 그분은 그저 돌아가신 게 아니에요. 제 생각에 그분은 살해당하셨어요…….」

나는 그녀를 똑바로 응시했다.
「하지만 그건 엉뚱한 생각이오. 도대체 왜 그런 생각을 하게 됐소?」
「그건 제 생각이 아니에요. 담당 의사는 처음부터 이상하게 생각했어요. 그분은 사망진단서를 떼어 주려고 하지 않았다고요. 이제 검시(檢屍)를 할 예정인가 봐요. 뭔가 잘못됐다고 생각하는 것이 분명해요.」 나는 그 문제에 대해서는 더 이상 그녀와 논쟁하지 않았다.
 소피아는 머리가 좋았다. 그녀가 이끌어 낸 결론이 무엇이든 신뢰할 만했다. 논쟁 대신 나는 그녀를 설득했다.
「그 사람들의 의심은 분명히 증명되지 않을 거요. 하지만 설사 증명된다고 해도 그것이 당신과 나한테 무슨 영향을 끼친단 말이오?」
「결혼은 환경의 영향을 받아요. 더구나 당신은 외교관이죠. 그런 사람들은 아내를 고르는 문제에 있어 좀 특별해요. 제발, 아무 말도 하지 마세요. 당신은 말하려 하겠지만—, 당신은 진정으로 그런 건 아무 상관도 없다고 생각하는 줄 저도 믿어요. 그리고 이론적으로는 저도 당신 생각에 동감해요. 하지만 전 자존심이 강해요. 지독히도 강하다고요. 저는 우리의 결혼이 모든 사람들에게 좋은 결혼이라고 얘기되길 원해요. 사랑을 위해서 어느 한쪽이 희생당하는 건 원치 않아요! 그리고 아까 말한 건 잘될 거예요…….」
「의사의 착오일지도 모른다는 거요?」
「착오가 없었다 해도 그건 중요하지 않아요……. 죽일 만한 사람이 할아버지를 죽였다면.」
「무슨 말이오, 소피아?」
「입에 담기엔 너무도 불쾌한 일이에요. 하지만 사람은 정직해야죠.」 그녀는 얼른 내 말을 가로막으며 급히 말했다.
「아니에요, 찰스. 더 이상 얘기하지 않겠어요. 이미 너무 많은 걸 이야기한 것 같아요. 하지만 오늘밤 전 여기 와서 당신을 만나기로 했고, 또 직접 당신을 만나 당신에게 이해 시켰어요. 이 일이 깨끗하게 정리될 때까지 우리는 아무것도 결정할 수 없어요.」
「그렇더라도 애기는 해 줄 수 있지 않소?」
그녀는 고개를 저었다.
「그러고 싶지 않아요.」
「아니—, 소피아—.」
「아니에요, 찰스. 저는 당신이 우리 집 사건을 제가 보는 각도에서 보는 걸 원치 않아요. 당신이 객관적인 입장에서 우리 집 사건을 판단했으면 해요.」
「내가 어떻게 해야 객관적인 판단을 하는 거란 말이오?」
그녀의 푸른 두 눈이 무언가 아릇한 빛을 담고 나를 쳐다보았다.
「당신 아버님께 여쭤 보면 알 수 있을 거예요.」
카이로에 있을 때, 내 아버지가 런던경시청의 부총감이라는 사실을 소피아에게 이야기해 준 적이 있었다. 나는 그녀의 말에서 뭔가 차가운 기운이 내려와 앉음을 느꼈다.
「그 정도로 상황이 나쁘단 말이오?」
「그런 것 같아요. 저기 문 옆 테이블에 앉아 있는 남자 보이죠—전직 군인처럼 무표정해 보이는 얼굴 아니에요?」
「그렇군.」
「제가 여기 오는 기차를 탈 때 저 사람도 스윈리 딘의 정거장에 있었어요.」
「저 사람이 당신을 미행하고 있다는 말이오?」
「그래요. 제 생각엔 우리 둘은—어떻게 표현할까요—그러니까 감시를 받고 있는 것 같아요. 저 사람을 보니 우리 둘 다 오늘 외출을 하지 않았다면 더 좋았을 것이라는 생각이 드네요. 하지만 어쨌든 전 당신을 만나기로 결심했어요.」
그녀는 싸움이라도 걸려는 듯한 표정으로 작고 네모진 턱을 앞으로 내밀었다.
「전 욕실 창문을 통해 송수관을 타고 내려왔거든요.」

「맙소사!」

「하지만 경찰도 아주 민첩하더군요. 물론 제가 당신한테 보낸 전보도 있으니까 절 추적하기가 쉬웠겠죠. 하지만 염려하진 마세요—우린 여기 이렇게 둘이 같이 있으니까요—그러나 이제부터는 각자 떨어져서 행동해야 해요.」

그녀는 잠시 말을 멈췄다가 이렇게 덧붙였다.

「불행하게도—우리가 서로 사랑한다는 사실엔—의심할 바가 없는데.」

「전혀 의심할 게 없지.」 내가 말했다. 「'불행하게도'라고는 말하지 말아요. 당신하고 나는 전쟁 중에도 살아남았고 죽을 고비도 많이 넘겼소—그런데, 단지 한 노인의 죽음이 우리 사이를—할아버님은 연세가 어떻게 되셨소?」

「여든일곱.」

「타임스 지에서 이미 읽었소. 그런데 왜 묻느냐 하면, 그분은 단지 노령으로 인해 돌아가셨다는 걸 말해 주고 싶어서라고 대답하겠소. 자존심 있는 의사라면 그 사실을 인정할 거요.」

「당신이 저희 할아버지에 대해 미리 아셨다면 돌아가실 아무런 이유가 없다는 사실을 알고 놀랐을 거예요.」

제3장

 나는 경찰이라는 아버지의 일에 대해 늘 어느 정도의 관심이 있긴 했지만, 이렇게 직접적이고 사적인 일로 그 일에 개입을 해야 할 경우에 대해서는 전혀 준비가 되어 있지 않았다.
 난 아버지를 아직 만나 뵙지 못했다. 내가 집에 도착했을 때 아버지는 외출 중이었고, 목욕과 면도를 마친 뒤 옷을 갈아입고는 곧장 소피아를 만나러 나왔기 때문이다. 소피아와 헤어져 집에 돌아와 보니 글로버가 아버지는 서재에 계시다고 알려 주었다.
 아버지는 책상에 앉아 잔뜩 찌푸린 얼굴로 서류뭉치를 들여다보고 계시다 내가 들어서자 벌떡 일어서며 말했다.
「찰스! 잘 왔다, 정말 오랜만이구나.」
 프랑스 인이라면 5년 간의 전쟁이 끝난 후 우리 부자의 만남에 실망을 금치 못했을 것이다. 사실 재회의 기쁨은 결코 부족하지 않았다. 아버지와 나는 서로를 아주 좋아했고, 또 잘 이해하고 있었다.
「위스키를 좀 들겠니? 생각 있으면 말하거라. 집에 도착했을 때 내가 맞아 주질 못해서 미안하구나. 일이 너무 바빠 꼼짝 못한단다. 큰 사건이 하나 막 터졌거든.」
 나는 의자에 등을 기대고 앉으며 담배에 불을 붙였다.
「애리스티드 레오니데스 사건 말입니까?」
 순간 아버지는 눈썹을 치켜 뜨며 뭔가 짚이는 것이 있다는 듯한 시선으로 나를 쏘아보았다.
「어떻게 그런 생각을 하게 됐지, 찰스?」
「제 말이 맞았단 겁니까, 그럼?」
「어떻게 그 일을 알았니?」

「정보를 얻었습니다.」
아버지는 더 자세한 설명을 기다리는 듯했다.
「제 정보는 마구간에서 얻은 겁니다.」
「계속 해라, 찰스. 어디 한번 들어 보자꾸나.」
「아버지가 언짢으실 지도 모르지만, 전 카이로에서 소피아 레오니데스를 알게 됐습니다. 그리고 곧 그녀를 사랑하게 되었죠. 그녀와 결혼할 겁니다. 오늘밤에도 그녀를 만났어요. 저녁식사를 함께 했죠.」
「저녁식사를 함께 했다고? 런던에서? 그녀가 어떻게 그럴 수 있었는지 의심스럽구나. 가족들은 집 안에만 있으라고 그렇게 정중하게 부탁했는데 말이다.」
「맞아요. 소피아는 욕실 창문으로 빠져 나와 배수관을 타고 내려왔답니다.」
아버지는 입술을 씰룩거리며 잠깐 미소를 지었다.
「그녀는 꽤 기지(機智)가 있는 숙녀로구나.」
「하지만 아버님의 경찰력도 아주 대단했습니다. 군인 타입의 남자 하나가 마리오 레스토랑까지 그녀를 뒤쫓아 왔거든요. 아버지가 받으실 보고서를 설명해 볼까요? 상대 남자는 5피트 11인치 정도의 키에 갈색 머리, 갈색 눈, 짙은 청색의 세로줄 무늬 양복 등등.」
아버지는 굳은 표정으로 날 쳐다보았다.
「깊은 사이냐?」
「예. 그렇습니다, 아버지.」
잠깐 침묵이 흘렀다.
「걱정이 되십니까?」
「일주일 전이었다면—, 걱정하지 않았을 게다. 일주일 전만 해도 그 집은 별 문제가 없는 가정이었고—그 여자는—재산을 물려받았을 거고— 그리고 난 너를 안다. 넌 여간해서 경솔한 행동을 하지 않는 애니까 말이다. 그런데—.」

「그래서요, 아버지?」
「만일―.」
「만일 뭡니까?」
「만일 그럴 만한 사람의 짓이라면.」
그날 밤 나는 두 번째로 그 말을 들었다. 나는 호기심이 생기기 시작했다.
「그럴 만한 사람이 대체 누굽니까?」
아버지는 날카로운 시선을 내게 던졌다.
「이 사건에 대해 얼마나 알고 있느냐?」
「아무것도 모릅니다.」
「아무것도 모른다고?」
아버지는 놀란 듯했다.
「그 아가씨가 말해 주지 않더냐?」
「예. 그녀는 제가 제3자의 입장에서 사건을 보길 원했습니다.」
「왜 그래야 하는지 궁금하구나.」
「이유야 분명하지 않습니까?」
「아니다, 찰스. 난 그렇게 생각하지 않는다.」
아버지는 얼굴을 찌푸린 채 방 안을 왔다 갔다 했다. 담배에 불을 붙였으나 담뱃불은 곧 꺼졌다. 그것은 아버지가 얼마나 혼란에 빠져 있는지를 그대로 보여 주는 것이었다.
「그 집안에 대해 어느 정도 알고 있느냐?」
아버지가 불쑥 물었다.
「모릅니다. 아무것도. 노인과 여러 명의 아들과 손자들, 그리고 인척들이 있다는 것 밖에. 자세한 것까지는 듣진 못했습니다.」
나는 잠깐 멈췄다가 다시 말했다.
「저한테 사건의 전모를 들려주시는 게 좋을 것 같군요, 아버지.」
「그래.」 아버지는 의자에 앉으며 말했다.
「그러는 것이 좋겠다. 처음부터 시작하겠다―애리스티드 레오니데스부터. 그는 24살 때 영국에 왔지.」
「스미르나 출신의 그리스인이죠.」
「그것까지 아니?」
「예, 하지만 그게 제가 아는 전부입니다.」
 그때 방문이 열리면서 글로버가 들어와 태버너 주임경감이 왔다고 알려 주었다.
「그가 이 사건 담당이지.」 아버지가 말했다.
「들어오라고 해야겠다. 가족들을 맡아 조사중이거든. 그들에 대해서는 나보다 많이 알고 있을 거다.」
 나는 지방경찰이 런던경시청으로 일을 맡겼는지 물어 보았다.
「이 사건은 우리 관할이야. 스윈리 딘은 런던 시에 편입되었거든.」
 나는 방으로 들어서는 태버너 주임경감에게 고개를 숙이며 인사했다. 나는 오래 전부터 그를 알고 있었다. 그는 무사히 돌아온 것을 축하한다며 반갑게 인사를 했다.
「찰스한테도 다 얘기를 해 줬다네.」
 아버지는 그를 향해 말했다.
「잘못했다면 용서하게, 태버너. 레오니데스는 1884년에 영국으로 왔어. 소호(런던의 한 구역. 외국인이 많이 살며, 음식점이 많다)에서 작은 레스토랑을 하나 시작했지. 돈을 꽤 벌어 또 하나를 사들였고. 그렇게 해서 금방 그는 7, 8개나 되는 레스토랑을 거느리게 된 거야. 그게 모두 하나같이 장사가 잘 됐지.」
「그가 하는 일엔 결코 실수가 없었습니다.」
 태버너 주임경감이 말했다.
「그는 타고난 장사꾼이야.」 아버지가 말했다.
「마침내 그는 런던에 있는 유명 레스토랑 대부분을 거느리게 되었거든. 그리고는 대규모의 음식점 사업을 시작했지.」
「그가 관여하는 사업은 그 외에도 수없이 많습니다. 헌옷 장사, 값싼 보석 판매, 그 외에도 많죠, 물론.」

태버너가 신중한 어조로 덧붙였다.

「그는 늘 교묘한 사람이었습니다.」

「부정직한 사람이었단 말입니까?」

내가 물었더니 태버너는 고개를 저었다.

「아니, 그런 뜻은 아니오. 부정직하다—그렇지. 그러나 사기꾼은 아니었습니다. 법에 벗어나는 일은 결코 하지 않았으니까. 하지만 그는 법망을 교묘히 이용하는 방법을 늘 생각해내는 작자였지요. 이번 전쟁 때만 해도 그는 그 나이에도 불구하고 그런 방법으로 한몫 단단히 잡았으니까 말입니다. 물론 불법적인 일을 한 적은 없습니다—하지만 그가 일단 어떤 일을 시작하면 그게 불법인지 합법인지 쉽게 분간을 할 수가 없는 겁니다. 그래서 그에 대한 법을 보강해 놓으면 그는 이미 다른 일에 착수해 있는 상태지요.」

「그리 호감이 가는 타입의 사람은 아니었던 모양이군요.」

내가 말했다.

「재미있는 건, 그 영감이 아주 매력적인 사람이었다는 점입니다. 무척 매력 있는 성격을 가졌거든요. 그를 보았다면 당신도 그 점을 느꼈을 겁니다. 외모는 사실 볼품 없었어요. 키는 난쟁이 만하고—아주 작고 못생긴 친구였지요—하지만 자석 같은 힘을 가지고 있었습니다—여자들은 쉽게 그 사람한테 반하곤 했으니까요.」

「결혼도 세상을 깜짝 놀라게 할 만했단다.」 아버지가 말했다.

「지방 대지주의 딸하고 했거든. 」

「돈을 노리고?」

나는 눈썹을 치켜 뜨며 물었다.

「아니, 연애결혼이었단다. 그녀는 친구 결혼식에서 출장 요리 때문에 나와 있던 그를 만났지. 금방 그한테 반했단다. 여자의 부모가 완강히 반대했지만 그녀는 그와 결혼하기로 굳게 마음먹었지. 그 사람한테는 매력이 있었어—그의 주위에 감도는 뭔가 이국적이고 다이내밀한 분위기가 그녀의 마음을 끌었던 게지. 그녀는 자신이 그때까지 함께 살아온 동족들의 분위기에 싫증을 느꼈던 거야.」

「결혼 생활은 행복했나요?」

「아주 행복했지, 이상할 정도로. 물론 그 두 사람의 친구들까지 서로 어울리지는 않았지만(그 당시만 해도 돈이 모든 신분 차이를 덮어 버리기 전이었으니까) 그래도 그들은 그들 부부를 걱정하진 않았어. 그들은 친구 없이 지냈지. 그리고는 스윈리 딘에 상상을 초월할 집을 지었어. 그곳에 살면서 여덟 아이를 낳았지.」

「이건 정말 한 가족의 연대기(年代記)로군요.」

「노련한 레오니데스가 스윈리 딘을 택해서 정착한 건 정말 똑똑한 행동이었어. 그때까지만 해도 그곳은 사교계 사람들이 겨우 모이기 시작했거든. 제2, 제3골프장은 아직 만들어지지 않았던 때야. 그곳에선 땅을 무척 아끼는 레오니데스 부인과 그곳 사람들, 그리고 레오니데스와 교분을 맺고 싶어하는 돈 많은 도시 사람들이 뒤섞여 살게 되었지. 그래서 그들은 주위와 친해질 수 있었던 거야. 내가 생각하기론 그들은 무척 행복했을 거야. 그녀가 1905년에 폐렴으로 죽기 전까지는 말이다.」

「여덟 명의 아이들을 남겨 놓고 말입니까?」

「한 아이는 어릴 때 죽었지. 아들 중 둘은 지난 전쟁 때 목숨을 잃었고. 딸 하나는 결혼해서 오스트레일리아에서 살다 죽었단다. 아직 미혼이었던 또 다른 딸은 교통사고로 목숨을 잃었고, 다른 딸 또 하나도 1년인가 2년 전에 죽었단다. 지금까지 살아 있는 자식은 둘이야. 장남 로저는 결혼했지만 아이는 없고, 필립은 유명한 여배우와 결혼해서 세 자녀를 두었단다. 네가 좋아하는 소피아, 그리고 유스터스, 조세핀이 바로 그 애들이지.」

「그들 모두가 지금—뭐라고 하더라?—스리 게이블스 저택에 살고 있습니까?」

「그렇단다. 로저 레오니데스 가족은 전쟁 초기에 집이 폭격으로 소실됐고, 필립하고 그 가족은 1937년부터 그 집에서 살고 있단다. 레오니데스의 전처 언니인 드 하빌랜드라는 늙은 이모도 함께 살고 있지. 그 여자는 레오니데스를 아주 싫어했지만, 동생이 죽으면서 아이들을 돌봐달라고 한 말을 받아들이는 것이 자신의 의무라고 생각한 거지.」

「그 여자는 의무 이행에 아주 충실했습니다.」

태버너 주임경감이 말했다.

「하지만 사람들에 대한 자기 생각을 쉽게 바꾸는 성격은 아니지요. 함께 살면서도 레오니데스와 그의 생각에는 늘 반대했으니까—.」

「흠, 아주 문제가 많은 집안인 것 같군요. 누가 그를 죽였을 거라고 생각하십니까?」

내 물음에 태버너는 고개를 저었다.

「때가—.」 그가 머뭇거리며 말했다.

「그걸 말하기엔 때가 아직 이릅니다.」

「말씀해 보시지요, 주임경감님. 누가 그랬는지 당신은 알고 있지 않습니까. 보세요, 여긴 법정이 아니에요.」

「그게 아닙니다.」

태버너는 침울한 표정으로 말했다.

「법정까진 가지 않을지도 모릅니다.」

「그럼, 살해된 것이 아닐 수도 있다는 말입니까?」

「아, 살해된 건 분명하지요. 독극물 중독이었으니까. 하지만 독극물에 의한 살인이 어떤 건지, 찰스, 당신도 잘 알고 있을 겁니다. 증거를 얻기가 아주 복잡해요, 아주. 모든 가능성이 한 가지 방향을 가리키긴 하지만—.」

「그게 바로 내가 알고 싶은 겁니다. 경감님은 이미 모든 걸 마음 속으로 결정해 두시지 않았습니까?」

「이번 사건은 아주 개연성이 큽니다. 명백한 사건이지요. 완전히 계획적인 살인입니다. 하지만 그런 가운데서도 확신할 수 없는 겁니다. 꽤 복잡해요.」

나는 도움을 구하는 듯한 시선으로 아버지를 쳐다보았다.

아버지가 천천히 말문을 열었다.

「네가 알다시피 찰스, 살인사건에서 올바른 단서는 대개 눈에 보이는 뚜렷한 사실뿐이다. 늙은 레오니데스는 10년 전 또 한 번 결혼을 했단다.」

「일흔일곱 살에 말입니까?」

「그래. 스물네 살의 젊은 여자하고.」

나는, 「휘유!」 하고 놀랄 수밖에 없었다.

「어떤 여자였습니까?」

「카페에서 일하던 여자였지. 아주 훌륭한 여자였다. 창백하고 애처로운 분위기를 풍기는 용모를 가졌지.」

「그녀에게 가능성이 많습니까?」

「그건 사실 내가 묻고 싶은 겁니다.」 태버너가 말했다.

「그 여자는 이제 서른네 살밖에 안 됐습니다―위험한 나이지요. 그녀는 달콤하게 사는 걸 좋아한답니다. 게다가 그 집엔 젊은 남자가 하나 있습니다. 아이들 가정교사죠. 전쟁엔 나가지도 않았습니다―심장이 안 좋다나 뭐 그런 걸로 말입니다. 그 두 사람은 아주 가까운 사이지요.」

나는 신중한 표정으로 그를 바라보았다.

구태의연한 사건임이 확실했다. 진상은 지금까지 이야기 그대로다. 그리고 레오니데스의 두 번째 아내, 아버지가 특히 강조하고 있는 그 여자는 아주 훌륭하다고 했다. 훌륭하다고 믿었던 사람에 의해 얼마나 많은 살인이 저질러졌는가.

「뭐였습니까. 비소(砒素)였습니까?」

「아닙니다. 감식 결과는 아직 나오지 않았지만―의사의 말로는 에제린(안약으로도 사용됨)이라고 합니다.」

「좀 색다르군요. 하지만 그걸 사 간 사람을 추적하는 건 그리 어렵지 않을텐데요?」
「이번 경우에는 그렇지 않습니다. 그건 레오니데스의 약이었거든요. 안약이었죠.」
「레오니데스는 당뇨병을 앓고 있었단다.」 아버지가 말했다.
「그는 정기적으로 인슐린 주사를 맞았는데, 인슐린은 고무 뚜껑이 달린 작은 병에 들어 있었단다. 그 병을 거꾸로 해서 고무 뚜껑에 연결된 주사기로 인슐린을 빨아들이는 거지.」
그 다음 이야기를 짐작할 수 있었다.
「그런데 그 병에 담겨 있던 것이 인슐린이 아니라 에제린이었다는 말씀이군요?」
「바로 맞았다.」
「누가 그에게 주사를 놓았습니까?」
「그의 아내지.」
나는 소피아가 '그럴 만한' 사람이라고 한 말의 의미를 그제서 깨달을 수 있었다.
「그 집안 사람들은 레오니데스의 두 번째 부인과는 사이가 좋았습니까?」
「아니. 내가 추측컨대 그들은 서로 거의 대화가 없었다.」
모든 것이 점점 분명해졌다. 하지만 태버너 주임경감은 그리 탐탁지 않은 듯한 표정이었다.
「어디 석연치 않은 거라도 있습니까?」
하고 나는 그에게 물어 보았다.
「찰스 씨, 만일 그 여자의 짓이라면 범행 뒤에 병을 다시 진짜 인슐린이 담긴 병과 바꿔 놓았을 겁니다. 그녀가 범인이라면, 도대체 왜 그렇게 하지 않았는지 난 도저히 이해할 수 없습니다.」
「아, 그것도 그렇군요. 인슐린은 충분히 있었습니까?」
「그럼요. 인슐린이 가득 든 병도 있었고 빈 병들도 있었습니다. 그녀가 만일 병을 다시 바꿔 놓았더라면 의사는 십중팔구 그걸 알아차리지 못했을 겁니다. 시체를 조사해서 에제린으로 독살되었다는 판단을 내리기는 극히 힘들거든요. 의사는 당연히 인슐린의 과다 투여라거나 뭐 그 비슷한 이유 등으로 사인을 추정하겠죠. 그런데 그 용액이 인슐린이 아니었다는 걸 곧 알아차릴 수 있었던 겁니다.」

「그렇다면―.」 나는 조심스럽게 말문을 열었다.

「레오니데스 부인은 아주 우둔하거나 아주 영리하거나 둘 중 하나겠군요.」

「무슨 말씀인지―.」

「그녀는 경감께서 어떤 결론을 내릴 지에 대해 도박을 했을 수도 있습니다. 그러니까 아무도 자신이 그렇게 어리석게 행동하리라고는 생각지 않을 것으로 믿은 거죠. 또 달리 생각되는 건 없습니까? 달리 의심이 가는 사람이라도?」

아버지가 조용히 말문을 열었다.

「실제로 그 집안 사람의 범행일 가능성이 높아. 집 안에는 늘 충분한 양의 인슐린이 비축되어 있었거든―적어도 2주일은 쓸 수 있지. 약병 하나에 누군가가 내용물을 바꿔 놓고 진짜 인슐린이 든 병과 바꿔치기 한 것일 수도 있어.」

「약병이 있던 곳에 가까이 간 사람이 있습니까?」

「약병은 늘 그 노인 방 찬장 선반 위에 놓아 두곤 했었지. 그 집안 사람이라면 누구나 쉽게 드나들 수 있는 곳이란다.」

「강력한 동기라도 있습니까?」

「찰스, 애리스티드 레오니데스는 엄청난 부자였단다. 가족에게 상당한 돈을 주고 있지만, 누군가가 그보다 더 많은 돈을 원했을 수도 있지.」

「돈을 가장 많이 원한 사람은 지금의 미망인 아닐까요? 그녀의 애인은 돈이 없는 사람입니까?」

「지독하게 가난한 사람이지.」

무언가 퍼뜩 떠오르는 것이 있었다.

소피아가 흥얼거리던 말이 생각났다. 아이를 잠재울 때 부르는 가락에 담겨 있던 가사가 갑자기 생각난 것이다.

비뚤어진 사나이가 비뚤어진 길을 가다
비뚤어진 문설주 옆에서 비뚤어진 은화를 주웠네
그 사나이에게는 비뚤어진 쥐를 잡는 비뚤어진 고양이가 있었지
그들은 모두 작고 비뚤어진 집에서 살았다네

나는 태버너에게 말했다.
「경감님께서는 그 여자─레오니데스 부인이 어떻게 보입니까? 그 여자를 어떻게 생각하세요?」
그는 천천히 대답했다.
「말하기가 어렵군요─아주 어려운데요. 그녀는 쉽게 뭐라 말할 수 있는 여자가 아닙니다. 워낙 조용해서─무슨 생각을 하는지 도저히 알 수가 없습니다. 하지만 그 여자는 안락한 생활을 좋아합니다─그건 맹세할 수 있어요. 가르랑거리는 커다랗고 게으른 고양이를 생각나게 하거든요……. 난 고양이에 대해서 아무런 반감도 갖고 있지 않습니다. 고양이는 나쁠 게 없는 동물이니까…….」
그는 한숨을 내쉬고 나서 다시 말했다.
「우리가 원하는 것은 증거입니다.」
그렇다, 우리들은 레오니데스 부인이 남편을 독살했다는 증거를 원하고 있었다. 소피아도 그것을 원했고, 나도 그것을 원했으며, 태버너 주임경감도 그것을 원했다.
그러면 모든 것이 다 순조롭게 풀릴 것이었다! 하지만 소피아도 확신하지 못했고, 태버너 주임경감 역시 확신을 못하는 것 같았다…….

제4장

다음 날 나는 태버너와 함께 스리 게이블스 저택엘 갔다.
내 입장은 참 모호했다. 말하자면, 난 사건과 전혀 무관한 제3자인 셈이다. 그러나 내 아버지는 결코 정통만 고집하는 분은 아니었다. 하긴 내게도 명분이 있긴 했다. 나는 전쟁 초기에 런던경시청의 특수 지국에서 일한 적이 있었다.
물론 이번 경우는 그때와 전혀 달랐지만—그런 일을 해 본 경험이 있다는 것이 내게 어느 정도 공식적인 명분을 주었다.
아버지는 내게 말했다.
「이 사건을 해결하려면 집안 내부사정을 알아야 해. 그 집안 사람들에 관해 모든 것을 알아야 한단 말이다. 그러려면 외부에서가 아니라 집안 내부에서부터 그들을 알아야 한다. 그걸 알아낼 수 있는 사람은 바로 너고.」
난 그런 일은 하고 싶지 않았다. 나는 담배꽁초를 벽난로 속에다 집어던지며 말했다.
「절더러 스파이 노릇을 하란 말씀입니까? 그렇습니까? 제가 사랑하고, 절 사랑하고 믿는 소피아에게, 아니 적어도 제가 그렇게 믿고 있는 소피아에게서 정보를 얻어내라고요?」
그러자 아버지는 정말 화가 난 표정으로 날카롭게 말했다.
「제발 그런 시시한 생각은 하지 말거라. 네 애인이 자기 할아버지를 살해했을 거라고는 믿지 않겠지?」
「물론이죠. 그런 생각은 절대 할 수조차 없습니다.」
「좋아—우리도 역시 그렇게 생각한다. 그녀는 몇 년 동안이나 집을 떠나 있었고 할아버지와는 아주 친한 사이였지. 그녀는 충분한 수입이 있고, 또한 아마도 그 노인은 손녀가 너와 결혼을 약속했다는 소리를 듣고는 기뻐했을 게다. 모르긴 몰라도 신혼 살림을 차릴 멋진 집 한 채 정도는 마련해 주었을 거야. 우린 그녀를 의심하진 않는다. 그럴 이유가 어디 있겠니? 하지만 이건 알아두거라. 이 사건이 깨끗이 밝혀지지 않는다면 그녀는 너와 결혼하지 않을 게다. 네 얘기를 들으면서 난 그런 확신이 섰다. 그리고 또 하나 알아둘 것은, 이번 사건은 영원히 밝혀지지 않을 수도 있는 종류의 사건이라는 점이다.

피살자의 아내와 그녀의 정부가 짜고서 저지른 사건이라는 것을 한눈에도 확신할 수 있는데, 그걸 증명하는 것은 또 별개의 문제란 말이다. 그래서 현재로선 사건을 수사국으로 넘길 수가 없어. 증거가 없어서 말이다. 그리고 그 여자에 대한 결정적인 증거를 얻어내지 못한다면, 그 집안 사람들은 늘 서로를 의심하게 되는 불쾌한 일을 당할 게다. 무슨 말인지 알겠느냐?」

그렇다, 그건 나도 알고 있었다. 내가 아무 말도 못하자 아버지는 나지막하게 말했다.

「그녀에게 맡겨 보지 그러니?」

「그럼, 소피아에게—.」

나는 말을 멈췄다.

「그래, 그래. 네가 무슨 일을 하는지 그녀에게 말하지 않고 살금살금 비밀을 캐내라는 얘기가 아니다. 이 사건에 대해 그녀가 네게 말하고 싶어하는 것만 분명히 알아보라는 말이다.」

이렇게 해서 다음 날 나는 태버너 주임경감, 그리고 램 경사와 함께 스윌리 딘으로 차를 몰고 간 것이다.

골프장을 지나 작은 길 입구에서 우리는 차를 내렸다. 전쟁 전에는 그곳에 꽤 훌륭한 대문이 있었던 것 같았다. 애국심인지 아니면 국가로부터의 강제 징발인지는 모르지만 그 훌륭한 대문은 지금 헐리고 없었다. 길 가장자리에 철쭉꽃이 피어 있는 긴 커브 길을 지나자 넓은 자갈밭과 함께 스리 게이블스 저택이 나타났다.

그것은 믿을 수 없는 광경이었다! 나는 왜 그 집을 스리 게이블스라 부르는지 의아해 하지 않을 수가 없었다. 그 집은 일레븐 게이블스라고 해야 더 어울릴 것 같았다('게이블(gable)'은 박공(牔栱)을 나타낸다 - 역주). 이상한 것은, 그 집을 감싸고 있는 뒤틀린 듯한 묘한 분위기였다―난 그 이유가 뭔지 알 것 같았다. 그것은 작은 별장, 잔뜩 부풀어 오른 별장 형태의 집이었다. 그것은 마치 거대한 확대경으로 시골의 한 별장을 바라보는 듯한 광경이었다. 비스듬한 기둥에 목재 골조, 그리고 박공벽―마치 밤에 자란 버섯같이 비뚤어진 집이었다!

하지만 내게는 한 가지 떠오르는 생각이 있었다. 그것은 그리스 출신 식당업자가 생각해낸, 어딘지 영국 분위기가 풍기는 집이었다. 그것은 영국인의 집 모양으로 지으려 하긴 했으되, 크기는 하나의 성 같았다. 나는 첫 번째 레오니데스 부인이 이 집을 보고 무슨 생각을 했을지 궁금했다. 추측컨대 레오니데스는 이 집의 설계에 대해 그녀와 상의한 적도, 설계도를 그녀에게 보여 준 적도 없으리라. 십중팔구 그녀는 자신의 외국인 남편의 착상에 조금도 놀라지 않았을 것이다. 어깨를 한번 들썩해 보이거나 미소만 지었을지도 모르겠다. 그녀가 이 집에서 아주 행복하게 살았을 것이 분명하다.

「좀 위압적이지 않습니까?」

태버너 주임경감이 말했다.

「그리스 출신 노인은 이 집을 짓는 데 상당한 돈을 투입했지요. 부엌과 그 밖의 모든 시설이 제각각 딸린 세 채의 분리형 주택으로 지어졌거든요. 내부는 모두 최고품으로 설비되어 있어 마치 호화 호텔 같습니다.」

그때 소피아가 현관문 밖으로 나오는 것이 보였다. 모자는 쓰지 않았고 녹색 윗도리와 트위드 스커트를 입고 있었다. 그녀는 나를 발견하고는 그 자리에 우뚝 섰다.

「당신이?」

놀란 목소리로 그녀가 말했다.

「소피아, 할 얘기가 좀 있소. 어디로 좀 갑시다.」

아무 대답이 없기에 나는 그녀가 안 된다고 말할 줄 알았다. 그런데 그녀는 몸을 돌리며 말했다.

「이쪽으로 오세요.」

우리는 잔디밭을 가로질러 걸었다. 그곳은 스윈리 딘의 제1골프장이 있는, 경치가 아주 좋은 곳이었다. 저 멀리 언덕의 소나무 숲이 보였고, 그 너머로는 안개에 가린 마을의 전경이 어렴풋이 보였다.

소피아는 바위 정원으로 나를 안내했다. 우리는 아무렇게나 만들어진 듯한, 아주 불편한 나무 의자에 걸터앉았다.

「무슨 일이시죠?」 그녀가 물었다.

그녀의 목소리는 결코 나를 달가워하는 투가 아니었다.

나는 자초지종을 모두 이야기했다. 그녀는 내 말을 아주 주의 깊게 들었다. 얼굴에는 아무런 표정도 없이—. 내가 이야기를 끝내자 그녀는 한숨을 내쉬었다. 깊은 한숨이었다.

「당신 아버님은 아주 예리한 분이시군요.」

「아버지는 나름대로 생각을 가지고 있는 거요. 나로서는 기분 나쁜 아이디어지만—.」

「아, 아니에요.」라며 그녀는 내 말을 막았다.

「조금도 기분 나쁜 아이디어가 아니에요. 효과가 있을 만한 유일한 방법이죠. 찰스, 당신 아버님은 제가 무슨 생각을 하는지 정확히 알고 계세요. 당신보다도 더 잘 알고 계시다고요.」

그녀는 갑자기 거의 절망적이라 할 만큼 격렬한 몸짓으로 한쪽 손으로 주먹을 꽉 쥐더니 다른 손바닥을 치기 시작했다.

「전 진실을 밝혀야 해요. 진실을 알아야 해요.」

「우리 문제 때문이오? 그렇다면—.」

「우리 문제 때문만은 아니에요, 찰스. 제 마음의 평화를 위해서라도 전 알아야 해요. 찰스, 어젯밤 당신한텐 말하지 않았지만—사실은—전 두려워요.」

「두렵다고?」

「예, 두려워요―두려워요―두려워요……. 경찰도, 당신 아버님도, 당신도, 그리고 모든 사람들이 다 브렌다가 범인이라고 생각해요.」

「가능성은―.」

「아, 그래요. 그건 정말 그럴 듯해요. 가능성이야 있죠. 하지만 '브렌다가 그랬을 것이다.'라는 건, 단지 그랬으면 좋겠다는 의식적인 생각일 뿐이죠. 당신도 알다시피 그건……, 전 사실 그렇게 생각하지 않기 때문이에요.」

「그렇게 생각하지 않는다고?」

나는 천천히 되물었다.

「모르겠어요. 당신은 이 사건에 대한 모든 것을 외부 사람에게 들었어요. 제가 원하는 대로요. 이젠 내부에서 이 사건을 보여 드리겠어요. 전 브렌다가 그런 짓을 할 사람이라고는 도저히 생각할 수 없어요―그녀는 그런 사람이 아니에요. 자신을 위험에 몰아넣는 행동을 할 사람이 아니란 말이에요. 그녀는 지나치게 조심성이 많거든요.」

「그 젊은이는 어떻소? 로렌스 브라운 말이오.」

「로렌스는 지독한 겁쟁이예요. 그런 대담한 짓은 못해요.」

「알 수 없군.」

「그래요, 사실 우린 모두 모르는 게 아니에요? 사람들은 남들에 대해 깜짝 놀랄 때가 있잖아요? 한 사람에 대해서 어떤 생각을 갖고 있었는데, 그것이 전적으로 잘못된 생각일 경우도 있다고요. 늘 그런 건 아니지만―때로는 그래요. 하지만 아무래도 브렌다는―(그녀는 고개를 저으며 말했다)―그녀는 성격적으로는 늘 완전하게 행동했어요. 그녀는 하렘 타입의 여자예요. 퍼져 앉아 맛있는 것만 먹고 좋은 옷과 보석을 가지려 하고, 값싼 소설이나 읽고 영화관에 가는 거나 좋아하는 여자라고요. 그리고 말하기엔 좀 이상하지만, 그녀는 여든일곱이나 되신 할아버지에게 꼼짝도 못한 것 같아요.

당신도 아시는지 모르겠지만 할아버진 힘이 좋으셨어요. 그분은 여자로 하여금 마치 여왕이라도 된 듯한—터키 황제의 애첩이 된 듯한 기분을 느끼게 해 주셨을 거란 생각이 들어요! 할아버지는 브렌다로 하여금 자신이 아주 멋지고 로맨틱한 여자라고 생각하게 만들었을 거예요. 그분은 여자에 대해서 아주 예리하셨어요. 평생 동안 말이에요—그런 건 일종의 예술이죠— 당신도 아무리 늙더라도 그런 기술은 잃어버리지 마세요.」

나는 브렌다 문제는 잠깐 뒤로 접어두고 소피아가 방금 한 말을 되씹어 보았다. 신경이 쓰이는 말이었다.

「그럴까봐 겁이 나서 그러오?」

소피아는 약간 몸을 떨면서 두 손을 꼭 마주 쥐었다.

「사실이잖아요.」

그녀는 나지막한 목소리로 말했다.

「그건 아주 중요해요, 찰스. 그래서 당신에게 이해를 시켜야겠어요. 당신도 알다시피 우린 아주 이상한 가족이에요……. 우리에겐 잔인한 점이 아주 많아요—보통의 의미하고는 다른 잔인함이죠, 그게 바로 문제예요. 다른 종류의 잔인함이라는 게.」

그녀는 내 표정에서 이해할 수 없다는 뜻을 읽었음이 분명했다. 그녀는 목소리에 더욱 힘을 주어 이야기를 계속했다.

「제 말이 무슨 뜻인지 분명하게 설명해 드릴 게요. 예를 들면 우리 할아버지 말이에요. 한 번은 스미르나에서 있었던 소년 시절에 대해 우리에게 말씀해 주신 적이 있어요. 그때 사람을 둘이나 칼로 찔렀다고 아무렇지도 않게 이야기하시더군요. 어떤 말다툼 때문이었대요—정말 참을 수 없을 만큼 모욕을 받았다는 거예요—무슨 일이었는지는 모르겠지만—아무튼 그런 일을 아주 자연스럽게 이야기하시는 거예요. 할아버지는 그 일을 거의 잊어버리고 있었대요. 하지만 여기 영국에선 그런 이야기가 아주 이상하게 들리더군요.」

나는 고개를 끄덕였다.

「그것은 일종의 잔인함이죠.」 소피아는 이야기를 계속했다.

제4장 37

「우리 할머니 말이에요. 전 그분을 어렴풋이 기억만 할 뿐인데, 그분에 관한 이야기는 많이 들었어요. 제 생각엔 그분도 그런 잔인함을 가지셨던 것 같아요. 상상력이 전혀 없기 때문에 생기는 잔인함 말이에요. 여우 사냥을 한 조상들이나 노장군들이 표적들을 쏘아 죽이는 식 있잖아요. 정직하고 오만함으로 가득 찬 삶과 죽음의 문제에는 조금도 개의치 않는 그런 사람.」

「좀 과장하는 것 같지 않소?」

「예, 그렇긴 해요—하지만 전 그런 타입의 사람에 대해서 늘 두려움을 느껴요. 정직하긴 하지만 냉정한 사람들. 또 우리 어머니—그분은 배우세요—사랑스러운 분이죠. 하지만 그분은 균형 감각이 하나도 없으세요. 사물을 볼 때는 그것이 자신에게 어떤 영향을 미치는가의 측면에서만 보는 무의식적인 에고이스트죠. 당신도 알겠지만 그런 사람들은 간혹 주위 사람들을 놀라게 만들잖아요. 그리고 로저 큰아버지의 아내인 클리멘시 말이에요. 큰어머니는 과학자세요—아주 중요한 연구를 하고 있어요—인정머리 없기는 역시 마찬가지지만. 대체적으로 태도가 냉정한 그런 사람이에요. 그런데 로저 큰아버지는 정반대예요—세상에서 제일 친절하고 아주 따뜻하신 분이세요. 하지만 한번 화가 나면 아주 무서워요. 무슨 일이 생겨 화가 솟구치면 물불을 못 가리세요. 그리고 아버지는…….」

그녀는 한동안 말없이 있다가 다시 천천히 입을 열었다.

「아버지는 아주 차분하세요. 그분이 무얼 생각하는지 아무도 몰라요. 전혀 감정 표현을 안 하시니까. 아마도 그건 감정의 동요가 극심한 어머니에 대해 본능적으로 자기 방어를 하는 방법이었을 거예요—때로는 그게 좀 걱정이 되기도 해요.」

「이봐요, 당신은 지금 하지 않아도 좋을 말을 하고 있소. 사람이야 누구든지 살인할 가능성이 있는 거잖소.」

「그 말이 옳아요. 저도 예외는 아니죠.」

「당신은 아니오!」

「아니에요, 찰스. 저라고 예외일 수는 없어요. 저도 누군가를 죽일 수도 있었어요…….」

그녀는 잠시 침묵하더니 이렇게 덧붙였다.

「하지만 그렇다 해도 전 분명히 가치가 있는 일이 아니면 살인 같은 걸 하진 않아요!」

난 웃음을 터뜨렸다. 웃지 않을 수가 없었다. 그러자 소피아는 조용히 미소를 머금었다.

「전 바본가 봐요. 하지만 할아버지의 죽음에 대해선 진실을 밝혀내야만 해요. 반드시 말이에요. 만일 범인이 브렌다이기만 하다면…….」

난 갑자기 브렌다 레오니데스가 안됐다고 느껴졌다.

제5장

키 큰 여자가 길을 따라 우리를 향해 걸어오고 있었다.
 그 여자는 오래 써서 낡은 펠트 모자에 엉성한 스커트, 그리고 안 입어도 될 만한 모직 윗도리를 입고 있었다.
「에디스 이모할머님이세요.」
 소피아가 말했다.
 그녀는 화단 가에서 한두 번 걸음을 멈추고 꽃들을 들여다보며 걷다가 우리가 있는 곳까지 왔다. 나는 앉았던 자리에서 일어섰다.
「이분은 찰스 헤이워드예요, 에디스 이모할머니. 이분은 드 하빌랜드 이모할머님이세요, 찰스.」
 에디스 드 하빌랜드는 일흔에 가까운 나이였다.
 단정치 못한 회색 머리, 햇볕에 탄 얼굴, 그리고 약삭빠르고 찌를 듯한 눈매를 갖고 있었다.
「안녕하시우?」라며 그녀가 먼저 인사를 했다.
「얘기 많이 들었어요. 동양에서 근무를 마치고 돌아왔다고? 아버님은 어떠신가?」
 뜻밖의 질문에 좀 놀란 나는 아주 잘 계시다고 대답했다.
「난 그분이 어렸을 때부터 알고 있었다우.」
 드 하빌랜드가 말했다.
「그분 어머니 되시는 분도 잘 알지. 당신은 할머니를 많이 닮았구먼. 우릴 도와주러 온 건가—아니면······.」
「도움이 되기를 바랍니다.」
 나는 좀 불편한 음성으로 대답했다.
 그녀는 고개를 끄덕였다.

「도움을 받는 것도 나쁘지는 않지. 집 안은 온통 경찰들로 들끓고 있다우. 어딜 가도 불쑥불쑥 나타나거든. 그런 친구들처럼 행동하지는 말아요. 점잖은 교육을 받은 청년은 경찰이 되서는 안 되지. 전에 마블 아치에서 교통정리를 하는 모이라 키눌의 아들을 봤는데, 참 볼 만하더구먼. 젊은이의 지금 위치를 잊으면 안 돼요.」

그녀는 소피아를 향해 돌아섰다.

「유모가 널 찾고 있다, 생선 때문에.」

「귀찮아.」 그녀는 말했다.

「가서 전화를 해야겠어요.」

그녀는 휙 돌아서서 집 쪽으로 걸어갔다.

드 하빌랜드도 몸을 돌이키더니 똑같은 방향으로 천천히 걷기 시작했다. 나는 그녀의 옆에서 발걸음을 떼어놓았다.

「유모가 없으면 우린 뭘 어떻게 해야 할지 도통 모른다오.」

하고 드 하빌랜드 양이 말했다.

「거의 모든 사람들이 나이 많은 유모를 두고 있지. 그들을 두는 것이 다시 유행이 돼서 말이야. 그들은 세탁도 하고, 다림질도 하고, 요리도 하고, 모든 집안 일을 다 하고 있지. 충실하게 말이야. 우리 집 유모는 내가 골랐다우—몇 년 전에.」

그녀는 걸음을 멈추더니 거친 동작으로 잔디 몇 포기를 손가락에 감아 뽑아냈다.

「쓸데없는 잡초 같으니! 몹쓸 잡초! 밟고 뽑아내도 여전히 자라거든, 땅 속으로 도망이라도 갔다 오는지 말이야.」

그녀는 구두 뒷굽으로 잔디를 사납게 짓밟았다.

「이건 기분 나쁜 일이에요, 찰스 헤이워드.」

그녀는 집 쪽을 쳐다보며 말했다.

「경찰은 이 일을 어떻게 생각할까? 젊은이에게 그걸 물어서는 안 된다고 생각하지만 애리스티드가 독살되었다고 생각하는 건 이상한 일이라오. 그가 죽었다는 것도 이상하게 생각되거든. 난 그를 정말 좋아하지 않았어요—정말! 하지만 그가 죽었다는 사실을 도저히 받아들일 수가 없다우……. 집 안이 텅 빈 것 같아.」
　나는 아무 말도 하지 않았다.
　무뚝뚝하기 짝이 없는 말투 때문에 에디스 드 하빌랜드는 옛 생각에 잠겨 있는 듯 보였다.
　「오늘 아침엔 이런 생각을 했다우—난 이 집에서 오래 살았지. 40년이 넘는구먼. 내 여동생이 죽었을 때 이 집으로 왔으니까. 그가 그렇게 해 달라고 했으니까. 아이들은 일곱이나 되었지—막내는 그때 겨우 한 살이었어……. 난 그 애들을 이탈리아인 같은 사람들에게 맡겨 놓고 떠날 순 없었지. 물론 그건 있을 수도 없는 결혼이었지. 난 마샤가 지독한 마법에 걸렸던 게 분명하다고 늘 생각했었다우. 하나도 볼 것 없는 못나고 자그마한 외국인한테 말이야! 그는 모든 일을 내 손에 맡겼다우. 보모, 가정교사, 학교교육 문제까지. 그리고 난 음식도 아주 위생적으로 해 먹였어요—물론 그가 즐겨 먹던 그 이상한 양념 곁들인 밥은 빼고.」
　「그 이후로 죽 이 곳에 계셨습니까?」
　나는 더듬거리며 물었다.
　「그래요. 이상하게도 그렇게 됐지……아이들이 자라서 결혼을 했을 때 여길 떠날 수도 있었는데……. 생각해 보니까, 사실 정원 가꾸는 일에 흥미를 갖고 있었던 것 같아요. 그리고 참, 필립 말이에요. 여배우하고 결혼한 사람은 가정생활 같은 건 기대할 수 없었지. 난 여배우들이 왜 아이를 낳는지 알 수가 없어. 아기가 태어나자마자 에든버러의 레퍼터리 극장 같은 곳으로 도망쳐 연극이나 하거든. 필립은 아주 센스 있는 일을 했지—책을 가지고 이 곳으로 이사를 온 거야.」
　「그분은 어떤 일을 하시죠?」
　「책을 쓰지. 왠지는 모르겠어. 아무도 그 애가 쓴 책을 읽으려고 하지 않으니까. 모두 잘 알아들을 수도 없는 시시콜콜한 역사 이야기들뿐이거든. 젊은이는 그 책들에 대해선 들어 보지도 못했을 거야,

그렇지?」

나는 그녀의 말을 수긍했다.

「너무나 많은 돈, 그게 그 애가 가진 전부지.」

드 하빌랜드 양이 말했다.

「집안 식구들 대부분이 불안정한 생활을 정리하고 생활비를 스스로 벌어야 할 사람들이야.」

「그분이 쓰시는 책들은 아무런 수익이 없습니까?」

「하나도 없다우. 한 때는 그 방면에 큰 권위자로 생각되기도 했지만 그게 전부라오. 하긴 그 앤 책으로 돈을 벌 필요가 없었지—애리스티드가 10만 파운드나 주었으니까—그 애에겐 아주 엄청난 액수지! 그건 상속세를 피하기 위해서였다오! 애리스티드는 자식들이 경제적으로 모두 독립하게 만들어 놓았어요. 로저는 식당 체인점 회사를 물려받았고—소피아도 상당한 액수의 수당을 받고 있지. 아이들 몫의 돈은 모두 신탁관리 되고 있다우.」

「그럼, 그분이 돌아가셨다고 해서 특별히 이득을 보는 사람이 아무도 없다는 말씀이군요?」

그녀는 이상한 시선을 내게 던졌다.

「아니지. 그 애들 모두 더 많은 돈을 받을 거요. 하지만 요구만 한다면 그 정도는 언제든지 받을 수 있었을 거라오.」

「누가 그분을 독살했는지 짚이는 점이라도 있습니까, 드 하빌랜드 양?」

그녀는 특유의 몸짓으로 대답했다.

「아니, 그런 생각은 해본 적도 없어. 그런 생각은 날 아주 기분 나쁘게 만든다오. 집안 사람들에 대해 그런 의심을 갖는다는 건 좋지 않아요. 내 생각엔 경찰이 가엾은 브렌다만 몰아붙일 것 같아.」

「그들로서는 그렇게 생각하는 것이 당연하다고 생각되지 않으십니까?」

「무조건 그렇다고 말할 순 없어요. 내가 보기에 그녀는 늘 이상할

제5장 43

정도로 아둔해 보였고—조금도 특이할 것 없는 보통의 젊은 여자였지. 사람을 독살할 여자라는 생각은 들지 않아요. 하지만 스물넷의 젊은 여자가 팔십 가까운 노인과 결혼했다면 그 남자의 돈을 보고 결혼한 것은 분명한 사실이지. 모든 일이 자연스럽게 진행되었더라면 그녀는 곧 돈 많은 과부가 될 수도 있었을 텐데. 하지만 애리스티드는 특이할 정도로 강인한 노인이었지. 당뇨병도 더 이상 악화되질 않았거든. 정말 그는 백 살까지도 살 것처럼 보였다오. 내 생각에 브렌다는 기다리다 지친 것 같아……」

「그런 경우에는—.」

나는 말을 하려다 멈추었다.

「그런 경우에는—.」

하며 드 하빌랜드는 활기 있게 말했다.

「사건이 다소 분명해지겠지. 물론 세상 사람들이 귀찮게 굴긴 하겠지만 말이야. 하지만 결국 그녀도 한 집안 식구잖아.」

「다른 방향으로는 생각해 보지 않으셨습니까?」

내가 물었다.

「내가 다른 어떤 생각을 해야 한단 말인가?」

나는 의심스런 느낌이 들었다. 오래 써서 낡은 펠트 모자 밑에는 내가 알고 있는 것보다 더 많은 것이 있을지도 모른다는 의혹이 생겼다. 그 의기양양해 하면서도 거의 앞뒤가 맞지 않는 이야기들 뒤에는 아주 기민한 두뇌가 활동 중일 것이라는 생각이 들었다.

문득 나는 드 하빌랜드가 애리스티드 레오니데스를 독살한 것이 아닐까 하는 생각까지도 해 보았다……. 그게 전혀 불가능한 것 같지는 않았다. 나는 뒤꿈치로 잡초를 짓이겨버리던 그녀의 모습에서 일종의 철저한 복수심 같은 것을 읽을 수 있었고, 그 모습은 내 마음에서 지워지지 않았던 것이다.

소피아가 한 말을 떠올려 보았다.

비정하다는 말.

나는 곁눈질로 에디스 드 하빌랜드를 훔쳐보았다.

납득할 만한 충분한 이유……하지만 에디스 드 하빌랜드에게 있어 살인을 할 만한 그럴 듯하고 충분한 동기란 정말 무엇일까?

그 질문에 대한 답을 찾기 위해선 그녀에 대해 더 많은 것을 알지 않으면 안 되었다.

제6장

현관문이 열렸다.
 우리는 그 문을 통해 놀라울 정도로 넓은 거실 안으로 들어섰다. 그 방은 품위 있는 검은 참나무와 번쩍거리는 황동으로 만들어진 가구들로 장식되어 있었다. 거실 뒤쪽, 보통의 집이라면 2층으로 올라가는 계단이 있을 법한 곳에는 문 하나가 달린 흰색 패널 벽이 있었다.
 「동생 남편의 집이라오.」 드 하빌랜드가 말했다.
 「1층은 필립과 마그다가 쓰고 있지.」
 우리는 그 문을 지나 왼편의 커다란 응접실로 들어갔다. 엷은 청색 패널 벽의 그 방에는 무늬를 넣어 짠 두꺼운 천에 덮인 가구들이 있었고, 다용도 탁자와 벽에는 배우와 무용수, 그리고 무대장치와 공연 장면 등의 사진과 그림들이 걸려 있었다. 벽난로 앞 장식 위에는 드가(1834~1927; 프랑스의 화가)의 무희 그림이 걸려 있었다. 커다란 노란색 국화 다발과 카네이션이 꽂힌 꽃병도 있었다.
 「필립을 만나고 싶겠지?」
 드 하빌랜드 양이 말했다.
 내가 필립을 만나 보고 싶어했던가? 생각이 나질 않았다. 내가 원한 것은 소피아를 만나는 일뿐이었고, 그 일은 이미 끝났다.
 그녀는 내 아버지의 일을 마무리짓는 데 큰 격려가 되어 주고는 시야에서 사라졌는데, 지금쯤 집 안 어디선가 생선에 관해 통화 중일 것이다. 앞으로 어떻게 해야 할지 나에게 아무런 얘기도 해 주지 않은 채. 나는 자신의 딸과 결혼하고 싶어하는 젊은이로서 필립 레오니데스에게 접근해야 할 것인가, 아니면 잠깐 들른 평범한 친구로서(이런 상황에서는 분명 방문을 삼가 했을 테지만) 접근해야 할 것인가, 그것도 아니면 경찰 관계자로서?

드 하빌랜드는 자신의 질문에 대해 내게 생각할 여유를 주지 않았다. 사실 그건 질문이 아니라 주장이었다. 판단컨대 드 하빌랜드는 질문하기보다는 주장하기를 더 좋아하는 성격이리라.

「서재로 가 봅시다.」 그녀가 말했다.

그녀는 응접실을 나와 복도를 따라 걷다가 또 하나의 방문 앞으로 나를 안내했다. 그 방은 책으로 가득 찬 큰방이었다.

천장까지 닿는 서가(書架)가 있었지만 책들은 그곳에서도 넘쳐 의자와 탁자, 그리고 마룻바닥에까지 아무렇게나 놓여 있었다. 하지만 무질서한 느낌 같은 건 전혀 없었다.

방 안은 추웠다. 그런데 방에서 내 상상과는 좀 다른 냄새가 났다. 오래된 책에서 나는 곰팡내와 밀랍 냄새도 조금 났지만, 또 다른 냄새가 있던 것이다. 잠시 후 나는 내가 생각지 못했던 그 냄새의 정체를 깨달았다. 그것은 담배 향이었던 것이다. 필립 레오니데스는 담배를 피우지 않는데.

우리가 들어서자 그는 자리에서 일어섰다. 50세 가량의 키가 크고 아주 잘생긴 사람이었다. 사람들이 모두 애리스티드 레오니데스의 못생긴 용모를 강조해서 말했기 때문에 나는 그의 아들도 역시 못생겼을 것이라 생각했었다. 반듯한 콧날에 잘 빠진 하관, 잘생긴 이마 뒤로 시원스레 빗어 넘긴 약간 희끗희끗한 금발―나는 이처럼 완벽한 용모를 갖춘 사람을 대할 준비가 되어 있질 않았다.

「이 사람은 찰스 헤이워드란다, 필립.」

에디스 드 하빌랜드가 나를 그에게 소개했다.

「아, 처음 뵙겠습니다.」

그가 내 인사말을 들었는지 못 들었는지 알 수가 없었다.

내게 내민 그의 손은 차가웠고, 얼굴은 지극히 무관심한 표정이었다. 그 때문에 나는 좀 초조해졌다. 그는 무표정하게, 아무 관심 없다는 태도로 거기 그렇게 서 있었다.

「그 무서운 경찰들은 어디 있지?」 드 하빌랜드 양이 물었다.

「그들이 여기 왔었니?」

「주임경감인―」(그는 책상 위에 놓인 명함을 흘끗 내려다보았다)―「태버너라는 사람이 곧 저를 만나러 올 겁니다.」

「지금 그 사람은 어디 있는데?」

「모르겠습니다, 에디스 이모님. 2층에 있나 봅니다.」

「브렌다하고?」

「잘 모르겠습니다.」

필립 레오니데스를 보면 그의 가까운 곳에서 살인사건이 일어난다는 것은 불가능한 일처럼 생각되었다.

「마그다는 아직 안 일어났나?」

「모르겠습니다. 보통 11시 전에는 안 일어나니까요.」

「목소리가 들리는 것 같은데.」

에디스 드 하빌랜드가 말했다.

필립 레오니데스 부인의 말투 같다는 그 소리는 아주 빠른 속도로 점점 급해지면서 높아지는 것이었다. 그러면서 내 뒤에 있는 문이 갑자기 벌컥 열리더니 한 여인이 들어왔다. 그녀가 들어올 때 왜 한 여자가 아니라 세 여자가 한꺼번에 들어오는 것 같은 인상을 받았는지 알 수 없었다.

그녀는 긴 담뱃대에 담배를 피워 물고 있었고, 복숭아 빛 새틴 네글리제를 입고 있었으며, 한 손으로 옷자락을 치켜들고 있었다. 황갈색의 곱슬곱슬한 머리가 등 뒤로 폭포수처럼 드리워져 있었다. 그녀의 얼굴은 화장을 전혀 하지 않은 맨 얼굴이어서 거의 섬뜩할 정도의 분위기를 풍기고 있었다. 커다랗고 푸른 눈을 가진 그녀는 매우 똑똑한 발음으로, 조금은 매력적인 허스키한 음성으로 아주 빠르게 말했다.

「여보, 난 참을 수가 없어요―정말 참을 수 없다니까요―그 소환장을 생각해 보세요―아직 신문에 나진 않았지만 곧 날 거 아니에요―그리고 검시재판에 갈 때는 무슨 옷을 입어야 하죠―아주 차분한 빛깔―검정은 아니더라도, 아마 짙은 자줏빛 정도를 입어야겠죠―그런데 쿠폰이 한 장도 남아 있질 않은데―내게 옷을 판 그 끔찍한 남자의 주소를 잃어버렸지 뭐예요―당신, 아시죠? 새프츠베라 가(街) 근처 어딘가의 차고 말예요―자동차로 그곳에 가면 경찰이 쫓아와 아주 끔찍한 질문을 해대겠죠, 안 그래요? 그럼 뭐라고 대답해야 하는 거죠? 당신은 어쩜 그렇게도 말이 없죠, 필립! 어떻게 그렇게 입을 꼭 다물고 있을 수 있느냐고요? 이 무서운 집을 이제 떠날 수 있다는 생각이 안 드세요? 자유―자유 말예요! 오, 가엾은 아버님이 얼마나 냉정했는지―그래서 그분이 살아 계신 동안에는 이 집을 절대 떠날 수 없었어요. 그분은 정말 우릴 사랑하셨어요―2층에 있는 저 여자가 우리 사이를 이간시키려고 그렇게 애썼음에도 불구하고 말이에요. 아버님을 그 여자에게 맡겨두고 이 집을 떠났더라면 아버님은 즉시 우리와 모든 인연을 끊으셨을 거예요. 끔찍한 인간 같으니라고!

가엾은 아버님은 90세나 되었기 때문에―세상의 어떤 가족애(家族愛)로도 옆에 붙어 있는 그 무서운 여자와는 대항할 수 없었을 거예요. 필립, 나는 정말 이번 일이 에디스 톰슨 극을 공연할 수 있는 멋진 기회라고 생각해요. 이 살인사건이 우리를 크게 선전해 줄 것 아니에요. 빌덴슈타인이 비극 대본을 입수할 수 있을 거라고 했어요―'광부들은 어느 때나 떠나고 있다.'는 대사가 있는 그 음산한 연극 말이에요―멋진 역이에요―정말 멋져요. 코 때문에 나는 늘 희극을 해야 한다고 사람들은 말하는데―에디스 톰슨 작품에는 희극적인 요소가 많잖아요―작가는 그걸 알고 있는지 모르겠어요―희극은 늘 긴장감을 고조시키죠. 난 어떻게 그런 역을 하는지 알고 있다고요―마지막까지 태연하고 천진난만하게 연기하고는―."

갑자기 팔을 죽 뻗는 바람에―담뱃대에서 담배가 떨어져 윤기 흐르는 필립의 마호가니 책상 위로 떨어져 타기 시작했다. 그러자 그는

제6장 49

덤덤한 표정으로 그것을 집어 휴지통에 던져 넣는 것이었다.

「그리고—.」

마그다 레오니데스는 갑자기 눈을 둥그렇게 뜨고는 굳어진 표정으로 말했다.

「공포만이……」

두려움으로 굳은 표정이 그녀의 얼굴에 한 20초 정도 머물렀다. 그러고 나서 마치 금방이라도 울음을 터뜨릴 듯한 아이처럼 뒤틀리고 일그러진 표정을 짓는 것이었다. 그러더니 마치 스펀지로 싹 쓸어버리기라도 한 것처럼 갑자기 모든 감정이 다 사라진 얼굴을 내게 돌리고는 사무적인 어투로 이렇게 물었다.

「에디스 톰슨의 연극이 이럴 거라고 생각지 않아요?」

나는 진짜 그럴 거라고 말했다. 그 순간 에디스 톰슨이 누구인지 생각도 나지 않았지만 소피아 어머니와의 첫 대면을 좋게 시작하고 싶었다.

「꼭 브렌다 같은데 그래.」 마그다는 말했다.

「난 그런 생각은 해본 적이 없었는데. 정말 재미있지요? 그 경감에게 그걸 가르쳐 줄까?」

책상 뒤의 남자는 보일 듯 말 듯 미간을 찌푸렸다.

「그럴 필요는 없소, 마그다.」 그가 말했다.

「당신이 경감을 만날 필요는 없소. 그가 알고 싶어하는 건 내가 모두 말해 줄 수 있으니까.」

「그 사람을 만나지 말라고요?」

그녀의 목소리가 높아졌다.

「하지만 난 만나야 해요! 여보, 당신은 상상력이 끔찍이도 없단 말예요! 당신은 세부적인 일들이 얼마나 중요한지 모르고 있어요. 그 사람은 모든 일이 정확히 언제, 어떻게, 일어났는지 알고 싶어할 거예요. 아주 사소한 일까지라도 말예요—.」

「어머니—.」

열려져 있던 문을 통해 소피아가 방으로 들어오면서 말했다.

「경감님한테 거짓말을 해서는 안 돼요.」

「소피아, 얘야―.」

「난 알아요, 세트는 모두 갖추어졌고, 어머니는 멋진 연기를 해낼 준비를 해 놓았죠. 하지만 그건 잘못이에요. 잘못이라고요.」

「말도 안 된다. 넌 몰라―.」

「알아요. 어머니는 완전히 다르게 얘기해야 돼요. 차분한 태도로―아주 조금만 말하세요―모든 걸 꾹 참고서―어머니와 우리 가정을 위한다는 생각으로 말이에요.」

마그다 레오니데스의 얼굴에는 어린 아이와 같은 순진한 당황함이 나타났다.

「소피아, 넌 정말 그렇게 생각하니―.」

「예, 그래요. 그러시면 안 돼요. 그 길밖에 없어요.」

소피아가 이렇게 덧붙이자 그녀 어머니의 얼굴에 작은 미소가 떠오르기 시작했다.

「어머니가 드시게 초콜릿을 좀 만들었어요. 응접실에 있어요.」

「오, 그래, 마침 배가 고프던 참이었는데―.」

그녀는 문 쪽으로 걸어가다 말고 말했다.

「딸이 있다는 게 얼마나 좋은지 모를 거예요.」

그녀의 말은 나를 향해 하는 것 같기도 했고, 내 머리 뒤에 있는 서가(書架)에 대고 하는 말 같기도 했다. 그리고는 마침내 그녀는 방을 나갔다.

「저 애가―.」 드 하빌랜드가 말했다.

「경찰한테 무슨 말을 할는지는 하나님만이 아실 걸!」

「어머니는 잘하실 거예요.」

소피아가 말했다.

「아무 말이나 막 할지도 모르지.」

「걱정하지 마세요.」 소피아가 말했다.

「어머니는 연출가가 하라는 대로 연기하세요. 그 연출가는 바로 저라고요!」

그녀는 자기 어머니가 나간 문 쪽으로 가다가 휙 돌아서서 말했다.

「태버너 주임경감이 와 계세요, 아버지. 찰스가 여기 있어도 괜찮으시겠죠?」

나는 필립 레오니데스의 얼굴에 희미하게 당황한 빛이 스쳐 지나가고 있음을 느꼈다. 그럴 법도 했다! 하지만 예의 그 무관심한 태도로 보아서는 그의 마음을 알 수 없었다. 그는 들릴 듯 말 듯한 목소리로 중얼거렸다.

「으음, 괜찮고말고.」

태버너 주임경감이 방으로 들어왔다.

그의 딱딱하고 믿음직하면서도 사무적인 기민함이 깃들어 있는 태도는 방 안의 분위기를 좀 누그러뜨리는 듯했다.

그의 태도는 마치, 「잠깐 불쾌하게 해드려야겠습니다. 하지만 곧 사라질 겁니다. 그건 누구보다도 제가 더 바라는 일이죠. 확신컨대, 귀찮게 붙어 다니고 싶지는 않습니다······.」 라고 말하는 것 같았다.

그는 아무 말도 하지 않았으므로 나는 그가 무슨 일을 하고 왔는지 알 수 없었다. 그는 아무 말 없이 의자를 책상으로 바싹 끌어당겨 앉았다.

나는 주제넘어 보이지 않게 그들과 조금 떨어져 앉았다.

「무슨 일이신가요, 주임경감님?」 필립이 물었다.

그때 에디스 드 하빌랜드가 불쑥 말했다.

「내가 나갈까요, 경감님?」

「예, 그래 주시겠습니까, 드 하빌랜드 양? 잠시 뒤에 드릴 말씀이 있을지도 모르겠습니다.」

「물론이죠. 난 2층에 있겠어요.」

그녀는 등 뒤로 문을 닫고 방을 나갔다.

「자, 무슨 일이십니까, 주임경감님?」 필립이 되풀이하여 물었다.

「선생이 신사라는 걸 잘 알고 있습니다. 그래서 오래 귀찮게 해드릴 생각은 없습니다. 하지만 우리들이 의혹을 품고 있는 부분에 대해 도움을 주시리라 확신을 갖고 몇 가지만 말씀드리겠습니다. 선생님의 부친은 자연사(自然死)가 아니었습니다. 그분의 죽음은 피소스티그민 —보통은 에제린으로 더 잘 알려진 약품의 과용 때문이었습니다.」

필립은 고개를 숙였다. 그의 얼굴엔 아무런 감정도 나타나지 않았다.

「그 사실이 선생께 뭐라도 떠오르게 해 주는 건 없는지 모르겠군요.」 태버너는 계속 말을 이었다.

「그게 무얼 생각나게 합니까? 내 생각에 아버지는 우연히 사고를 당하신 것 같은데.」

「정말 그렇게 생각하십니까, 레오니데스 씨?」

「예, 그런 일은 충분히 있을 수 있다고 생각합니다. 아버지는 아흔에 가까운 나이셨고 시력이 약했다는 걸 기억해 주시기 바랍니다.」

「그래서 안약 병의 내용물을 인슐린 병에 집어넣었다는 겁니까? 당신은 그런 일이 정말 가능하다고 생각하십니까?」

필립은 대답하지 않았다. 그의 얼굴은 더욱 무표정해졌다.

태버너는 계속 말했다.

「쓰레기통에서 빈 안약 병을 발견했습니다. 아무 지문도 묻어 있지 않더군요. 그 사실 자체가 이상하지 않습니까? 정상적으로 생각한다면 당연히 지문이 묻어 있어야 합니다. 부친의 지문이나, 아니면 사모님, 혹은 하인의 것이라도……」

필립 레오니데스는 고개를 들고 태버너를 바라보았다.

「하인은 어떻습니까?」 그는 물었다.

「존슨은 어떻습니까?」

「존슨에게 혐의를 두고 있는 겁니까? 확실히 그에겐 기회가 있었습니다. 하지만 살인 동기를 생각하면 문제가 달라지지요. 선생의 부친께서는 그에게 매년 보너스를 지급했는데—그 액수는 매년 많아졌습니다. 그것은 부친의 유언으로 그에게 지급될 돈을 대신하는 것이란 점을 부친께서는 분명히 했습니다. 7년이 지난 지금 보너스 액수는 상당한 수준에 달해 있고, 또 해마다 계속 인상되고 있습니다. 따라서 존슨으로서는 가능한 한 선생의 부친께서 오래오래 사시는 것을 바랐죠. 게다가 두 사람은 사이가 아주 좋았습니다. 존슨의 근무 기록을 보면 나무랄 데가 없습니다. 그는 정말 일 잘하고 충실한 하인이더군요.」

그리고 나서 그는 잠시 말을 멈췄다가 다시 이었다.

「우린 존슨을 의심하지 않습니다.」

필립은 아무런 억양도 없는 목소리로 대답했다.

「알겠습니다.」

「자, 레오니데스 씨, 부친께서 돌아가시던 날 선생이 무얼 하고 계셨는지 자세히 좀 말씀해 주실 수 있겠죠」

「물론이죠, 경감님. 난 그 날 하루 종일 이 방에 있었습니다 ─ 물론 식사 때는 빼놓고 말입니다만.」

「부친을 전혀 뵙지 못했단 말입니까?」

「여느 때와 다름없이 아침식사 후 아침 인사를 드렸습니다.」

「그때 단둘이만 있었나요?」

「계모가 한방에 있었습니다.」

「아버님은 평소 때와 다름없어 보이시던가요?」

필립은 좀 묘한 느낌을 주는 대답을 했다.

「그 날 자신이 살해될 거라는 말씀은 없었지요.」

「부친의 방은 여기서 멀리 떨어져 있습니까?」

「예, 거실에 있는 문을 통해서만 아버지 방으로 갈 수 있습니다.」

「그 문은 늘 잠겨 있습니까?」

「아닙니다.」

「늘 열려 있단 말입니까?」

「그렇지는 않습니다만.」

「부친의 방과 이 방은 누구라도 자유로이 드나들 수 있습니까?」

「그럴 겁니다. 식구들의 편의상 공간을 나누었을 뿐이죠.」

「부친의 사망소식은 어떻게 해서 들으셨습니까?」

「로저 형이 위층 서쪽 방을 쓰고 있는데 갑자기 내 방으로 달려오더니 아버지가 졸도했다고 하더군요. 아버지는 호흡곤란을 일으켰고 증세가 매우 위중해 보였습니다.」

「그래서 어떻게 하셨나요?」

「의사에게 전화를 했습니다. 모두들 어떻게 해야 할지 모르고 있는 것 같았습니다. 의사는 외출 중이더군요—그래서 가능한 한 빨리 좀 와달라고 하고 전화를 끊었죠. 그리고 2층으로 올라갔습니다.」

「그리고요?」

「아버지가 위독하셨던 것은 분명했습니다. 의사가 도착하기 전에 숨을 거두셨으니까요.」

필립의 음성에는 아무런 감정도 없었다. 그저 사실만을 단순히 진술하고 있을 뿐이었다.

「그때 다른 가족들은 어디에 있었습니까?」

「내 아낸 런던에 있었지요. 그 일이 있은 뒤 곧 집으로 돌아왔고, 소피아도 역시 집에 없었을 겁니다. 유스터스와 조세핀은 집에 있었습니다.」

「제 말을 오해하지 마시기 바랍니다, 레오니데스 씨. 부친의 죽음이 선생의 경제적인 면에 정확히 어떤 영향을 끼칠 거라고 생각하십니까?」

「모든 사실을 다 알고 싶어하시는 것을 나로선 이해할 수 있습니다. 아버지는 이미 오래 전에 우리들을 모두 경제적으로 독립시켰습니다. 형님은 아버지가 가진 것 중에서 제일 큰 회사인 식당 체인 회사의 사장이자 제1주주로 만드셔서 운영을 전적으로 형에게 맡기셨습니다. 그리고 내게는 형에게 주신 것과 똑같은 액수를 주셨습니다—각종 채권과 보험증서를 다 합쳐 15만 파운드는 된 것 같습니다—

그래서 난 그걸 내 마음 내키는 대로 쓸 수 있지요. 죽은 두 여동생에게도 아주 후하게 물려주셨습니다.」

「그런데도 그분은 여전히 부자였지 않습니까?」

「아닙니다. 사실 아버지는 비교적 얼마 안 되는 수입만으로 지내셨습니다. 아버지는 그래야 사는 게 재미있을 거라고 말씀하셨지요. 그때 이후로.」—처음으로 필립의 입가에 희미한 미소가 번졌다—「아버지는 자신의 재산을 여러 가지로 불려 전보다 더 큰 부자가 되셨지만.」

「형님과 선생님은 이 곳에 살고 계십니다. 그건 어떤 경제적 곤란—때문은 아닙니까?」

「그건 아닙니다. 단지 편의에 의해서였지요. 아버지는 함께 모여 사는 걸 언제라도 환영한다고 늘 말씀하셨습니다. 여러 가지 가정 형편상 그렇게 하는 것이 내게도 아주 편했고요.」

「또 나는—.」 필립은 신중하게 덧붙였다.

「아버지를 무척 좋아했습니다. 난 1937년에 가족과 함께 이 곳으로 왔습니다. 집세는 내지 않지만 우리 가족의 세금은 냈습니다.」

「그리고 형님께선?」

「형은 독일군 공습으로 집이 파괴되어서 이 곳으로 오게 됐습니다. 런던에 있던 형의 집이 1943년에 폭격을 당했거든요.」

「레오니데스 씨, 부친의 유언장 처리에 대해 뭐 생각나시는 거라도 있습니까?」

「아주 분명하게 생각나는 것이 하나 있습니다. 아버지는 1946년에 유언장을 다시 작성하셨습니다. 아버지는 비밀 같은 건 없는 분이었죠. 가족들을 아주 많이 생각하셨지요. 사무변호사 입석 하에 가족회의를 열었는데, 그 사람의 요청에 의해 아버지 생각을 우리에게 분명히 밝혔습니다. 그 내용은 이미 알고 있으리라 생각합니다. 게이츠킬 씨가 분명히 알려 드렸을 테니. 대충 말하자면, 계모에게는 결혼 때 약속한 상당한 금액 외에 세금 없이 10만 파운드를 더 주고, 잔여 재산은 3등분해서 1/3은 내게, 1/3은 형에게, 그리고 나머지 1/3은 세 명의 손자들 앞으로 해서 위탁관리인에게 맡겼습니다. 부동산도 상당히 많지만 상속세가 엄청날 겁니다.」
「하인들이나 자선기관에 남긴 유산은 없습니까?」
「그런 건 전혀 없습니다. 하인들은 여기서 계속 일하는 한 매년 임금이 인상되었으니까요.」
「그럼, 사실상 돈이 궁핍한 경우는—이렇게 묻는 걸 용서하시기 바랍니다—그런 경우는 없으시겠군요, 레오니데스 씨?」
「아시겠지만, 소득세가 좀 과중합니다. 주임경감님—하지만 내 수입은 나와 내 아내의 필요를 채우기에 충분합니다. 게다가 아버지는 아주 후한 선물을 자주 주셨고, 무슨 급한 일이 생기면 즉각 도와주시곤 했으니까요.」
필립은 냉정하고도 분명한 어투로 덧붙였다.
「아버지의 죽음을 바랄 만한 경제적인 이유는 전혀 없었음을 분명히 말할 수 있습니다, 주임경감님.」
「그런 뜻으로 들으셨다면 매우 죄송합니다, 레오니데스 씨. 하지만 우리는 모든 사실을 다 알아야겠기에 말이죠. 이제 좀 미묘한 질문을 드려야 할 것 같군요. 부친과 계모 되시는 분의 관계에 대한 것인데, 두 분은 사이가 좋았습니까?」
「내가 아는 한, 아주 좋았습니다.」
「싸움 같은 건 전혀 없었나요?」
「그랬다고 생각합니다.」
「나이 차이가 많이 나는데도?」
「그랬지요.」
「부친의 재혼을—죄송합니다—찬성하셨나요?」
「내 찬성 같은 건 필요 없었습니다.」
「그건 제 질문에 대한 답변이 아닙니다, 레오니데스 씨.」
「그 점을 강조하신다면 대답하지요, 난 그 결혼이 지혜롭지 못하다고 생각했습니다.」

「그 점에 대해 부친께 말씀을 드린 적이 있습니까?」

「내가 그 얘길 들었을 때는 이미 모든 것이 결정된 뒤였습니다.」

「충격을 받았겠군요?」

필립은 대답하지 않았다.

「그 일 때문에 어떤 감정은 없었습니까?」

「아버지는 자신이 원하시는 일이라면 모두 할 수 있는 완전한 자유를 갖고 계셨습니다.」

「선생님과 레오니데스 부인과는 사이가 좋았습니까?」

「좋았습니다.」

「그분과 친했습니까?」

「만날 기회가 아주 드물었습니다.」

태버너 주임경감은 갑자기 이야기를 바꾸었다.

「로렌스 브라운에 대해 좀 말씀해 주실 수 있습니까?」

「죄송합니다만 말씀드릴 만한 것이 없습니다. 그는 아버지가 고용한 사람이지요.」

「하지만 그는 선생의 자제 분들을 가르치도록 되어 있지 않습니까, 레오니데스 씨.」

「맞습니다, 내 아들은 소아마비라—다행히 증상은 가볍습니다만—퍼블릭 스쿨에 보내는 게 별로 탐탁지 않았지요. 그래서 아버지는 그 애와 동생인 조세핀에게 가정교사를 구해 주자고 하신 겁니다—그런데 당시엔 가정교사의 선택범위가 무척 제한되어 있었습니다. 군역(軍役)이 면제된 사람이어야 했으니까요. 그 젊은이의 신임장은 만족스러웠고 아버지와 이모님(늘 아이들을 돌봐 주시죠)도 만족하셨습니다. 난 그분들의 결정에 따랐지요. 한 마디 덧붙인다면, 나는 그 사람이 가르치는 방법에서 아무런 흠도 찾을 수 없었다는 겁니다. 그는 양심적으로, 그리고 적절하게 가르치고 있습니다.」

「그의 거처는 여기가 아니고 부친의 방 근처가 아니었습니까?」

「2층에는 남은 방이 많이 있지요.」
「로렌스 브라운과―이런 걸 물어서 죄송합니다―선생의 계모와 가깝다는 것을 눈치챈 적은 없으신지요?」
「그런 일을 관찰할 기회는 없었습니다.」
「그런 문제에 대해 들리는 말이나 수군거리는 소리도 못 들으셨습니까?」
「소문이나 수군대는 소리엔 귀를 기울이지 않습니다, 주임경감님.」
「좋습니다.」 태버너 주임경감이 말했다.
「아무것도 보지도 듣지도 못했고, 어떤 얘기도 하지 않으셨단 말이지요?」
「원하신다면 그렇게 표현하셔도 좋습니다, 주임경감님.」
태버너 주임경감은 자리에서 일어서며 말했다.
「매우 감사했습니다, 레오니데스 씨.」
나는 묵묵히 그를 쫓아 방을 나왔다.
「휴우, 냉정한 인간 같으니!」
태버너가 말했다.

제7장

「이제 필립의 부인, 그러니까 예명이 마그다 웨스트인 여자에게 좀 물어 봐야겠습니다.」 태버너가 말했다.

「그녀가 무슨 도움이 되겠습니까? 난 부인의 이름도 알고, 쇼에서 여러 번 보기도 했는데 언제, 어디서였는지 통 기억할 수 없군요.」

「그녀는 니어 서섹시스 극단 멤버랍니다.」 태버너가 말했다.

「웨스트 엔드(런던 시내의 서부지역으로, 대저택·큰 상점·극장이 많은 곳)에서 두어 번 주연을 한 적이 있었고, 레퍼터리 극장에선 꽤 유명했지요―상류사회 사람들이 모이는 극장과 선데이 클럽에서도 여러 번 연기를 했으니까. 사실, 내 생각엔 그녀가 그걸로 밥벌이를 하지 않아도 된나는 것이 오히려 약점이지 않았나 싶습니다. 그녀는 원하는 곳 어디나 갈 수 있었고, 또 마음에 드는 역이 있는 쇼에는 돈을 기부하기도 했죠―그녀가 마음에 들어 하는 역이란 사실 그녀에게 그리 어울리지 않는 역이 대부분이었지만 말입니다.

그 결과 그녀는 직업 연기자보다는 오히려 아마추어 수준으로 조금씩 하락하고 만 거지요. 그녀는 특히 희극에 어울렸지만―감독들은 그녀를 그리 좋아하지 않았어요. 그들은 그녀의 행동이 너무 독선적이라고 하더군요. 게다가 툭하면 문제나 일으키고 말입니다―말썽을 일으켜 놓고는 오히려 그걸 즐긴다는 거지요. 그런 말을 어디까지 믿어야 할지는 모르지만, 하여간 동료 배우들 사이에 평판이 좋지 않은 건 사실인 것 같습니다.」

소피아가 거실에서 나오며 말했다.

「어머니는 이 방에 계셔요, 주임경감님.」

나는 태버너를 따라 거실로 들어갔다.

안으로 들어가서도 한동안 현란한 무늬가 있는 긴 등널 의자에 앉아 있는 여자를 거의 알아보지 못했다. 황갈색의 머리를 에드워드 시대 풍으로 이마 위로 묶어 올린 그녀는 디자인이 잘 된 진회색 코트와, 교묘하게 주름잡힌 스커트에, 목 부분을 작은 마노 브로치로 여민 엷은 자주색 셔츠를 받쳐 입고 있었다. 처음으로 나는 그녀의 들창코에 애교스런 미소가 있음을 느꼈다. 내 머릿속에는 아테네 세일러의 모습이 어렴풋하게 떠올랐다. 이 사람이 방금 전 복숭아 빛 네글리제를 입고 그토록 격렬하게 떠들어대던 바로 그 여자라고는 믿기 어려웠다.

「태버너 경감님? 들어와 앉으세요. 담배 한 대 피우시겠어요? 이건 정말 끔찍한 일이에요. 전 정말 이해할 수 없어요.」

그녀의 음성은 낮고 무감동했다. 자기 자신을 억제하고 있다는 것을 어떻게 해서든지 나타내려는 사람의 목소리였다. 그런 음성으로 그녀는 계속 말했다.

「제가 도울 수 있는 것이 있다면 말씀해 주세요.」

「감사합니다, 레오니데스 부인. 그 끔찍스런 일이 일어났을 때 부인은 어디에 계셨습니까?」

「아마 런던에서 돌아오던 중이었을 거예요. 친구와 아이비에서 점심을 먹고 패션쇼에 갔죠. 그리고 우린 다른 친구들과 버클리에서 술을 한잔했어요. 그러고 나서 집으로 출발했죠. 도착해 보니 난리가 났더군요. 아버님이 갑자기 쓰러지셨던 모양이에요. 그리고서—돌아가시고 말았죠.」

그녀의 목소리는 약간 떨렸다.

「아버님을 좋아하셨습니까?」

「무척 좋아했죠—.」

그녀의 목소리가 갑자기 높아졌다. 그러자 드가의 그림 밑에 서 있던 소피아가 눈에 띌 듯 말 듯한 눈빛을 그녀에게 보내는 것이었다. 마그다의 목소리가 좀 전과 같은 톤으로 다시 낮아졌다.

「전 아버님을 아주 좋아했어요.」
그녀는 조용한 음성으로 말했다.
「식구들 모두가 그분을 좋아했죠. 아버님은 우리들에게 아주 잘해 주셨어요.」
「시어머님과도 사이가 좋으셨습니까?」
「브렌다는 그리 자주 대할 시간이 없었어요.」
「왜 그랬습니까?」
「우린 공통점이 별로 없어요. 가엾은 브렌다, 그녀에게는 인생이 힘들었을 때가 간혹 있었을 거예요.」
소피아가 다시 한 번 드가의 그림을 만지작거리며 눈빛을 보냈다.
「그래요? 어떻게 말입니까?」
「오, 잘 모르겠어요.」
마그다는 슬퍼 보이는 엷은 미소를 띠며 고개를 흔들었다.
「계모와 아버님은 사이가 좋았습니까?」
「예, 그랬다고 생각해요.」
「싸우지는 않았습니까?」
다시 한 번 그녀는 희미한 미소를 지으며 고개를 저었다.
「정말 잘 모르겠어요, 경감님. 그분들 방과 제 방은 아주 멀리 떨어져 있으니까요.」
「그녀와 로렌스 브라운 씨는 꽤 가깝게 지내지 않았습니까?」
마그다 레오니데스의 얼굴이 굳어졌다. 그녀의 두 눈은 태버너를 향해 비난하는 듯 크게 떠졌다.
「제게 그런 것을 물으실 필요는 없으실 텐데요?」
그녀는 단호하게 말했다.
「브렌다는 누구하고나 다 친했어요. 정말 사교성이 좋은 사람이에요.」
「부인은 로렌스 브라운 씨를 좋아하십니까?」
「그는 조용한 사람이에요. 아주 좋은 사람이지만 전 그 사람이 집

안에 있다는 것조차 거의 느낄 수가 없답니다. 그 사람을 대할 시간이 별로 없거든요.」

「그가 아이들을 가르치는 건 만족스러웠습니까?」

「그런 것 같아요. 사실 전 그런 걸 알려고 해 보지도 않았지만 말이에요. 필립은 아주 만족해하는 것 같아요.」

태버너는 충격적인 요법을 시도했다.

「이런 걸 물어서 죄송합니다만, 브라운 씨와 브렌다 부인 사이에 어떤 연애 비슷한 것이 있다는 생각은 해 보지 않았습니까?」

마그다는 자리에서 벌떡 일어섰다. 그런 행동에도 귀부인다운 품위가 넘쳤다.

「그런 낌새조차 느낀 적 없어요. 그런 걸 제게 물을 필요는 없을 텐데요, 경감님. 그녀는 제 시아버님의 아내입니다.」

나는 그녀에게 박수갈채라도 보내고 싶은 심정이었다.

주임경감도 자리에서 일어났다.

「하인들에게 좀더 물어 봐도 되겠습니까?」 하고 그는 물었다.

마그다는 대답하지 않았다.

「감사합니다, 레오니데스 부인.」

태버너 경감은 그렇게 말하고 방을 나갔다.

「정말 멋있게 해냈어요, 엄마.」

소피아가 어머니에게 부드럽게 말했다.

마그다는 반사적으로 오른쪽 귀 뒤 고수머리를 말아 올리며 거울에 비친 자신의 모습을 바라보았다.

「그래, 정말 잘 해낸 것 같구나.」

소피아는 나를 쳐다보며 말했다.

「경감님과 함께 가셔야 하지 않아요?」

「이봐요, 소피아. 내가 할 일은—.」 나는 말을 멈췄다.

소피아의 어머니 앞에서 내가 해야 할 역할이 정확히 무엇인지 그녀에게 물어 볼 수는 없는 노릇이었다. 마그다 레오니데스는 내 존재에 대해 전혀 관심이 없음이 역력했다. 무대에서 퇴장하라는 딸의 말에 순순히 따르는 사람으로 밖에는 말이다. 내가 기자이든 딸의 약혼자이든, 아니면 경찰 뒤를 따라다니는 신분이 불분명한 사람이든—심지어 장의사에서 온 사람이든—내가 어떤 인물이든 마그다 레오니데스에게는 모두 마찬가지였을 것이며, 아무 상관없는 관객으로 뭉뚱그려질 수 있는 존재일 것이다.

레오니데스 부인은 자신의 발을 내려다보다가 불만스러운 어투로 말했다.

「이 구두는 별로야. 시시해.」

나는 소피아의 위압적인 고갯짓에 순종하여 급히 태버너의 뒤를 쫓았다. 그를 따라잡았을 때 그는 거실을 나가 막 계단으로 통하는 문을 지나려는 참이었다.

「필립의 형을 만나러 가는 중입니다.」

그에게는 내 문제를 아무 거리낌 없이 털어놓을 수 있었다.

「이보세요, 태버너. 여기서 내 역할은 무엇입니까?」

그는 놀란 표정으로 나를 쳐다보았다.

「당신의 역할이 무엇이냐고요?」

「예, 지금 이 집에 왜 있는 겁니까? 누가 그걸 물으면 뭐라고 대답해야 하죠?」

「아, 무슨 말인지 알겠습니다.」

그는 잠깐 생각에 잠겼다. 그리고는 미소를 지으며 말했다.

「누가 그걸 묻던가요?」

「아—아니오.」

「그럼 그냥, 가만히 있으시지요. '애써 변명하지 말아라.' 이건 아주 훌륭한 문구입니다. 특히 이 집 같이 골치 아픈 데에서는 말이죠. 모두들 자기 걱정에만 빠져 있고 혹시 의심을 받지나 않을까 두려워하고 있거든요. 당신이 자신 있는 태도를 보이기만 한다면 모두들 당신 존재를 당연하게 여길 겁니다. 하지 않아도 좋을 말을 하는 건 잘못이죠. 흠, 이 문을 통해 2층으로 가는 거로군. 잠겨 있는 문이 하나도 없어요. 당신은 내가 하는 질문들이 모두 허튼 소리로 생각될 겁니다! 하지만 그 날 누가 집 안에 있었고 누가 없었는지, 그 운명의 날에 모두들 어디에 있었는지는 조금도 중요하지 않습니다―.」

「그러면 왜…….」

그는 계속 말했다.

「그 사실은 적어도 모두를 살펴보고 재보고, 또 그들이 하는 말이 무언지 들어 볼 수 있는 기회를 준단 말입니다. 또 우연찮게 누군가가 기막힌 단서를 줄지도 모르고요.」

그는 한동안 침묵을 지키고 있다가 다시 중얼거리듯 말했다.

「마그다 레오니데스는 마음만 먹는다면 하고 싶은 말을 모두 털어놓을 사람인데.」

「그게 과연 믿을 만한 말일까요?」

「아니, 믿을 만한 말은 못 될 겁니다. 하지만 어떤 실마리는 제공해 줄 수 있지요. 이 저주받은 집에 살고 있는 사람들에게는 모두 범행할 수 있는 수단과 기회가 있었어요. 내가 알고 싶은 건 범행 동깁니다.」

층계를 다 올랐다. 복도의 오른쪽 방은 안으로 잠겨 있었고, 문 위에는 놋쇠로 만든 고리가 달려 있었다. 태버너 경감은 정중하게 그 고리로 문을 두드려 노크를 했다.

갑작스럽게 문이 열리고 한 남자의 얼굴이 보였다. 문 바로 뒤에 서 있었던 모양이다. 지나치다 싶으리만큼 큰 체구의 남자는 힘깨나 쓸 듯한 어깨에 헝클어진 검은머리, 지독하게 못생겼지만 그와 동시에 뭔가 모르게 보는 이를 유쾌하게 만드는 얼굴을 가지고 있었다. 그는 똑바로 우리를 바라보다가 곧 뒤로 숨을 듯한 모습이었다. 부끄러움을 잘 타지만 솔직한 사람들이 흔히 그러는 당황한 자세였다.

「아, 예, 들어오십시오. 막 나가려던 참이었는데―하지만 괜찮습니다. 거실로 들어오십시오. 클리멘시를 데려오겠습니다―아, 당신 거기

제7장 65

있었군. 이분은 태버너 주임경감이오. 이분은―거기 담배 좀 있소? 잠깐만 기다리십시오, 괜찮다면.」

그는 칸막이 휘장에 부딪치고는, '죄송합니다'라고 당황한 태도로 말하며 방을 나갔다.

마치 벌이 날아간 뒤 같은 묘한 적막감이 감돌았다.

로저 부인은 창문 가에 서 있었다. 그녀를 보는 순간 나는 그녀의 개성과 우리가 서 있는 방의 분위기에 호기심이 생겨났다.

벽은 흰색으로 칠해져 있었다―우리가 흔히 '흰색'이라고 말하는 아이보리색이나 엷은 크림색이 아니라 정말 흰색이었다. 벽난로 앞 장식 위에 있는, 짙은 회색과 카키색의 삼각형 무늬로 된 기하학적이고 환상적인 그림 이외에 벽에는 그림 한 장이 걸려 있지 않았다. 꼭 필요한 것, 즉 가구 서너 점과 유리가 덮인 탁자, 그리고 작은 서가 외에는 가구도 거의 없는 편이었다. 아무런 장식품도 없었다. 오직 빛과 공간, 그리고 공기만이 있었다. 아래층의 호화찬란하고 꽃 장식으로 가득 찬 거실과는 딴판이었다. 그리고 로저 레오니데스 부인은 필립 레오니데스 부인과도 전혀 달랐다. 마그다 레오니데스에게는 적어도 여느 여자와 다름없다는 느낌을 받았는데, 클리멘시 레오니데스는 그녀 이외의 다른 여자일 수 없다는 생각이 들었다. 그녀는 날카롭고 아주 분명한 개성을 가진 여자였다.

그녀는 쉰살쯤 된 것 같았다. 머리는 회색이었고 이튼 학교 학생처럼 아주 짧게 잘랐지만, 작고 잘생긴 머리 위로 아주 아름답게 자라나 있어 내가 짧은 머리와 늘 연관지어 생각하던 추함 같은 것은 전혀 찾아볼 수 없었다. 그녀의 얼굴은 이지적이고 예민해 보였으며, 밝은 회색 눈은 무언가를 찾는 듯 이상할 정도로 강렬했다. 그녀가 입고 있는 단순한 모양의 짙은 붉은 색 부인복은 그녀의 날씬한 몸매에 썩 잘 어울렸다.

나는 그녀가 놀라운 여자라는 걸 대번에 느꼈다……. 그것은 그녀가 지금까지 살아온 생활방식이 다른 평범한 여자의 그것과는 다를 것이라는 판단이 섰기 때문이었다. 나는 소피아가 왜 그녀에 대해 비정하다는 말을 썼는지 금방 알 수 있었다. 방 안이 추운 듯한 느낌이 들어 나는 몸을 좀 떨었다.

클리멘시 레오니데스는 낮고 교양 있는 음성으로 말했다.

「앉으시지요, 주임경감님. 알아내신 거라도 있는지요?」

「사망 원인은 에제린이었습니다, 레오니데스 부인.」

그녀는 신중한 어조로 말했다.

「그럼, 살인인 셈이군요. 절대 사고일 리가 없군요. 그렇죠, 경감님?」

「그렇습니다, 레오니데스 부인.」

「남편에게는 제발 조용히 말씀해 주세요, 주임경감님. 이 일은 남편에게 영향이 클 거예요. 남편은 아버님을 존경했답니다. 게다가 그이는 아주 예민해요. 감수성이 많은 사람이지요.」

「아버님과는 사이가 좋으셨습니까, 레오니데스 부인?」

「예, 좋았어요.」

그녀는 조용한 음성으로 덧붙였다.

「아주 좋아한 건 아니고요.」

「왜 그랬습니까?」

「아버님 삶의 목적들을 싫어했지요―그리고 목적에 도달하는 수단도요.」

「그럼 브렌다 레오니데스 부인하고는 어땠습니까?」

「브렌다? 자주 대할 기회가 없었어요.」

「그녀하고 로렌스 브라운 씨 사이에 어떤 일이 있으리라고 생각되지는 않습니까?」

「그러니까―일종의 연애 같은 것 말씀인가요? 그런 생각은 해 본 적이 없는데요. 그런 일에 대해서는 사실 아는 바도 없고요.」

그녀의 목소리는 정말 그런 일에 무관심한 듯했다.

로저 레오니데스가 예의 그 뒹벌 같은 분위기로 급히 돌아왔다.

제7장 67

「전화가 와서요, 주임경감님. 무슨 소식이라도 가져오셨습니까? 아버지는 무엇 때문에 돌아가신 겁니까?」

「사망 원인은 에제린 중독이었습니다.」

「그래요? 맙소사! 그렇다면 바로 그 여잡니다! 더 이상 기다릴 수 없었던 거예요. 아버지는 그 여자를 시궁창에서 건져 주셨는데 이런 보답을 받다니. 그 여자가 아버지를 계획적으로 살해한 겁니다! 괘씸하군요. 생각만 해도 피가 끓어오릅니다.」

「그렇게 생각할 만한 어떤 특별한 이유라도 있습니까?」

태버너가 물었다.

「이유라고요? 그럼 다른 어떤 사람이 그런 짓을 할 수 있겠습니까? 난 그 여자를 결코 믿지 않았습니다—좋아하지도 않았고요! 식구들 중 어느 누구도 그 여자를 좋아하지 않습니다. 어느 날 아버지가 집에 오셔서는 갑자기 결혼하기로 결정했다고 말씀하셨을 때 동생과 난 깜짝 놀랐지요. 그 나이에! 그건 미친 짓이었어요—미친 짓이었다고요. 아버지는 놀라운 분이었습니다, 경감님. 40대처럼 젊고 신선한 지성을 가진 분이었어요. 이 세상에서 내가 소유한 모든 것들은 다 아버지 덕택입니다. 날 위해 모든 것을 다 해 주셨지요. 절대 날 실망시키지 않으셨습니다. 오히려 내가 아버지를 실망시켜 드렸죠—그걸 생각하면…….」

그가 의자에 털썩 주저앉자 클리멘시가 얼른 그의 곁으로 다가갔다.

「자, 여보, 그만하세요. 흥분하지 마세요.」

「알아, 여보—안다고.」 그는 아내의 손을 쥐며 말했다.

「하지만 내가 어떻게 흥분하지 않을 수 있겠소. 어떻게 감정을 주체할 수 있겠소」

「그래도 우리 모두 침착하지 않으면 안 돼요, 로저. 태버너 주임경감은 우릴 도와주고 싶어하세요.」

「맞습니다, 레오니데스 부인.」

로저가 소리쳤다.

「내가 지금 어떻게 하고 싶은 줄 압니까? 내 손으로 그 여자를 목졸라 죽이고 싶습니다. 불쌍한 아버지가 남은 몇 년 더 사시는 것이 못마땅했던 겁니다. 그 여자를 지금 여기 데려와서―.」

그는 퉁기듯 일어섰다. 분노로 몸을 떨고 있었다.

「그래요, 목을 비트는 겁니다, 목을 비트는 거라고요.」

그는 경련 하는 손으로 목을 비트는 흉내를 냈다.

「로저!」

클리멘시가 날카롭게 소리치자 그는 겸연쩍은 듯 그녀를 쳐다보았다.

「미안하오, 여보.」 그리고는 우리 쪽을 돌아보며 말했다.

「죄송합니다. 감정을 이기지 못하다 보니 그만. 사과―드리겠습니다―.」

그리고 그는 다시 방을 나갔다. 클리멘시 레오니데스는 보일 듯 말 듯한 미소를 지으며 말했다.

「아시겠지만, 저이는 파리 한 마리도 죽이지 못하는 분이세요.」

태버너는 그녀의 말을 정중하게 받아들였다. 그러고 나서 그는 소위 기계적인 질문을 하기 시작했다.

클리멘시 레오니데스는 간결하고도 신중하게 대답했다.

로저 레오니데스는 그의 아버지가 죽던 날, 식당 체인 회사의 본사가 있는 런던의 박스 하우스에 있었다. 그는 오후 일찍 돌아왔고, 평상시처럼 아버지와 함께 몇 시간을 보냈다. 그녀 자신은 언제나처럼 직장인 가우너 가(街)의 램버트 연구소에 있다가 6시 직전에 집으로 돌아왔다고 했다.

「아버님을 보셨습니까?」

「아뇨, 바로 전날 뵌 게 마지막이었죠. 저녁식사 후 함께 커피를 마셨죠.」

「그러니까 돌아가시던 날에는 못 보셨다는 말씀이군요?」

제7장 69

「예. 로저가 파이프를 아버님 방에 놓고 온 것 같다 길래—아주 비싼 파이프죠—아버님 방 쪽으로 갔어요. 그런데 파이프가 거실 탁자 위에 있어서 아버님을 방해할 필요가 없었지요. 아버님은 6시경이면 꾸벅꾸벅 졸고 계신 때가 많거든요.」

「아버님께서 아프다는 소식은 언제 들으셨습니까?」

「브렌다가 급히 달려와 알려 줬어요. 6시 31~32분쯤 되었을 때였어요.」

내가 아는 한 이런 질문들은 사실 중요치 않은 것이었다. 하지만 나는 이런 질문들에 대답하는 그녀의 태도를 태버너 주임경감이 얼마나 예리하고도 자세하게 살피는지 알 수 있었다. 그는 런던에서 그녀가 하는 일에 대해 몇 가지 더 물었다. 그 일은 핵분열 방사에너지의 이용에 관한 것이라고 그녀는 말했다.

「그러니까 원자폭탄 분야에서 일하고 계신다는 겁니까?」

「무얼 파괴하자는 연구가 아니에요. 우리 연구소는 방사선의 치료 효과에 관한 실험만 하고 있는 거지요.」

태버너는 일어서면서 그들 부부의 방을 한 번 둘러보았으면 좋겠다는 뜻을 비쳤다. 그 말에 그녀는 약간 놀라는 듯했으나 곧 자신들의 거처를 그에게 보여 주었다. 흰 시트가 씌워져 있는 트윈 베드의 침실과 간단한 화장실은 또다시 병원이나 어떤 수도원의 방을 연상시켰다. 욕실 역시 특별한 장식품도 없고 화장품을 진열해 놓지도 않은 지극히 평범한 상태였다. 주방은 먼지 한 점 없이 청결했고 실용적인 종류의 노동력 절감기구만이 설비되어 있었다.

다음으로 어떤 방문 앞에 이르자 클리멘시는,

「여긴 제 남편이 쓰는 특별한 방이에요.」라며 문을 열어 주었다.

「어서 오십시오.」 로저가 방 안에 있었다.

「들어오십시오.」

나는 약하게 안도의 숨을 내쉬었다. 먼지 한 점 없이 청결하게 정돈되어 있는 다른 방들의 분위기에 질려 있었기 때문이다. 반면에 이

방은 지극히 개성적인 느낌이었다. 커다란 뚜껑이 달린 책상이 있었고, 그 위에는 서류들과 낡은 파이프, 그리고 담뱃재 등이 무질서하게 널려 있었다. 낡아서 해진 커다란 안락의자도 있었고, 바닥에는 페르시아 양탄자도 깔려 있었다. 벽에는 변색된 단체 사진들이 걸려 있었다. 학교에서 찍은 사진, 크리켓 팀에서 찍은 사진, 군대에서 찍은 사진 등. 사막과 뾰족탑, 바다를 배경으로 한 보트와 일몰 광경을 스케치한 수채화. 그 방은 뭔가 안락한 느낌을 주는 방, 정겹고 따뜻하고 붙임성 있는 사람의 방이었다.

 로저는 어색한 태도로 진열장에서 술병을 꺼내 놓으며 의자 위에 놓인 책과 서류들을 치웠다.

「방이 엉망입니다. 다 뒤집어 놓았죠. 오래된 서류들을 좀 치우느라고요. 한잔하시겠습니까?」

 주임경감은 거절했지만 난 받아들였다.

「아까는 좀 미안했습니다.」

 로저는 태버너 쪽으로 고개를 돌려 말을 하면서 잔을 내게 건네주었다.

「감정을 주체하지 못해서 말이죠.」

 그는 뭔가 아주 켕기는 듯한 표정이었다. 클리멘시 레오니데스는 방으로 들어오질 않았다.

「그녀는 정말 놀랍습니다.」 그가 말했다.

「제 아내 말입니다. 이런 일이 일어났는데도 아내는 아주 잘 처신했지요─대단했죠! 제가 그녀에게 얼마나 감탄을 하는지 모르실 겁니다. 아내는 아주 어려운 일을 겪었어요. 끔찍한 일을 말입니다. 그 일에 대해 말씀을 드리고 싶군요. 그러니까 우리가 결혼하기 전입니다. 아내의 전남편은 멋진 사람이었습니다─똑똑했다는 말이죠─하지만 지독히 허약했죠─사실은 결핵 환자였거든요. 결정학(結晶學)에 관해 아주 귀중한 연구를 하고 있었다던가요. 수입이 형편없어 생활이 아주 쪼들렸는데도 그 일을 포기하지 않았답니다. 아내는 그를 위해 노예처럼 일했고, 사실상 그를 보호해 준거나 다름없습니다. 그가 죽어가고 있다는 것을 알고 있으면서도 말이죠. 조금도 불평하지 않았어요―힘들다고 투덜거리지도 않았습니다. 아내는 늘 행복하다고 했지요. 그러다가 그가 죽자 아내는 크게 상심했습니다.

 결국 나와 결혼했지만 말이죠. 나는 그녀에게 안식과 행복을 조금이나마 줄 수 있다는 게 기뻤습니다. 아내가 일을 그만두기를 바랐지만 아내는 전시(戰時)에 그 일을 하는 것이 자신의 의무라고 생각했고, 지금도 그 일을 계속해야 한다고 생각하는 것 같습니다. 하지만 그녀는 훌륭한 아내입니다―한 남자가 소유할 수 있는 가장 훌륭한 아내지요. 정말 난 운이 좋습니다! 전 아내를 위해서라면 뭐든지 다 합니다.」

 태버너는 적당히 대꾸하면서 예의 기계적인 질문들을 다시 하기 시작했다. 아버지가 아프다는 소식을 언제 처음 들었는가?

 「브렌다가 급히 달려와 날 부르더군요. 아버지께서 병이 났다고―그 여자는 아버지가 발작을 일으켰다고 했습니다. 30분 전만 해도 아버지와 같이 앉아 있었는데, 그때 그분은 전혀 아무 이상이 없었거든요. 급히 가봤더니 얼굴이 파래져서는 숨을 헐떡이고 계시더군요. 급히 필립에게로 갔습니다. 그 애가 의사에게 전화를 했지요. 난―우린 아무것도, 어떻게 할 수도 없었습니다. 물론 그때 난 거기서 어떤 재미있는 일이 벌어졌다고는 꿈에도 생각하지 못했지요. 재미있다? 내가 지금 재미있다고 했습니까? 맙소사, 내가 무슨 말을 한 거지?」

 태버너와 나는 꽤 애를 먹고서야 로저 레오니데스는 혼란스러움에서 빠져나와 다시 계단의 맨 위층에서 서 있게 되었다.

 「휴!」

 태버너의 한숨이었다.

 「동생하고 저리도 대조적이니.」

 그는 좀 엉뚱하다 싶은 말을 덧붙였다.

 「이상한 분위기와 그 방들, 거기 사는 사람들에게는 이상한 점이 아주 많습니다.」

내가 동감을 표시하자 그는 계속 말했다.

「그들 부부가 좀 이상하지 않았나요?」

나는 그가 클리멘시와 로저를 말하는 것인지, 필립과 마그다를 말하는 것인지 확실히 알 수 없었다. 어쩌면 두 부부 모두를 말하는 것도 같았다. 하지만 내게는 두 쌍 모두 행복한 부부로 분류될 수 있을 것처럼 보였다. 적어도 로저와 클리멘시만은 분명 그랬다.

「그가 독살했다고는 볼 수 없을 것 같습니다.」

태버너가 말했다.

「우발적인 사건은 아니지만, 어떻게 생각하십니까? 사실은 그 여자가 전형적인 타입이지요. 냉혹한 성격의 여자. 약간의 광기(狂氣)가 있을 수도 있고.」

나는 다시 한번 그의 말에 동감을 표하고 나서 말했다.

「하지만 자기와 인생 목표나 생활방식이 다르다는 이유만으로 남을 죽일 여자라고는 생각되지 않는데요. 그녀가 노인을 정말로 미워했다 하더라도 말입니다―하지만 과연 살인을 단순한 미움에서 저질러질까요?」

「그런 경우는 드물죠.」 태버너가 말했다.

「그런 경우는 생각나는 게 없습니다. 글쎄, 그보다는 브렌다 부인에게 달라붙는 것이 훨씬 더 확실할 것 같군요. 하지만 증거를 얻게 될는지는 아무도 모르는 일이지요.」

제8장

하녀가 맞은편 방문을 열어 주었다. 그녀는 겁에 질린 듯했으나 태버너를 보고는 약간 얕보는 듯한 표정을 지었다.
「마님을 만나시려고요?」
「미안하지만, 그렇소.」
그녀는 우리를 넓은 거실로 안내하고는 사라졌다.
그 방도 1층에 있는 거실과 별 다를 것 없는 방이었다. 벽에는 매우 밝은 색의 줄무늬 실크 커튼이 쳐져 있었고, 벽난로 앞 장식 위에는 초상화가 하나 놓여 있었다. 내 시선은 초상화에 못 박혔다.
그것은 초상화를 그린 거장(巨匠)의 솜씨 때문만이 아니라 거기 그려진 인물의 눈길을 끄는 얼굴 때문이었다. 검고 찌를 듯한 눈매를 가진 노인의 초상화였다. 그는 검은색 벨벳의 노인용 두건을 쓰고 있었고, 머리는 양어깨 사이로 푹 가라앉아 있지만 그림에서도 노인의 힘과 정력이 솟아 나오고 있었다. 형형한 눈빛은 꼭 내 눈을 바라보고 있는 것만 같았다.
「저 사람입니다.」
태버너 주임경감이 그림을 보고 불쑥 말했다.
「어거스터스 존이 그린 것입니다. 개성 있어 보이지 않습니까?」
「예.」라고 나는 대답했지만 그런 단음절의 대답은 왠지 적절치 않은 듯 느껴졌다.
에디스 드 하빌랜드가 그가 없는 집은 텅 빈 것 같다고 말한 이유가 무엇인지 이제는 이해할 수 있었다.
그 사람은 비뚤어진 작은 집(Crooked Little House)을 지은 전형적인 비뚤어진 작은 노인이었다. 그가 없음으로 해서 비뚤어진 작은 집은 그 의미를 잃고 말았다.
「저쪽에 있는 것이 그의 첫 번째 아내입니다. 사전트가 그렸죠.」
나는 창문 사이 벽에 걸린 그림을 유심히 살펴보았다.
사전트가 그린 다른 여러 초상화와 마찬가지로 그 그림에서도 어떤 잔인성이 엿보였다. 얼굴의 길이가 좀 과장됐다는 생각이 들었고—그래서 꼭 말 같은 인상을 주었다. 누구도 반박할 수 없을 만큼 꼭 닮았다. 그것은 전형적인 영국의 부인—농촌 지역(결코 말쑥하지 못한) 부인의 초상화였다. 단정하기는 했으나 생명력은 없었다.
벽난로 앞 장식 위에서 이를 드러내며 웃고 있는 저 힘 넘치는 작은 폭군의 아내로서는 조금도 어울리질 않았다.
그때 문이 열리고 램 경사가 방으로 들어왔다.
「하인들에게 알아낼 수 있는 건 다 알아봤습니다.」
그가 말했다.
「아무것도 얻지 못했어요.」
태버너는 한숨을 쉬었다.
램 경사는 노트 한 권을 가지고 방 한쪽 끝으로 물러가더니 조심스럽게 자리를 잡고 앉았다. 다시 문이 열리고 애리스티드 레오니데스의 두 번째 아내가 방 안으로 들어왔다.
그녀는 검은 옷을 입고 있었다—꽤 값비싸 보이는 옷이었는데, 그녀의 목에서부터 손목까지 감싸고 있었다. 그녀는 한가롭고도 게으른 듯 움직였는데, 그런 그녀에게 검은 옷은 아주 잘 어울렸다. 그녀는 온화한 표정의 예쁜 얼굴을 지녔고 멋진 갈색 머리는 아주 공들여 손질한 듯했다. 얼굴에는 분을 발랐고 립스틱에 볼연지까지 했지만 방금 전까지 울고 있었음이 역력했다.
그녀는 알이 매우 큰 진주 목걸이를 하고 있었고, 한 손에는 커다란 에메랄드 반지를, 다른 손에는 큼지막한 루비 반지를 끼고 있었다. 그녀에게는 또 한 가지 눈길을 끄는 것이 있었다.
그녀는 놀란 것 같았다.

「안녕하십니까, 레오니데스 부인.」
태버너는 여유 있는 어조로 인사를 했다.
「또 귀찮게 해드려서 죄송합니다.」
그녀는 별 동요가 없는 음성으로 말했다.
「할 수 없죠, 뭐.」
「레오니데스 부인, 사무변호사를 부르는 것이 좋지 않겠습니까?」
난 그녀가 과연 그 말의 깊은 의미를 이해했을지 궁금했다. 그녀는 이해하지 못한 것 같았다. 좀 뾰로통한 어투로 간단히 대답했다.
「전 게이츠킬 씨를 좋아하지 않아요. 그 사람은 필요 없어요.」
「부인은 전담 사무변호사를 두실 수도 있습니다.」
「제가 그래야 하나요? 전 변호사들을 좋아하지 않아요. 그들은 절 혼란시키기만 해요.」
「그건 전적으로 부인께서 결정하실 일입니다.」
태버너는 기계적으로 미소를 보이며 말했다.
「그럼, 계속할까요?」
램 경사가 연필에 침을 묻혔고 브렌다 레오니데스는 태버너 맞은편 소파에 앉았다.
「뭘 좀 알아내셨나요?」 그녀가 물었다.
나는 그녀의 손가락이 드레스의 가장자리 단을 신경질적으로 비틀었다 놓았다 하는 것을 보았다.
「남편께서는 에제린 중독으로 돌아가신 것이라고 이제 분명히 말씀드릴 수 있습니다.」
「그 안약(眼藥)이 그이를 죽였다고요?」
「부인이 레오니데스 씨에게 마지막으로 주사를 놓은 약이 분명합니다. 그런데 그 약이 인슐린이 아니라 에제린이었습니다.」
「하지만 전 그걸 몰랐어요. 전 아무 짓도 하지 않았어요. 정말이에요, 경감님.」
「그렇다면 누군가가 계획적으로 인슐린을 안약과 바꿔치기 해 놓은 겁니다.」

「그런 나쁜 일을 하다니!」

「그렇습니다, 레오니데스 부인.」

「누군가 일부러 그랬다고—생각하시는 거예요? 아니면 우연히? 설마 장난은 아니겠죠?」

태버너는 부드럽게 말했다.

「우린 이게 장난이라고 생각지 않습니다, 레오니데스 부인.」

「하인들 중 하나가 분명해요.」

태버너는 그 말에 대꾸하지 않았다.

「분명해요. 다른 사람이 그런 짓을 하리라고는 생각 못하겠어요.」

「확신하십니까? 잘 생각해 보십시오, 레오니데스 부인. 전혀 떠오르는 게 없습니까? 서로 감정이 좋지 않았다거나 싸운 일은 없습니까? 불만을 품은 사람도 없습니까?」

그녀는 커다랗고 도전적인 눈으로 그를 똑바로 응시하며 말했다.

「전혀 떠오르는 게 없어요.」

그녀가 말했다.

「그 날 오후 극장에 갔다 오셨다고 했죠?」

「예, 6시 반에 돌아왔어요—인슐린 주사를 놓을 시간이었거든요—평상시와 다름없이 그이에게 주사를 놓아 드렸어요. 그런데 그이가 아주 이상해지더군요. 전 무서워서 급히 로저에게로 달려갔죠—전에 다 말씀드린 거예요. 이렇게 말하고 또 말해야 하는 건가요?」

그녀의 음성이 히스테릭하게 높아졌다.

「죄송합니다, 레오니데스 부인. 이제 브라운 씨와 이야기를 좀 할 수 있을까요?」

「로렌스하고! 왜요? 그 사람은 이 일에 대해 아무것도 모르는데.」

「그래도 그분과 이야기를 하고 싶습니다.」

그녀는 의혹에 찬 시선으로 그를 바라보았다.

「지금 공부방에서 유스터스와 라틴어를 공부하고 있어요. 이리로 오라고 할까요?」
「아닙니다―우리가 가보겠습니다.」
태버너가 얼른 방을 나서자 램 경사와 내가 그를 따랐다.
태버너는 뭔가 투덜거렸다. 그는 나는 듯한 발걸음으로 복도를 지나 정원이 내려다보이는 커다란 방으로 들어갔다.
서른 살쯤 되어 보이는 아름다운 머리칼의 젊은이와 열여섯 살 가량의 잘생기고 까무잡잡한 소년이 탁자를 마주하고 앉아 있었다. 그들은 우리가 들어서는 것을 올려다보았다.
소피아의 남동생 유스터스는 나를 쳐다보았고, 로렌스 브라운은 태버너 주임경감에게 고뇌에 찬 시선을 고정시키고 있었다.
나는 그토록 놀라움에 질려 있는 사람은 한번도 본 적이 없었다. 그는 자리에서 일어섰다가 다시 앉았다. 이야기를 꺼내는 그의 목소리는 들릴락 말락 했다.
「아―저―안녕하십니까, 주임경감님.」
「안녕하시오?」
태버너는 퉁명스레 대꾸했다.
「한 마디 나눌 수 있을까요?」
「예, 물론입니다. 기꺼이. 적어도―.」
그때 유스터스가 일어났다.
「잠시 뒤에―계속하기로 하자.」
가정교사가 말했다.
유스터스는 관심 없다는 듯한 표정으로 어슬렁거리며 문 쪽으로 갔다. 하지만 걸음걸이가 어딘지 모르게 뻣뻣했다.
문을 열고 나가면서 내 시선과 부딪치자 그는 집게손가락을 목젖 앞에 갖다 대고 목을 자르는 시늉을 하며 씩 웃었다. 그리고는 등 뒤로 문을 닫고 사라졌다.
「자, 브라운 씨―.」 태버너가 말했다.
「검시 결과는 아주 확실합니다. 레오니데스 씨의 사망 원인은 에제린 중독이었습니다.」

「그게—그러니까—레오니데스 씨가 정말 독살됐다는 겁니까? 전 그게 사실이 아니기를—.」

「그분은 독살됐습니다.」

태버너는 퉁명스럽게 말했다.

「누군가 인슐린을 에제린 안약과 바꿔 놓은 거지요.」

「믿을 수 없습니다……. 믿을 수 없는 일이에요.」

「문제는, 누가 살인 동기를 가졌느냐는 겁니다.」

「그럴 사람이 없습니다. 아무도 그럴 사람이 없어요!」

흥분으로 청년의 목소리가 높아졌다.

「사무변호사를 부르고 싶진 않습니까?」 태버너가 물었다.

「전 변호사가 없습니다. 원하지도 않고요. 제겐 숨길 것이 없습니다—전혀…….」

「지금 말하는 것이 그대로 기록에 남는다는 걸 잘 알고 있겠지요?」

「전 결백합니다—확실히 말씀드리지만, 전 결백합니다.」

「아직 별다른 걸 묻지 않았는데요.」

태버너는 잠시 말을 끊었다.

「레오니데스 부인은 남편보다 상당히 젊습니다, 그렇지요?」

「그—그럴 겁니다—예, 맞습니다.」

「때때로 그녀는 외로움을 느꼈겠지요?」

로렌스 브라운은 대답하지 않은 채 혀로 마른 입술을 축였다.

「친구가 있다면 젊은 나이에 이 곳에서 사는 것이 조금은 즐거웠겠지요?」

「전—아뇨, 전혀 아닙니다—제 말은—잘 모르겠다는 겁니다.」

「두 분 사이에 어떤 연모의 감정이 아주 자연스럽게 생겼을 것 같은데요?」

청년은 그 말에 격렬하게 항의했다.

「아닙니다! 그렇지 않습니다! 그런 일은 전혀 없습니다! 무슨 생각을 하고 있는지 짐작이 갑니다만, 절대 그렇지 않았습니다! 레오니데스 부인은 제게 아주 친절하게 대해 주셨고 전 그녀를 아주—아주 존경했습니다—하지만 그 이상은 없었습니다—아무 일도 없었어요, 분명히 말씀드릴 수 있습니다. 그런 일을 넘겨짚는다는 건 터무니없는 일입니다! 터무니없는 일이라고요! 난 아무도 죽이지 않았습니다—약병을 가지고 장난친 적도 없어요. 그런 짓은 절대 하지 않습니다. 전 매우 예민하고 신경질적입니다. 누군가를 죽인다는 생각조차 제겐 악몽입니다. 병역면제 심사국에서도 그걸 인정해 주었습니다.

전 종교적인 이유로도 살인을 반대하고 있습니다. 전 그 대신 병원에서 일을 했습니다—화부(火夫)였지요—끔찍이도 힘든 일이었습니다. 전 그 일을 도저히 계속해 나갈 수 없었습니다. 그랬더니 그 사람들은 제게 가르치는 일을 맡기더군요. 전 여기서 유스터스와 조세핀을 가르치는 일에 최선을 다하고 있습니다. 매우 똑똑한 아이들이긴 하지만 좀 힘이 듭니다. 그리고 식구들은 모두 제게 아주 친절합니다—레오니데스 씨와 레오니데스 부인, 그리고 드 하빌랜드 부인 모두 말입니다. 그런데 이제 이런 무서운 일이 생겼습니다······. 그리고 주임경감님은 절 의심하십니다—절—살인자로 보신다는 말입니다!」

태버너 주임경감은 호기심 어린 눈빛으로 그를 찬찬히 살피듯 바라보았다. 그는 급히 방을 나갔다.

태버너는 천천히 고개를 돌려 내 쪽으로 시선을 옮기며 물었다.

「흠, 저 사람을 어떻게 생각하십니까?」

「겁에 질려 있군요.」

「그렇습니다. 내가 보기에도 그렇군요. 그런데 정말로 저 사람이 죽였을까요?」

「제게 물으신다면 저 사람은 그럴 만한 배짱이 전혀 없다고 말씀드리겠습니다만.」 램 경사가 말했다.

「저 친구는 남의 머리를 후려친 적도, 권총을 쏜 적도 없겠지.」 라며 태버너는 그의 말에 동의했다.

「하지만 이번 사건은 좀 특별해. 범인이 한 일이 뭔가? 병 두 개를 바꿔치기 한 것뿐이었어……. 한 노인을 비교적 고통이 덜한 방식으로 이 세상을 하직하도록 도왔을 뿐이란 말이야.」

「사실상 안락사였죠.」

경사가 말했다.

「그리고 적당히 시간이 흐른 뒤, 상속세가 면제된 10만 파운드의 유산을 물려받은 여인, 거의 똑같은 금액의 연금을 이미 받은 여인, 게다가 달걀크기 만한 진주와 루비와 에메랄드를 갖고 있는 여인과 결혼을 한다?」

「아, 그래—.」

태버너는 한숨을 쉬었다.

「이건 모두 이론이고 추측이야! 그 친구가 겁을 먹게 행동했지만, 아무것도 잡아내지 못했어. 그가 겁을 먹은 건 아마 결백했기 때문일 거야. 어쨌든 그가 정말 그런 짓을 저지른 사람인지 의심스럽단 말이야. 레오니데스 부인은 좀더 의심스러워—도대체 그녀는 왜 인슐린 병을 치워 없애거나 씻어 놓지 않았을까?」

그는 경사에게로 고개를 돌리며 물었다.

「어떤 일이 있었는지에 대해 하인들에게서 아무런 단서도 얻어내지 못했나?」

「하녀는 저 두 사람 사이가 좋았다고 합니다.」

「어떤 근거로?」

「그녀가 그의 커피를 따를 때 그가 부인을 바라보는 시선에서 그걸 느꼈답니다.」

「그런 건 법정에서 소용없단 말이야! 분명히 말할 수 있는 일은 조금도 없나?」

「사람들이 눈치챌 만한 일은 없었던 것 같습니다.」

「눈치챌 만한 일이 있었다면 알았겠지. 그 둘 사이에 정말 아무 일도 없었다는 확신이 생기기 시작하는 걸.」
 그는 나를 바라보며 말했다.
「돌아가서 그녀와 이야기를 나눠 보겠습니까? 그녀에 대한 인상이 어떤지 듣고 싶은데요.」
 나는 좀 내키지 않는 듯한 표정으로 방을 나왔다. 하지만 난 관심이 있었다.

제9장

　브렌다 레오니데스는 거실에 그대로 앉아 있었다. 내가 들어가자 그녀는 날카로운 시선으로 나를 올려다보았다.
　「캐버너 주임경감님은 어디 계시죠? 돌아가셨나요?」
　「아닙니다, 아직.」
　「당신은 누구세요?」
　오전 내내 걱정했던 그 질문을 마침내 받았다. 난 사실 그대로를 그럴 듯하게 대답했다.
　「경찰에 관계된 사람이지만, 동시에 부인 가족의 친구이기도 합니다.」
　「가족이라고! 짐승들이에요! 난 이 집안 사람들이 모두 싫어요.」
　그녀는 입을 움직이면서 나를 쳐다보았다. 부루퉁한 것 같기도 하고 놀란 것 같기도 하고 화가 난 것 같기도 했다.
　「이 집안 사람들은 내게 늘 불쾌한 존재들이었어요—늘, 애초부터. 내가 왜 그들의 소중한 아버지와 결혼해서는 안 되는 걸까요? 그들에게 그게 무슨 문제가 되는 걸까요? 식구들은 모두 돈을 한 아름씩 갖고 있어요. 그이가 준거죠. 그들은 혼자 힘으로는 뭘 해 보려고도 하지 않는 사람들이에요!」 그녀는 계속 말했다.
　「남자가 왜 결혼을 한번 더 해서는 안 된다는 거죠?—설령 조금 나이가 들었을지라도 말이에요. 그리고 사실 그이는 그렇게 나이가 많지도 않았어요—겉보기보다 말이에요. 난 그이를 아주 좋아했어요. 난 그이를 좋아했다고요.」
　그녀는 도전적인 눈빛으로 날 쳐다보았다.
　「압니다.」 나는 말했다.

「알아요..」
「믿지 않으실 테지만—그건 사실이에요. 난 남자라면 신물이 나요. 내가 원하는 건 가정이었어요. 내게 멋진 이야기를 들려 줄 사람을 원했어요. 애리스티드는 아름다운 이야기들을 내게 들려 줬지요—나를 큰소리로 웃게 만들기도 했고요—그이는 머리가 좋았어요. 이 따분하고 규칙적인 생활을 그런 대로 지낼 수 있게 하는 온갖 지혜로운 방법들을 다 생각해냈어요. 그이는 정말, 정말 머리가 좋았어요. 난 그이가 죽었다는 걸 결코 기뻐하지 않아요, 죄송해요.」

그녀는 소파에 등을 기댔다. 좀 크다 싶은 그녀의 입이 한쪽으로 일그러져 이상한 미소를 짓고 있었다.

「난 여기서 행복했어요. 안전했지요. 잡지 같은 데서나 볼 수 있는 멋진 양장점들은 다 다녔지요. 어느 누구도 부럽지 않을 만큼 버젓했어요. 애리스티드는 내게 아주 좋은 것들을 해 주었어요.」

그녀는 한 손을 내밀며 루비 반지를 내려다보았다. 잠깐 나는 고양이의 발 같은 그녀의 손과 팔을 보았다. 그리고 고양이처럼 가르랑거리는 그녀의 음성을 들었다. 그녀는 여전히 혼자 웃고 있었다.

「그게 뭐가 잘못이죠?」 그녀가 물었다.
「난 그이에게 참 잘 했어요. 그이를 행복하게 해 주었죠.」
그녀는 다시 몸을 앞으로 숙였다.
「내가 어떻게 그이를 만났는지 아세요?」
그녀는 대답도 듣지 않고 이야기를 계속했다.

「게이 샴록에서였어요. 그이는 스크램블드 에그를 얹은 토스트를 주문했죠. 그이에게 그걸 가져갔을 때 난 울고 있었어요. 그이는 '좀 앉으시오.'라고 하더군요. 무슨 사정인지 말해 보라고 하면서요. '아뇨, 이야기할 수 없어요.' 난 그렇게 대답했죠. '그런 이야기를 하면 전 쫓겨날 거예요.' 라고. '아니, 그런 일은 없을 거요, 내가 이 집 주인이니까.' 그이는 그렇게 말했어요. 그때 그이를 쳐다봤죠. 저렇게 이상하게 생긴 작은 사람이……. 난 처음에 그렇게 생각했어요. 하지만 그이에게는 어떤 위엄이 있었어요. 그래서 모든 일을 다 말했어요. 다른 식구들에게 모두 들었을 거예요……. 나를 재수 없는 여자로 만들어가며 얘기했을 테지요―하지만 그렇지 않아요. 우리 부모님은 날 아주 정성스럽게 키우셨어요. 우린 상점을 하나 갖고 있었죠―아주 고급 상점이었어요―예술 작품을 취급하는 상점이죠. 난 남자 친구가 많거나 자신을 값싸게 만드는 그런 여자는 아니에요. 그런데 테리는 달랐어요. 그는 아일랜드 사람이었는데―해외로 나갔지요. 편지도 아무것도 없었어요―난 바보였죠. 그래서 아시다시피 그렇게 된 거예요. 난 임신했거든요―싸구려 잡지에 나오는 보잘것없는 하녀처럼 말이에요…….」

시큰둥한 그녀의 음성은 그런 자신을 경멸하는 듯했다.

「애리스티드는 정말 좋은 사람이었어요. 모든 게 다 잘 될 거라고 말했죠. 자신은 외로운 사람이라면서 즉시 결혼하자고 했어요. 꿈같은 얘기였죠. 그때서야 나는 그이가 레오니데스 씨라는 걸 알게 됐어요. 수많은 상점과 레스토랑, 나이트 클럽을 소유하고 있는 바로 그 사람 말이에요. 정말 동화 같은 얘기 아니에요?」

「정말 그렇군요.」

나는 덤덤하게 대꾸했다.

「우린 시내에 있는 작은 교회에서 결혼했어요―그리고 나서 외국으로 나갔죠.」

그녀는 오래되고 먼 회상에서 깨어난 눈빛으로 나를 쳐다보았다.

「그런데 아이는 없었던 거예요. 모든 것이 다 실수였지요.」

그녀는 미소를 지었으나, 한쪽으로 일그러진 비뚤어진 미소였다.

「난 그이에게 좋은 아내가 되겠다고 나 자신에게 맹세했어요. 그리고 사실 난 좋은 아내였지요. 그이가 좋아하는 음식을 만들게 했고, 그이가 마음에 들어 하는 색깔의 옷을 입었고, 그이를 기쁘게 해줄 수 있는 일이라면 뭐든지 다 했어요. 그이는 행복했죠. 하지만 그이의 가족들을 생각하지 않을 수 없었어요. 늘 그이에게 손을 내밀고 주머니를 털어 가고 빌붙어 사는 존재들. 그 늙은 에디스 드 하빌랜드만 해도 그래요—우리가 결혼했을 때 떠나야 했어요. 난 그렇게 말했죠. 하지만 애리스티드는 '그분은 오랫동안 여기 살았소. 이젠 여기가 그녀의 집이야.'라고 하더군요. 그이는 모든 사람들을 주위에 두고 싶어했던 거예요. 그들은 내게 지겨운 존재들이었는데 그이는 그걸 알아차리지 못하는 것 같았고, 또 신경 쓰는 것 같지도 않았어요.

로저는 날 미워하죠—로저를 보셨나요? 그는 늘 나를 미워했어요. 질투였죠. 그리고 필립은 너무나 뻣뻣한 사람이라 내게는 말도 걸지 않았고요. 그리고 이제 그들은 내가 그이를 죽인 것으로 만들려고 해요—하지만 난 아니에요—난 안 그랬어요!」

그녀는 나를 향해 몸을 숙이며 말했다.

「제발 믿어 주세요, 난 안 그랬어요.」

나는 그녀에게 애처로움을 느꼈다. 레오니데스 가(家) 사람들은 그녀를 얕잡아 얘기했고, 그녀가 범인임을 믿게 하려고 열심이었다. 그러나 이제 보니 그들의 행동은 지극히 비인간적인 행동인 것 같았다. 그녀는 혼자였고, 무방비 상태였으며, 또 궁지에 몰려 있었다.

「그들은 나 아니면 로렌스라고 생각해요.」 그녀는 계속 말했다.

「브라운 씨에 대해서는 어떻습니까?」

「로렌스에게는 정말 미안해요. 그는 섬세한 사람이라 맞서 싸울 수가 없어요. 겁쟁이라서 그런 게 아니에요. 예민한 사람이기 때문이죠. 난 그를 즐겁게 해 주고 행복을 느끼게 해 주려고 했어요. 그는 끔찍한 아이들을 가르쳐야 해요. 유스터스는 늘 그를 비웃고, 조세핀은—당신도 조세핀을 봤을 거예요. 그 애가 어떤 앤지 아시겠지요?」

나는 아직 조세핀을 보지 못했다고 말했다.

「가끔 그 애는 어린 아이가 아닌 것 같다는 생각이 들어요. 무서울 정도로 비밀이 많은 데다가 이상하게 생겼어요……. 가끔은 몸을 오싹하게 만들어요.」

나는 조세핀에 대해서 이야기하고 싶지 않았다. 그래서 다시 로렌스 브라운에게로 되돌아갔다.
「그는 어떤 사람입니까?」 나는 물었다.
「그는 어디 출신입니까?」
내가 숨씨 없는 말투로 묻자 그녀는 얼굴을 붉히며 대답했다.
「그는 특별한 사람이 아니에요. 나하고 똑같은 사람이죠……. 이 집안 사람들에게 대항할 힘이 우리에게 어디 있겠어요?」
「좀 흥분하신 것 같군요.」
「아뇨, 그렇지 않아요. 그들은 로렌스의 짓으로 만들고 싶어해요— 아니면, 내가 한 짓으로. 경찰을 자기들 편으로 만들었어요. 그러니 내게 무슨 가망이 있겠어요?」
「흥분하시면 안 됩니다.」 나는 말했다.
「그이를 죽인 사람이 왜 그들 중 하나면 안 되죠? 아니면, 외부의 사람이거나 하인들 중 한 사람이면 안 되나요?」
「동기가 없습니다.」
「예? 동기라고요! 그럼, 나한테 무슨 동기가 있죠? 로렌스한테는요?」
「제 생각에 그들은 부인과—저—로렌스가—서로 사랑하는 사이라 —결혼하기를 원한다고 생각하는 것 같습니다.」
말을 하면서 나는 불편함을 느꼈다.
내 말에 그녀는 몸을 곧추세워 앉으며 말했다.
「그런 나쁜 생각을 하다니! 그렇지 않아요! 우린 그런 종류의 이야기는 한 마디도 한 적이 없어요. 난 그저 그 사람이 안 돼 보여서 즐겁게 해 주려고 했을 뿐이에요. 우린 친구였어요, 그게 전부예요. 내 말을 믿으시죠, 예?」
난 그녀의 말을 믿었다. 즉, 그녀의 말대로 그녀와 로렌스는 단지 친구일 뿐이라는 것을 믿었다. 하지만 그녀 자신은 의식하지 못하고 있을지 몰라도 사실 그녀는 그 젊은이를 사랑하고 있다는 사실 또한 믿었다. 나는 그런 생각을 마음에 담고 소피아를 찾아 아래층으로 내려갔다. 막 거실로 들어서려는데 소피아가 복도 저편에 있는 방문에서 머리를 쑥 내밀며 말했다.
「이봐요, 유모를 도와 점심을 준비하고 있어요.」
그 방으로 들어가려고 했으나 그녀가 복도로 나와 등 뒤로 방문을 닫았다. 그리고 내 팔짱을 끼고는 거실로 데려갔다.
「그런데 브렌다는 봤나요? 그녀를 어떻게 생각해요?」
「솔직히 말해 그녀가 안됐소.」
그녀는 재미있어 했다.
「알겠어요. 그녀가 당신의 마음을 움직여놨군요.」
나는 약간 화가 났다.
「요점을 말하자면, 난 그녀의 입장을 이해할 수 있다는 말이오. 당신은 분명 그렇게 못하겠지만.」
「그녀의 어떤 입장 말예요?」
「솔직히 말해서, 소피아, 식구들 중 어느 한 사람이라도 그녀에게 잘 대해 줘 봤소? 그녀가 여기 온 이래로 한번이라도 친절하게 대해 줘 봤소?」
「그래요, 우린 그녀를 좋게 대해 주지 않았어요. 왜 우리가 그래야 하죠?」
「친절히 대해 줄 이유가 전혀 없다면 단순히 기독교적인 친절만이라도.」
「아주 도덕적으로 인격이 높은 말씀을 하고 있군요, 찰스. 브렌다는 자신의 특기를 아주 잘 발휘한 것 같네요.」
「정말, 소피아, 당신은—당신, 무슨 생각을 하는 건지 모르겠군.」
「난 그저 사실만을 얘기하는 것뿐이에요, 가장하고 있는 게 아니라고요. 당신 말처럼 당신은 브렌다 입장을 이해했어요. 그럼 이제 내 입장을 한번 생각해 보세요. 나는 남의 동정을 끌기 위해 애처로운 신세 타령이나 하고 그걸 이용해서 돈 많은 노인하고 결혼하는 그런 타입의 젊은 여자는 좋아하지 않아요. 난 그런 타입의 젊은 여자를 좋아하지 않을 완전한 권리를 갖고 있다고요. 게다가 그런 사실을 가장할 만한 이유도 없다고요. 그리고 그런 사실이 냉정한 사실로 신문에 난다면 당신도 그 여자를 좋아하지 않게 될 거예요.」

「꾸며낸 이야기였단 말이오?」 나는 물었다.

「아이에 관한 것 말이에요? 그건 몰라요. 그냥 그런 생각이 날 뿐이에요.」

「그럼, 당신은 할아버지가 속아넘어갔다는 사실에 화를 내고 있는 거요?」

「오, 할아버지는 속지 않으셨어요.」

소피아는 큰소리로 웃으며 말했다.

「할아버지는 어느 누구에게도 결코 속지 않으셨어요. 그분은 브렌다를 원하셨던 거죠. 적선을 구하는 여자에게 코페튜아 역을 해 주고 싶으셨던 거예요. 할아버지는 자신이 무슨 행동을 하고 있는지 알고 계셨어요. 그리고 모든 게 계획에 따라 멋지게 이루어졌죠. 할아버지의 관점에서 볼 때 그 결혼은 완전한 성공이었어요—그분의 다른 모든 사업과 마찬가지로 말이에요.」

「로렌스 브라운이 가정교사로 들어온 것도 할아버지의 성공에 속한다는 거요?」 나는 비꼬듯 물었다.

소피아는 얼굴을 찌푸렸다.

「아니었다고는 확신하지 못해요. 할아버지는 브렌다를 행복하고 즐겁게 해 주고 싶어 하셨어요. 보석과 옷만으로는 충분치 않다고 생각하셨던 거지요. 그녀가 달콤한 로맨스를 원한다고 생각하셨을 거예요. 그래서 로렌스 브라운 같은 사람이, 제 말 뜻을 알아들으실 지 모르겠지만, 그런 사람이 필요했던 거예요. 고독해 보이는, 아름다운 정신적 사랑이 외부 사람과의 진짜 연애로부터 브렌다를 막아줄 거라고 생각하신 거죠. 나는 할아버지가 그런 식으로 일을 처리하셨다고 나무라는 건 아니에요. 당신도 아시겠지만, 할아버지는 비상한 분이셨거든요.」

「그러셨을 거요.」 나는 말했다.
「물론 그것이 살인으로까지 이어지리라고는 생각하지 못하셨을 거예요……. 그리고 그게―.」
소피아는 갑자기 격렬하게 이야기했다.
「바로 그녀의 짓이라고 믿지 않는, 그리고 믿고 싶지 않는 이유예요. 그녀가 할아버지를 죽일 계획이었다면―또는 로렌스와 함께 공모했다면―할아버지는 그걸 알고 계셨을 거예요. 당신에게는 그게 좀 무리로 느껴질 테지만―.」
「사실을 말하자면 그렇소.」
「하지만 그건 당신이 할아버지를 잘 모르기 때문이에요. 자기를 죽이려는 음모를 할아버지가 몰랐을 리가 없어요! 이제 막다른 골목에 부딪친 거예요!」
「그녀는 겁을 내고 있었소, 소피아. 매우 겁을 내고 있었소.」
「태버너 주임경감과 그 사람의 재미있는 부하들 때문에? 그래요, 그들은 좀 사람을 놀라게 하더군요. 로렌스는 신경이 날카로워졌을 것 같은데요?」
「사실 그랬소. 내 생각에 그는 자신의 혐오스러운 모습을 드러내 보이고 있었소. 여자가 그런 남자에게 과연 무엇을 느낄지 이해할 수 없구려.」
「그래요? 하지만 로렌스는 성적 매력을 많이 갖고 있답니다.」
「그렇게 병약해 보이는 사람이?」
나는 믿을 수 없다는 듯 말했다.
「왜 사람들은 항상 거칠고 야성적인 타입의 남자만 여자에게 매력적으로 보인다고 생각하지요? 로렌스는 정말 성적으로 끌리는 데가 있어요―하지만 당신이 그걸 알아차리라고는 기대하지 않아요.」
그녀는 나를 쳐다보며 말했다.
「브렌다는 당신의 마음 속에 갈고리를 걸었지요, 성공적으로.」
「억지부리지 말아요. 사실 그녀는 잘생긴 용모도 아니오. 그리고 분명히 그녀는—.」
「유혹하진 않았다고요? 아니에요, 그녀는 당신이 자신을 가엾게 여기도록 만들었어요. 사실 그녀는 아름답지도, 머리가 좋은 것도 아니에요. 하지만 아주 뚜렷한 개성을 갖고 있지요. 그녀는 문제를 일으킬 줄 알아요. 당신과 나 사이에도 벌써 문제를 만들어 놨잖아요.」
「소피아!」
나는 깜짝 놀라 소리쳤다.
소피아는 문 쪽으로 가며 말했다.
「잊어버려요, 찰스. 가서 점심 준비나 계속해야겠어요.」
「나도 도와주겠소.」
「아니에요, 여기 계세요. 신사가 부엌에 들어오면 유모가 당황할 거예요.」
「소피아—.」
나는 막 방을 나가려는 그녀를 불러 세웠다.
「예, 뭐죠?」
「하인들 말이오. 왜 여기 아래층이나 위층에는 앞치마나 수건 같은 걸 두르고 문을 열어 주는 하인이 하나도 없는 거요?」
「할아버지는 요리사, 가정부, 잔심부름하는 아이, 그리고 시중드는 아이까지 두셨지요. 하인 두는 걸 좋아하셨어요. 물론 다 급여를 후하게 주고 쓰신 거죠. 클리멘시 큰어머니와 로저 큰아버지는 청소하는 파출부 한 명만 두었어요. 그분들은 하인 두는 걸 좋아하지 않아요—아니, 큰어머니가 그러신 거죠. 매일 밖에서 든든히 먹고 들어오지 않았으면 큰아버지는 그냥 굶어 죽었을 거예요. 큰어머니가 생각하는 식사란 상추, 토마토, 당근 같은 것들뿐이니까요. 우리 쪽은 가끔 하인을 쓰기도 하는데, 그러면 어머니가 예의 그 성미를 발휘해서 곧 떠나곤 했죠. 그렇게 되면 하는 수 없이 파출부를 다시 부르고, 다시 똑같은 짓의 반복이에요. 우리는 그렇게 하루 주기(週期)로 살아요. 유모는 항상 있으면서 급한 일을 맡아서 해 주죠. 이젠 아시겠어요?」 소피아는 그렇게 말하고는 방을 나갔다.

　나는 무늬를 넣어 짠 커다란 의자 하나에 파묻혀 앉아 깊은 생각에 빠져들었다. 나는 2층에서 브렌다가 쓰는 방들을 보았다. 그리고 지금은 소피아가 쓰는 방들을 보았다. 나는 소피아의 생각이 왜 정당한지 이제야 깨닫게 되었다. 아니, 그것은 레오니데스 가(家)의 생각이라고 해도 좋을 것 같았다. 그들은 자신들이 비열하다고 생각하는 방법으로 자기 집안에 들어온 외부인에게 불쾌감을 표시한 것이다. 그들은 자신들의 권리를 움켜쥐고 있었다. 소피아가 말했다시피 겉보기에 그것이 좋아 보이지 않았던 것이다…….

　하지만 거기에는 인간적인 측면도 있다. 나는 볼 수 있지만 그들은 보지 못하는 측면이었다. 그들은 늘 부유했고, 또 항상 안정되어 있었다. 생존경쟁에서 낙오한 자들이 느끼는 유혹 같은 것에 대해서는 전혀 알지 못했다. 브렌다 레오니데스는 부와 아름다운 것들과 안정—그리고 가정을 원했다. 그녀는 그 대가로 늙은 남편을 행복하게 해 주었다고 말했다. 나는 그녀에게 동정심을 느꼈다. 그녀와 이야기를 나누는 동안 그런 감정이 생긴 게 분명했다……. 그런데 지금도 그런 동정심을 느끼고 있을까?

　내 의문의 두 가지 측면—눈앞에 보이는 서로 다른 천사들—어느 편이 진짜 천사인가……, 진짜 천사…….

　어젯밤 나는 거의 잠을 자지 못했다. 태버너와 함께 오기 위해 아침 일찍 일어났다. 그래서 이제 마그다 레오니데스의 안온하고 향기로운 거실 분위기 속에서 커다란 의자에 파묻혀 있는 내 몸의 긴장은 풀리기 시작했고, 눈꺼풀도 아래로 쳐지기 시작했다…….

　브렌다, 소피아, 노인의 초상화 생각 등이 뒤엉킨 내 머릿속은 유쾌한 몽롱함 속으로 빠져 들어갔다. 나는 잠이 들었다…….

제10장

 나는 아주 서서히 잠에서 깨어났기 때문에 처음에는 내가 잠이 들었다는 것도 의식하지 못했다.
 코에서 꽃향기가 느껴졌다. 눈앞 허공에서 둥글고 흰 얼룩 같은 것이 이리저리 움직이는 게 보였다. 내가 바라보고 있는 것이 사람의 얼굴이라는 것을 알게 된 것은 몇 초 뒤였다―그 얼굴은 약 1~2피트 뒤로 물러나면서 윤곽이 드러났다. 정신이 들자 시야도 점차 분명해졌지만, 얼굴은 여전히 도깨비를 연상시켰다―둥글고 불쑥 튀어나온 이마, 뒤로 빗어 넘긴 머리에 작고 반짝이는 검은 눈을 가진 얼굴. 하지만 그 얼굴은 분명히 몸에 달려 있었다. 작고 바싹 마른 몸이었다. 그 몸이 나를 뚫어지게 바라보고 있었다.
 「안녕하세요?」 하고 그 몸이 말했다.
 「안녕?」
 나는 눈을 깜박이며 대꾸했다.
 「난 조세핀이에요.」
 나는 이미 그걸 짐작하고 있었다. 내 생각으로 소피아의 여동생 조세핀은 열한 살이나 열두 살쯤 되어 보였다. 할아버지를 꼭 빼어 닮은, 믿을 수 없을 정도로 못생긴 아이였다. 머리도 할아버지를 닮았을 것이란 상상이 충분히 가능해 보였다.
 「소피아 언니의 애인이시죠?」 조세핀이 물었다.
 나는 그 말을 인정했다.
 「하지만 여기엔 태버너 주임경감과 함께 오셨죠? 왜 그분과 함께 오신 건가요?」
 「그분은 내 친구란다.」

「그래요? 전 그 사람을 좋아하지 않아요. 그 사람에게는 사실을 말하지 않을 거예요.」

「어떤 사실 말이지?」

「제가 알고 있는 것들 말이에요. 전 많은 걸 알고 있어요. 전 사실을 알아내는 걸 좋아하거든요.」

그 애는 의자의 팔걸이에 앉아 다시 내 얼굴을 찬찬히 살피기 시작했다. 나는 좀 불편해지기 시작했다.

「할아버지는 살해되셨어요. 아세요?」

「그래, 알고 있단다.」

나는 대답했다.

「독살되셨대요. 에―제―린으로요.」

그녀는 그 단어를 매우 조심스럽게 발음했다.

「재미있지 않아요?」

「그런 것 같구나.」

「유스터스와 저는 정말 재미있어요. 우린 탐정소설을 좋아하거든요. 전 늘 탐정이 되고 싶었어요. 지금 전 탐정이에요. 실마리를 모으고 있거든요.」

이 애는 마치 송장 먹는 꼬마귀신처럼 느껴졌다.

조세핀은 의자의 문장(紋章) 쪽으로 몸을 돌리며 말했다.

「태버너 주임경감하고 같이 온 사람도 역시 형사겠죠? 책에서 보니까 사복을 입은 형사는 장화를 보면 알 수 있다고 했는데, 그 형사는 스웨드 가죽 구두를 신었더군요.」

「옛날 관습은 변하니까.」 내가 말했다.

조세핀은 그 말을 자기 나름의 생각으로 해석한 듯했다.

「예. 이제 이 곳엔 많은 변화들이 있을 거예요. 런던의 대제방 위에 있는 집에 가서 살게 될 거예요. 엄마는 오래 전부터 그걸 원했어요. 아마 매우 기뻐하실 거예요. 그리고 책을 다 가지고 간다면 아빠도 별로 싫어하지 않을걸요. 전에는 그럴 여유가 없었거든요. '이사벨' 때문에 엄청난 돈을 손해 보셨어요.」
「이사벨?」 하고 나는 물었다.
「예, 못 보셨나요?」
「오, 연극 이름인가? 난 못 봤는걸. 외국에 있었거든.」
「그리 오래 상연하지도 않았어요. 정말 엄청난 실패였어요. 전 엄마가 이사벨 역할을 할 타입이라고는 생각지 않아요, 안 그래요?」
마그다에게 받은 인상을 떠올려 보았다. 복숭아 색 네글리제에서도, 잘 맞추어 입은 정장에서도 이사벨 같은 분위기는 전혀 갖고 있지 않았다. 하지만 마그다에게는 내가 아직 보지 못한 다른 면이 있으리라고 믿고 싶었다.
「아마 그렇지는 않을 게다.」
나는 조심스레 대답했다.
「할아버지는 그게 실패할 거라고 늘 말씀하셨어요. 그런 역사적이고 종교적인 연극에는 한 푼도 투자하지 않겠다고 하셨지요. 그 연극은 결코 성공을 거두지 못할 거라고 하셨어요. 하지만 엄마는 열심이셨죠. 저도 그 연극은 별로 좋아하지 않았어요. 그건 정말 성경에 나오는 이야기하고 조금도 비슷하지 않았거든요. 그러니까, 이사벨이 성경에 나오는 것처럼 악하지도 않았다는 말이에요. 그녀는 애국적이고 정말 아주 멋졌어요. 그게 연극을 재미없게 만든 거죠. 하지만 결말은 아주 좋았어요. 사람들이 그녀를 창문 밖으로 집어던졌으니까요. 개들이 와서 그녀를 먹었죠. 전 그게 안됐다고 생각해요, 안 그래요? 전 개들이 그녀를 먹는 부분을 제일 좋아해요. 엄마는 무대에 개를 등장시켜서는 안 된다고 말씀하셨는데, 전 그 이유를 알 수가 없어요. 연기하는 개가 있을 수도 있잖아요.」
그 애는 기쁜 듯 연극 대사를 인용했다.
「'개들은 그녀의 손바닥만 남겨 놓고 다 먹었도다.' 왜 손바닥은 먹지 않았을까요?」
「잘 모르겠구나.」

「그 개들은 아주 특별났던 것 같아요. 우리 집 개는 안 그런 데. 그냥 뭐든지 다 먹거든요.」

조세핀은 성경에 나오는 신비한 이야기를 잠시 곰곰이 생각하는 듯했다.

「그 연극이 실패라서 유감이구나.」 내가 말했다.

「예, 엄마는 지독히도 신경질을 부렸어요. 연극 평이 아주 형편없었거든요. 엄마는 그걸 읽고 조각조각 찢어버리고는 하루 종일 울었다니까요. 아침식사 접시를 글래디스에게 던지기도 했죠. 그래서 글래디스는 나가겠다고 했고요. 재미있었다니까요.」

「넌 연극을 좋아하는 것 같구나, 조세핀.」 내가 물었다.

「사람들이 할아버지의 시체를 검사했어요. 무엇 때문에 돌아가셨는지 알아내기 위해서죠. P.M.—그 사람들은 그렇게 말하더군요. 하지만 그건 좀 웃기지 않나요? P.M.은 수상(Prime Minister)을 나타내는 말이기도 하니까요. 그리고 오후를 의미하는 말이기도 하고요.」

하고 그녀는 신중하게 덧붙였다.

「할아버지가 돌아가셔서 슬프니?」 나는 물었다.

「특별히 슬플 건 없어요. 할아버지를 그리 좋아하지 않았거든요. 할아버지는 발레 공부를 못하게 하셨어요.」

「발레를 배우고 싶니?」

「예. 그리고 엄마도 배우라고 하셨어요. 아빠는 신경 쓰지 않았고요. 그런데 할아버지는 제게 소질이 없다고 하셨어요.」

그 애는 의자 팔걸이에서 미끄러져 내려와 신발을 벗어 던지고는, 기술적으로 말해서 포인트(무용 용어로 발끝)가 어떻게 되는지 살펴보는 것이었다.

「신발은 잘 맞는 걸 신어야 해요. 그런데 잘 맞는 신발을 신었는데도 때로는 발끝에 심한 물집이 생기기도 해요.」

그 애는 신발을 다시 신고 아무렇지도 않다는 투로 물었다.

「이 집이 좋으세요?」

「확실히는 잘 모르겠구나.」
「이 집은 이제 팔릴 거예요. 브렌다 새 할머니가 계속 여기 살지 않으면 말이에요. 그리고 로저 큰아버지와 클리멘시 큰어머니는 이젠 떠나지 않을 거예요.」
「그분들이 떠난다고?」
나는 약간의 호기심이 섞인 긴장감으로 물었다.
「예. 화요일에 떠날 예정이었어요. 해외로. 비행기로 가려고 했죠. 클리멘시 큰어머니는 가벼운 새 가방을 샀어요.」
「외국으로 갈 거라는 얘기는 못 들었는데.」
「그러실 거예요. 아무도 모르니까. 비밀이거든요. 떠날 때까지 아무에게도 얘기하지 않으려고 했을 테니까요. 할아버지에게 짧은 편지만 남겨 놓으려고 했을 거예요.」
그 애는 또 이렇게 덧붙였다.
「바늘꽂이 핀으로 꽂아 놓는 메모는 아닐걸요. 그건 옛날 고리짝 책에서 여자들이 남편을 떠날 때나 하는 짓이지요. 요새는 바늘꽂이를 갖고 있는 사람이 아무도 없으니까 그건 어리석은 짓일 거예요.」
「물론 그분들은 그런 짓은 안 할 거다, 조세핀. 로저 큰아버지가 왜—떠나려고 했는지 알고 있니?」
그 애는 날카로운 시선으로 나를 흘겨보며 말했다.
「알고 있다고 생각해요. 런던에 있는 로저 큰아버지의 사무실 일과 관계가 있어요. 확실하지는 않지만 큰아버지는 뭔가를 횡령한 것 같아요..」
「무엇 때문에 그렇게 생각하지?」
조세핀은 내 쪽으로 가까이 오더니 내 얼굴에 깊은숨을 내쉬었다.
「할아버지가 독살되시던 날 로저 큰아버지는 아주 오랫동안 할아버지 방에 들어가 있었어요. 할아버지와 이야기하고 또 이야기하면서 말이에요. 그리고 로저 큰아버지는 자신이 아무 쓸모도 없다고, 자기가 할아버지를 실망시켰다고 말했어요—그리고 돈 문제는 그리 중요하지 않다고—문제는 자기가 신용 없는 사람이 된 것이라고 했어요. 큰아버지는 아주 괴로운 모습이었어요.」

나는 혼란스러운 감정으로 조세핀을 쳐다보았다.

「조세핀, 남의 말을 엿듣는 건 좋지 않다고 말해 주는 사람이 없었니?」 조세핀은 힘차게 고개를 끄덕였다.

「물론 그런 얘기는 들었죠. 하지만 뭔가를 알아내려면 문 밖에서 엿듣지 않으면 안 돼요. 아마 태버너 주임경감도 그럴 걸요, 안 그래요?」 나는 그 점에 대해 생각해 보았다.

조세핀은 격렬한 어조로 얘기를 계속했다.

「그리고, 그분이 안 그랬다면 다른 사람이 그럴 거예요. 그 스웨드 구두를 신은 사람 말이에요. 그 사람들은 남들의 책상을 살피고 편지를 읽으면서 모든 비밀을 다 알아내요. 하지만 그건 다 어리석은 짓이에요! 살펴봐야 할 데가 어딘지 모르고 있으니까요!」

조세핀은 거만하고 냉정한 태도로 말했다.

나는 그 말에 함축된 뜻이 무언지 모를 만큼 어리석었다. 그 불쾌한 꼬마는 이야기를 계속했다.

「유스터스 오빠하고 저는 많은 것을 알아요. 하지만 저는 유스터스 오빠보다 더 많이 알죠. 오빠에게는 말하지 않을 거예요. 오빠는 여자는 위대한 탐정이 될 수 없다고 해요. 하지만 저는 여자도 될 수 있다고 했죠. 전 모든 걸 다 노트에다 적어 놓겠어요. 그리고 경찰 수사가 완전히 실패하면 그걸 내놓으면서, '난 누구 짓인지 알고 있다'고 말하겠어요.」

「탐정소설을 많이 읽니, 조세핀?」

「산더미만큼.」

「너는 할아버지를 죽인 사람이 누군지 안다고 생각하는 구나.」

「예, 그래요—하지만 실마리를 좀더 찾아야 할 것 같아요.」

그 애는 잠시 말을 멈췄다가 덧붙였다.

「태버너 주임경감님은 브렌다 새 할머니가 그랬다고 생각하시죠?

아니면, 새 할머니와 로렌스 선생님이 서로 사랑하는 사이니까 두 사람이 함께 그랬을 거라고요?」
「그렇게 말하면 못 쓴다, 조세핀.」
「왜 안 돼요? 두 사람은 서로 사랑하는 데요.」
「네가 판단할 수 있는 문제가 아니야.」
「아니에요, 전 알 수 있어요. 두 사람은 서로 편지를 썼요. 연애편지요.」
「조세핀! 그걸 어떻게 알았니?」
「제가 읽었거든요. 지독하게 달짝지근한 편지였어요. 하긴 로렌스 선생님은 무척 감상적인 사람이니까. 그분은 전쟁에 나가 싸울 수도 없을 정도로 겁이 많아요. 그래서 지하실에서 보일러에 불을 때는 화부 노릇을 했대요. 비행기가 이 집 위로 지나가기라도 하면 그분은 새파랗게 질리곤 하는 거예요―정말 새파랗게 말이에요. 그걸 보고 유스터스 오빠하고 저는 깔깔거리며 웃었죠.」
 나는 대꾸할 말을 잊고 말았다. 그때 밖에서 차가 들어오는 소리가 들렸다. 불빛이 번쩍이자 조세핀은 창가로 가서 유리에다 코를 갖다 대고 밖을 내다보았다.
「누구지?」 내가 물었다.
「게이츠킬 씨예요. 할아버지의 변호사죠. 아마 유언에 관한 일 때문에 오셨을 거예요.」
 흥분된 숨을 몰아쉬면서 조세핀은 급히 방을 나갔다. 틀림없이 탐정놀이를 다시 시작하기 위해서일 것이다.
 갑자기 마그다 레오니데스가 방으로 들어오더니, 놀랍게도 내게로 다가와 손을 잡는 것이었다.
「다행이에요.」 그녀는 말했다.
「아직 여기 남아 있어서 정말 고마워요. 남자 분이 꼭 필요하거든요.」
 그녀는 내 손을 놓고 높은 등받이가 달린 의자 쪽으로 걸어가더니 위치를 조금 바꿔 놓고 거울에 비친 자신의 모습을 흘끗 들여다보았다. 그리고는 탁자 위에 놓인 조그만 배터시 에나멜 상자를 집어 들고 생각에 잠긴 듯 서서 그것을 열었다 닫았다 하는 것이었다. 참으로 매력적인 모습이었다.
 그때 소피아가 문틈으로 머리를 들이밀고 경고라도 하듯 속삭였다.
「게이츠킬 씨가 오셨어요!」
「안다.」
 마그다가 말했다.
 잠시 후 소피아는 자그마한 체구의 나이 든 남자와 함께 방으로 들어왔고, 마그다는 에나멜 상자를 내려놓고 걸어가 그를 맞이했다.
「안녕하십니까, 레오니데스 부인. 2층으로 올라가는 길입니다. 유언에 대해 오해가 있는 것 같아서요. 남편께서 제게 편지를 쓰셨는데, 유언장을 제가 지니고 있는 것으로 생각하시는 것 같더군요. 제가 레오니데스 씨에게 직접 듣기로는 유언장은 그분의 금고 속에 있는 것으로 알고 있는데, 혹시 그 일에 관해 알고 계신 거라도 있나요?」
「가엾은 아버님의 유언장 말인가요?」
 마그다는 놀란 눈을 크게 떴다.
「아뇨, 전혀 모르는데요. 2층에 있는 저 못된 여자가 그걸 없애 버렸다고 말씀하지는 마세요..」
「아, 레오니데스 부인―(그는 그녀를 향해 손가락을 흔들어 그게 아니라고 말했다)―근거 없는 추측은 하지 마십시오. 아버님께서 그걸 어디에 두셨는가가 문제일 뿐입니다.」
「아니, 아버님은 서명을 하신 후 그걸 선생님께 보냈잖아요―분명히 그러셨는데. 그렇게 했다고 우리들에게 말씀하셨는데요.」
「경찰이 레오니데스 씨의 개인 서류들을 다 살펴봤을 테니까. 태버너 주임경감하고 애길 나눠 봐야겠습니다.」
 그리고 그는 방을 나갔다.
「얘, 그 여자가 그걸 없앴어. 내 생각이 맞을 거야.」

마그다가 소리쳤다.

「말도 안 돼요, 어머니. 브렌다는 그런 어리석은 짓을 하진 않았을 거예요.」

「쉿―게이츠킬이 다시 오고 있구나.」

변호사가 다시 방으로 들어왔다. 태버너 주임경감이 그 사람과 함께 왔고, 태버너 뒤로 필립이 들어왔다.

「레오니데스 씨에게서 유언장을 안전하게 보관하기 위해 은행에 맡기셨다고 들었습니다만.」 게이츠킬이 말했다.

태버너가 고개를 저었다.

「은행과도 연락해 봤습니다만, 그분이 맡긴 유가증권 몇 가지를 제외하고는 레오니데스 씨의 개인 서류는 없다고 하더군요.」

필립이 말했다.

「혹시 로저 형이나―에디스 이모가……, 어쩌면 그럴지도 모르겠는데. 소피아, 가서 두 분 좀 이리 내려오시라고 하거라.」

하지만 이모와 함께 이 비밀회의에 불려온 로저 레오니데스는 아무런 도움도 주지 못했다.

「아니, 이건 말도 안 됩니다―정말 말도 안 돼요.」 그는 말했다. 「아버님은 유언장에 서명을 하시고 나서 다음 날 그걸 게이츠킬 씨에게 보낼 거라고 분명히 말씀하셨는데요.」

「내 기억에 의하면―.」

게이츠킬 씨는 의자에 몸을 기대고 반쯤 눈을 감은 채 말했다. 「레오니데스 씨의 지시에 따라 초안을 잡은 유언장을 보내드린 건 작년 11월 24일이었습니다. 그분은 초안에 만족해하시며 그걸 내게 다시 돌려 보내셨습니다. 그리고 정해진 절차에 따라 나는 서명을 하시도록 유언장을 그분께 보내 드렸지요. 일 주일이 지난 뒤, 정식으로 서명과 검증을 거친 유언장이 아직 내게 도착하지 않았는데, 혹시 변경하고 싶은 내용이 있으시냐고 여쭤보았지요. 그랬더니 그분은 아주 만족스럽다고 하시면서, 서명을 한 뒤에 거래 은행으로 그걸 보냈

제10장 101

다고 덧붙이시더군요.」

「그게 옳아요..」

로저가 힘주어 말했다.

「그게 작년 11월 말이었지―필립? 아버님이 어느 날 저녁 우리를 모두 불러모으시고 유언장을 읽어 주시던 것이?」

태버너가 필립 레오니데스 쪽으로 고개를 돌렸다.

「선생의 기억과 일치합니까, 레오니데스 씨?」

「예.」 필립은 대답했다.

「이건 〈보이세이 가(家)의 유산상속〉과 좀 비슷하군요..」

마그다가 말했다. 그녀는 재미있는 듯 한숨을 내쉬며 말했다.

「유언장에 관계된 문제에는 뭔가 극적인 요소가 있다고 늘 생각해 왔어요.」

「소피아 양은 어때요?」

「예, 저도 분명히 기억해요.」

「유언장의 내용은 기억이 나십니까?」 태버너가 물었다.

게이츠킬 씨가 예의 그 꼼꼼한 태도로 막 답변을 하려는데, 로저 레오니데스가 그를 앞질렀다.

「아주 간단한 유언장이었습니다. 일렉트라와 조이스가 죽어서 그들 몫이 아버지에게로 돌아갔습니다. 윌리엄은 미얀마에서 전사해 그가 남긴 돈도 아버지에게로 돌아갔습니다. 필립과 나와 아이들이 유일하게 남아 있는 혈육이죠. 아버지가 그 얘기를 해 주셨습니다. 아버지는 에디스 이모님에게 상속세를 제외하고 5만 파운드를 남기셨고, 브렌다에게는 상속세 제외 10만 파운드와, 이 집이나 그 여자를 위해 매입한 런던 집 중 원하는 것을 주라고 하셨습니다. 나머지는 셋으로 나눠 1/3은 내게, 1/3은 필립에게, 그리고 1/3은 소피아, 유스터스, 조세핀에게 주되 유스터스와 조세핀의 몫은 그 애들이 성인이 될 때까지 신탁에 맡겨야 한다고 하셨습니다. 내 기억이 맞지 않습니까, 게이츠킬 씨?」

「내가 작성한 내용들과—대충 들어맞는군요.」
게이츠킬 씨는 자신이 직접 말하지 못한 데 대해 약간의 씁쓸한 감정을 나타내 보이며 그의 말에 동의했다.
「아버지는 유언장을 우리에게 읽어 주셨습니다.」
로저는 계속 말했다.
「그리고는 우리들에게 하고 싶은 말이 없느냐고 물으셨지요. 물론 말한 사람은 아무도 없었습니다만.」
「브렌다가 한 마디 했잖니.」
에디스 드 하빌랜드가 말했다.
「맞아요.」
마그다가 흥미 있다는 듯 말했다.
「그 여자는 사랑하는 남편의 죽음에 관해 말하는 건 견딜 수 없다고 했어요. '섬뜩한 느낌이 든다.'고 했지요. 그리고 아버님이 돌아가시더라도 그 무서운 돈은 한 푼도 받지 않겠다고 했어요!」
「그건—.」
에디스 드 하빌랜드가 말했다.
「그냥 한번 그래 본 거였어. 그런 여자들의 전형적인 수법이야.」
그것은 잔인하고도 신랄한 일갈이었다. 나는 에디스 드 하빌랜드가 브렌다를 얼마나 싫어하는지 갑자기 실감할 수 있었다.
「아주 공정하고도 적절한 재산분배였습니다.」
게이츠킬 씨가 말했다.
「유언장 낭독이 있은 뒤 어떤 일이 있었습니까?」
테버너 주임경감이 물었다.
「유언장을 읽어 주신 다음—.」 로저가 말했다.
「서명을 하셨습니다.」
태버너가 몸을 앞으로 숙이며 말했다.
「정확히 언제, 어떻게, 서명을 했습니까?」
로저는 뭔가를 호소하는 눈빛으로 아내 쪽으로 시선을 돌렸다. 클리멘시는 그 시선에 대한 응답으로 이야기를 하기 시작했고, 나머지 가족들은 그녀가 그렇게 하는 것에 만족해하는 것 같았다.

「어떤 일이 있었는지 정확히 알고 싶으세요?」

「그렇게 해 주신다면 좋겠군요, 로저 부인.」

「아버님은 유언장을 책상 위에 내려놓고 우리들 중 누군가에게—제 생각엔 로저였던 것 같아요—벨을 좀 눌러 달라고 하셨어요. 종소리를 듣고 존슨이 오니 그에게 하녀 재닛 윌머를 데려오라고 하시겠지요. 두 사람이 다 오자 유언장에 서명을 하시고는 자신의 서명 밑에 그들의 이름도 서명을 하라고 하셨어요.」

「올바른 절차였군요.」 게이츠킬 씨가 말했다.

「유언장은 유증자의 서명이 있어야 하되, 다른 두 사람의 증인이 배석해야 하고, 또 같은 시간, 같은 장소에서 그들의 서명도 첨부되어야 합니다.」

「그 다음에는?」 태버너가 물었다.

「아버님은 그들에게 고맙다는 말씀하셨고, 그들은 방을 나갔죠. 아버님은 유언장을 접어 긴 봉투에 넣으시고는 그걸 다음 날 게이츠킬 씨에게 보낼 거라고 말씀하셨어요.」

「부인의 말씀이—.」

태버너 주임경감은 주위를 둘러보며 말했다.

「그 날 일어났던 일에 대한 정확한 설명이라는 데 모두들 동의하십니까?」

동의의 뜻을 나타내는 웅성거림이 있었다.

「유언장이 책상 위에 놓여 있었다고 말씀하셨죠? 여러분들과 책상 사이의 거리는 얼마나 가까웠습니까?」

「그리 가깝지는 않았습니다. 가장 가까이 있던 사람과의 거리가 아마 5~6야드쯤 되었을 겁니다.」

「유언장을 읽어 주실 때 레오니데스 씨는 책상 앞에 앉아 있었습니까?」

「예.」
「유언장을 다 읽고 서명을 하시기 전에 그분은 책상에서 물러나셨습니까?」
「아뇨.」
「서명을 할 때 하인들이 그 기록을 읽을 수 있었을까요?」
「아뇨.」 클리멘시가 말했다.
「아버님은 그 서류 위 부분에 종이 한 장을 올려 놓으셨거든요.」
「아주 잘하신 거였죠.」 필립이 말했다.
「유언장 내용은 하인들과는 상관이 없는 내용이니까요.」
「그렇겠군요.」 태버너가 말했다.
「그런데 한 가지 모르는 게 있습니다.」

그는 활기찬 동작으로 긴 봉투 하나를 꺼내더니 손을 길게 뻗쳐 변호사에게 내밀었다.

「이걸 한번 보십시오. 그리고 그게 뭔지 좀 말씀해 주시겠습니까?」

게이츠킬 씨가 봉투에서 접혀진 서류 하나를 꺼냈다. 그는 크게 놀라는 표정으로 그것을 이 손 저 손으로 옮겨가며 보았다.

「이거 정말 놀랍군요. 이해할 수 없습니다. 이게 어디 있었는지 물어 봐도 될까요?」

「레오니데스 씨의 다른 서류들 틈에 끼어 있었습니다.」

「그게 뭡니까?」 로저가 말했다.

「무슨 일이 생긴 겁니까?」

「이건 내가 레오니데스 씨에게 서명을 부탁드린 유언장입니다. 그런데—로저 씨—이해할 수 없군요. 당신이 말한 것과 틀려요—이건 서명이 안 되어 있습니다.」

「뭐라고요? 그럼, 그건 초안일 겁니다.」

「아닙니다.」 변호사가 말했다.

「레오니데스 씨는 원래의 초안을 내게 돌려 보내셨거든요. 그래서 나는 유언장을 작성했지요—이 유언장 말입니다.」
 하며 그는 손가락으로 그것을 가볍게 두드렸다.
 「그러고 나서 서명을 하시라고 그분께 보내드렸던 겁니다. 당신 말에 의하면 여러분 모두가 보는 앞에서 그분은 서명을 했고—또 두 명의 증인이 서명을 첨부했다고 했습니다—그런데 이 유언장에는 서명이 되어 있질 않아요.」
 「아니, 그건 있을 수 없는 일입니다.」
 필립 레오니데스가 소리쳤다. 이제까지 그에게서 한번도 들어 보지 못한 흥분된 목소리였다.
 그러자 태버너가 물었다.
 「아버님의 시력은 얼마나 좋으셨습니까?」
 「녹내장을 앓으셨어요. 그래서 글씨를 읽을 때는 도수 높은 안경을 쓰셨습니다.」
 「그 날 저녁에도 안경을 쓰셨습니까?」
 「그랬을 겁니다. 서명을 하고 나신 뒤까지 안경을 벗지 않으셨지요. 내 기억이 맞지요?」
 「틀림없어요.」
 클리멘시가 대꾸했다.
 「그럼, 유언장에 서명을 하기 전에 책상 가까이로 다가간 사람이 아무도 없다고—모두들 확신합니까?」
 「글쎄요—.」
 마그다가 눈을 가늘게 뜨며 말했다.
 「그때 일을 다시 생각해낼 수 있을지 모르겠군요.」
 「책상 가까이 다가간 사람은 아무도 없었어요.」 소피아가 말했다.
 「그리고 할아버지는 내내 책상에 앉아 계셨어요.」
 「책상은 지금 그 위치에 놓여 있었습니까? 방문이나 창문, 또는 커튼 가까이 놓여 있지는 않았습니까?」
 「지금 있는 위치에 있었어요.」

「난 지금 유언장을 바꿔 놓을 가능성이 있었는지를 알아내려는 중입니다.」 태버너가 말했다.
「바꿔치기 같은 것이 있었을 겁니다. 레오니데스 씨는 자신이 방금 읽은 서류에 서명을 했던 겁니다.」
「서명을 지울 수는 없을까요?」 로저가 물었다.
「아, 레오니데스 씨, 지운 흔적이 없을 수는 없지요. 다른 가능성이 한 가지 있지요. 그건 이 유언장이 게이츠킬 씨가 레오니데스 씨에게 보내 그분이 여러분 앞에서 서명한 그 유언장이 아니라는 겁니다.」
「하지만—.」 게이츠킬 씨가 말했다.
「난 이것이 원본이라는 걸 맹세할 수 있습니다. 종이에 약간 얼룩이 있단 말입니다—왼쪽 맨 위 구석에 말이죠—굳이 상상을 동원해 본다면 비행기를 닮았습니다. 이제야 눈에 띄는군요.」
식구들은 멍한 표정으로 서로를 쳐다보았다.
「참으로 아주 기묘한 일인데요.」 게이츠킬 씨가 말했다.
「전례(前例)가 없는 사건입니다.」
「이건 불가능한 일입니다.」 로저가 말했다.
「우리 모두가 그 자리에 있었어요. 그런 일은 도저히 일어날 수 없었단 말입니다.」
에디스 드 하빌랜드가 마른기침을 하며 말했다.
「이미 일어난 일을 갖고 일어날 수 없다고 하는 건 아무 소용없는 일이야. 지금 상황은 어떤가요? 그게 바로 내가 알고 싶은 거예요.」
게이츠킬 씨는 즉시 신중한 변호사의 태도가 되었다.
「현재 상황은 아주 면밀하게 조사될 겁니다. 이 서류는 물론 이전의 모든 유언과 유언장들을 무효화하는 겁니다. 이 유언장에 분명히 레오니데스 씨가 서명하는 걸 본 증인들이 많이 있습니다. 아주 흥미롭군요. 약간은 법적인 문제이기도 합니다.」
태버너가 손목시계를 흘끗 보며 말했다.
「점심식사를 못 하는 건 아닌지 모르겠군요.」

「함께 점심을 들지 않으시겠습니까, 주임경감님?」

필립이 물었다.

「말씀은 고맙습니다만 스윈리 딘에서 그레이 박사를 만나기로 되어 있어서요.」

그러자 필립은 변호사를 향해서 말했다.

「함께 점심하시겠습니까, 게이츠킬 씨?」

「그렇게 하지요, 필립.」

모두들 일어섰다. 나는 조심스런 태도로 소피아 쪽으로 갔다.

「갈까, 그냥 있을까?」

조그만 소리로 물었다. 마치 빅토리아 시대의 노래 제목처럼 우습게 들리는 말투였다.

「가는 게 좋겠어요.」 소피아가 대답했다.

나는 태버너를 쫓아 조용히 방을 빠져나왔다. 조세핀은 뒷마당으로 이어지는 문간의 베이즈 천 융단 위에서 왔다 갔다 하고 있었다. 무엇인가를 매우 재미있어 하는 듯했다.

「경찰은 어리석어요.」 그녀가 말했다.

그때 소피아가 거실에서 나왔다.

「여기서 뭘 하고 있니, 조세핀?」

「유모 할머니를 도와주고 있어.」

「너 문 밖에서 엿듣고 있었구나.」

조세핀은 언니를 향해 얼굴을 한번 찌푸려 보이고는 어디론가 사라져버렸다.

「저 아이는 정말 문제예요.」

소피아가 말했다.

제 *11* 장

나는 런던경시청에 있는 아버지의 방에 들렀다가 곤욕스런 보고를 거의 끝내고 있는 태버너를 만났다.
「어서 오십시오. 그 사람들 속사정을 다 조사했습니다―그런데 내가 얻은 것은―아무것도 없어요! 동기가 없단 말입니다. 돈이 궁한 사람도 없었고 말이죠. 노인의 아내와 그녀의 애인에 대해서 우리가 알아낸 것이라곤, 그녀가 그 친구에게 커피를 따라 줄 때 그가 곁눈질로 보더라는 것뿐입니다!」
「그만하시죠, 태버너 경감님. 난 그것보다는 조금 더 확실한 걸 말씀드릴 수 있겠는데요.」
「그래요? 당신이? 좋아요, 찰스 씨. 무엇을 알아냈소?」
나는 의자에 앉아 담배에 불을 당기고 나서 등을 기대어 앉으며 이야기를 시작했다.
「로저 레오니데스와 그 부인은 다음 주 화요일 해외로 떠날 계획이었습니다. 로저와 부친은 사건 당일 이야기를 나눈 적이 있는데, 아주 격한 분위기였습니다. 레오니데스 노인은 뭔가 잘못됐다는 것을 알아차렸고 로저는 과실을 인정했습니다.」
태버너는 얼굴이 시뻘개졌다.
「그런 얘길 도대체 어디서 들었습니까?」 그는 물었다.
「만일 하인들에게서 들은 것이라면―.」
「하인들에게서 듣진 않았습니다. 사립탐정에게 들었죠.」
「그게 무슨 소립니까?」
「그러고 보면 우리들이 좋아하는 탐정소설에서 흔히 보듯 그가, 아니 그녀가―아니, 아니, 그 애라고 하는 편이 좋겠군요―경찰을 완전히 넉 아웃 시킨 셈입니다!」

「게다가―.」 나는 말을 계속했다.

「그 사립탐정은 그밖에도 몇 가지 사실을 더 알고 있는 모양입니다. 아직 털어놓지 않고 있지만.」

태버너는 입을 떡 벌렸다가 다시 다물었다. 뭔가 물어 보긴 해야겠는데, 묻고 싶은 것들이 너무 많은 나머지 무엇부터 시작해야 할지를 모르겠다는 모습이었다.

「로저로군!」 마침내 그가 입을 열었다.

「그렇다면 로저가 범인이로군, 그렇죠?」

나는 이야기를 솔직히 털어놓기가 좀 망설여졌다. 로저 레오니데스라는 인물이 맘에 들었던 것이다. 그의 편안하고 친근감이 느껴지는 방이며, 또 그 남자가 지닌 친근한 매력을 잘 기억하고 있는 나로서는 그가 법의 추적을 받게 하고 싶지 않았다. 물론 조세핀이 일러 준 정보가 틀린 것일 수도 있다. 하지만 어쩐지 나로서는 그렇게 생각되지 않았다.

「그럼 그 애가 당신에게 말한 거로군요?」 태버너가 말했다.

「아주 영리한 아이인 모양입니다. 집 안에서 일어나는 일을 그렇게 속속들이 알고 있다니.」

「애들이란 으레 그런 법이지.」

아버지가 냉정한 어조로 이렇게 대꾸했다.

만일 그 정보가 사실이라면 사건의 정황은 뒤바뀌게 된다.

조세핀이 자신 있게 이야기한 대로 로저가 식당 체인점 회사의 운영자금을 '횡령하고' 있었고, 또 그의 아버지가 사실을 알아낸 것이라면 로저로서는 자신의 아버지인 레오니데스의 입을 틀어막고 진상이 밝혀지기 전에 영국을 떠나야만 했을 것이다. 아마 로저는 자신이 곧 형사소추를 당할 것이라고 생각했을 것이다. 우리들은 지체할 것 없이 식당 체인점 회사를 조사해야 한다는 것에 의견의 일치를 보았다.

「그 얘기가 사실이라면 대단한 파장이 올 거야.」

아버지가 말했다.

「그 회사는 거대한 기업이니까 말이다. 수백만 파운드의 돈이 개입되어 있지.」

「회사가 정말로 재정 문제로 쪼들리는 거라면 우리 생각이 맞게 되는 겁니다.」 태버너가 말했다.

「노인이 사태를 캐묻습니다. 그러자 로저는 그만 무릎을 꿇고 자신의 죄상을 고백합니다. 브렌다 레오니데스는 영화를 보러 외출하고 없었죠. 그러니 로저는 아버지 방을 나서 욕실로 들어가 인슐린 병을 비우고는 거기에 진한 에제린 액을 채워 넣기만 하면 일은 끝나는 거였습니다. 그게 아니라면 그의 아내 짓인지도 모르죠. 그녀는 그 날 집으로 돌아온 뒤 노인이 있는 별채로 건너갔습니다―로저가 그곳에 놓고 나온 파이프를 찾으러 갔다고 하더군요. 하지만 그녀는 브렌다가 집에 돌아와 노인에게 약을 주기 전에 그 내용물을 바꿔 놓으려고 건너간 것일 수도 있습니다. 그 여자는 그 일을 충분히 해낼 만큼 잔인하고 냉정한 여자니까요.」

나는 고개를 끄덕였다.

「예, 제 생각에도 그 일을 할 만한 사람은 그녀라고 여겨집니다. 그 여자는 무슨 짓이라도 저지를 수 있을 만큼 냉정한 여자더군요. 그리고 사실 난 로저 레오니데스가 에제린을 살해수단으로 떠올렸으리라고는 생각이 안 됩니다―그런 속임수는 어딘지 여자들이나 할 만한 짓 같거든요.」

「남자 독살자들도 세상에는 많이 있지.」

아버지가 건조한 투로 말했다.

「아, 예, 저도 그런 건 알고 있습니다.」

태버너가 말했다. 그리고는 갑자기 격하게 덧붙였다.

「모를 리가 없지요!」

「하지만 저로서는 로저가 그런 일을 할 타입이라고는 생각되지 않습니다.」 그가 다시 말했다.

「프리처드라는 범죄자도 사람들하고 훌륭하게 교제하던 인물이었어.」 아버지는 태버너에게 상기시켰다.
「이런 저런 성격이 합쳐진 인물이었죠.」
말을 마친 태버너가 방을 나서자 아버지가 말했다.
「넌 그 여자를 보고 맥베스 부인을 떠올린 게로구나, 찰스?」
아버지의 말에 나는 단조로운 방안의 창가에 서 있던 그녀의 가늘고 우아한 자태를 머릿속에 그려보았다.
「꼭 그런 건 아닙니다. 맥베스 부인은 근본적으로 탐욕스러운 여자였죠. 하지만 클리멘시 레오니데스가 그런 여자는 아닌 것 같습니다. 그 여자가 재산을 노린다거나 탐을 낸다고는 여겨지지 않아요.」
「하지만 남편의 안전을 위해 필사적으로 애를 썼을 수도 있지.」
「그럴지도 모르지요. 게다가 그녀 역시—예, 아주 잔인한 사람일 수도 있어요.」
'그녀의 잔인함은 다른 종류의 잔인함이죠…….'
소피아의 말이었다.
그때 고개를 쳐든 나는 아버지가 나를 바라보고 있는 것을 알았다.
「도대체 뭘 생각하고 있는 게냐, 찰스?」
하지만 나는 아버지에게 털어놓지 않았다.

다음 날 호출당해 가 보았더니 태버너와 아버지가 함께 이야기를 나누고 있었다. 태버너는 뭔가 흡족한 표정에다 상기된 모습이었다.
「식당 체인점 회사가 위태위태하단다.」 아버지가 말했다.
「금방이라도 파산할 지경이랍니다.」 태버너가 이어서 말했다.
「어젯밤에 보니 그 회사의 주식시세가 크게 떨어졌더군요.」
내가 말했다.
「하지만 오늘 저녁에는 회복세에 들어선 듯 싶습니다.」
「이 일은 매우 신중하게 다루어야 합니다.」 태버너가 끼여들었다. 「직접적으로 탐문수사를 해서는 안 된다는 거죠. 굳이 공포감을 불러일으킬 필요가 없으니까—즉, 도망가려는 사람을 놀라게 해서 완전히 도망치게 할 필요는 없다는 뜻입니다. 게다가 지금 우리에게는 확실하고도 은밀한 정보망이 있으니, 그 정보는 아주 정확한 겁니다. 현재 식당 체인점 회사는 파산 직전에 있습니다. 아마 채무를 제대로 감당할 수 없는 모양입니다. 사실 수년간 경영이 부실했답니다.」

「로저 레오니데스가 그렇게 경영을 했단 말입니까?」

「바로 그렇습니다. 그에겐 절대적인 권한이 있으니까요.」

「그런 가운데서도 자기 주머니에는 돈을 챙기고—.」

「아뇨, 그렇진 않습니다.」 태버너가 말했다.

「우리 생각은 그런 게 아닙니다. 솔직히 터 놓고 얘기해서, 그는 살인범일지도 모르지만 사기꾼은 될 수 없는 사람입니다. 그러니까 더 솔직히 말하자면 그 사람은—오히려 멍청이인 셈이죠. 우리가 보기에 그 사람은 판단력이라고는 조금도 없는 사람입니다. 그 증거로 그는 좀 늦춰야 할 일에는 적극적으로 나서고—오히려 적극적으로 나서야 할 때는 주저하고 꽁무니를 뺐더군요. 게다가 권한을 위임해서는 안 될 사람에게 떠맡기기도 했죠. 로저 그 사람 자체는 믿을 만한 사람인데, 사람들을 잘못 믿었던 겁니다. 어쨌건 사사건건 잘못만 저질러 온 셈이죠.」

「세상에는 그런 사람들이 흔히 있지.」 아버지가 말했다.

「하지만 그렇다고 그 사람 자체가 어리석은 건 아니지. 그런 사람들은 그저 다른 사람을 제대로 판단하지 못하는 거야. 게다가 제 때를 못 맞추고 엉뚱한 데에 너무 열을 올리기도 하지.」

「그런 남자는 사업을 해서는 안 되는 겁니다.」 태버너가 말했다.

「애리스티드 레오니데스의 아들로 태어나지만 않았어도 그런 일은 없었을지도 모르는 일이지.」

「노인이 아들에게 사업을 물려주었을 때만 해도 회사는 번창하고 있었습니다. 그러니까 잘만 하면 금광이나 마찬가지였던 겁니다! 말하자면 가만히 앉아서 굴러 들어오는 떡이나 먹으면 되는 사업이었죠.」

「아니, 그렇진 않아.」 아버지가 고개를 내저었다.

「가만히 앉아서 굴러가는 사업이란 없는 법일세. 사업을 하려면 언제나 이것저것 결단을 해야 하는 게지—'이 부서의 이 사람은 해고시켜라.'라든지— '저 부서에 저 사람을 임명해라.'라든지—자질구레한 정책 문제가 있는 법이네. 그러나 로저 레오니데스의 경우는 언제나 그 결단이 안 되는 거지.」

「바로 그렇습니다.」 태버너가 말했다.

「게다가 무엇보다도 그는 정에 끌리기 쉬운 사람입니다. 그 때문에 그는 변변찮은 사람들을 내쫓지도 못하고 그냥 두었지요—그것도 고작 그가 좋아하는 사람들이라거나, 아니면 오랫동안 근무했다는 이유 때문이었습니다. 그리고 또 그는 비현실적인 사업 아이디어를 내서는 비용이 많이 들건 말건 그 아이디어를 실현시키고자 고집을 세우는 일이 많았답니다.」

「하지만 범죄 같은 일을 저지르진 않았을 테지?」

아버지가 물었다.

「예, 범죄 같은 일은 없었습니다.」

「그럼, 왜 살인을 저지른 거죠?」 내가 중간에 나서 물었다.

「그는 바보일지는 모르나 악한은 아닙니다.」 태버너가 대꾸했다.

「하지만 그렇다고 해도 결과는 마찬가지죠—별 차이 없이 거의 마찬가지라고 할까요. 그 회사를 파산에서 구할 수 있는 것은 막대한 액수의 현금뿐이었습니다. 그것도 다음—(그러면서 그는 수첩을 들여다보았다)—최소한 다음 주 수요일까지는 필요했던 거지요.」

「그 금액은 그가 아버지의 유언장에 따라 물려받을 유산만큼이나 되는 거액이겠죠? 아니, 로저 생각에는 자신이 그만큼의 유산은 물려받을 수 있으리라고 생각한 걸까요?」

「바로 그렇습니다.」

「하지만 그런 거액을 현금으로 얻을 수는 없었을 텐데요?」

「물론입니다. 하지만 그 유산을 받는다면 일단 신용은 얻을 수 있죠. 그러니까 마찬가지인 셈입니다.」 아버지가 고개를 끄덕였다.
「하지만 그렇다면 레오니데스 노인에게 직접 도움을 청하는 일이 더 간단하지 않았을까?」
아버지가 이렇게 튕겨 보았다.
「아마 그렇게 했을 겁니다.」 태버너가 대답했다.
「그런데 바로 그 대화를 그 애가 엿들은 거죠. 짐작컨대 노인은 귀중한 돈을 쓸데없는 일에 내던지지 않겠다고 즉석에서 거절했을 겁니다. 노인으로선 당연히 그랬을 테죠.」
나는 그 점에 대해서는 태버너의 생각이 옳다고 여겼다.
애리스티드 레오니데스는 마그다의 연극 공연에 후원하는 것도 거절한 터였다. 노인의 생각에 의하면 그 연극은 도저히 흥행에 성공하지 못할 내용이었다. 그의 생각이 옳았음은 그 후에 일어난 여러 가지 상황으로 충분히 입증되었다. 애리스티드 레오니데스는 자기 가족에 대해서는 관대한 사람이었지만, 이익이 남지 않는 사업에 쓸데없이 돈을 낭비하는 사람은 아니었던 것이다. 게다가 식당 체인점 회사에 들어갈 비용은 수천 파운드, 아니 수십만 파운드에 이르는 것이었다. 따라서 노인은 로저의 요청을 깨끗하게 거절했고, 로저가 재정 파탄을 막을 유일한 길은 자기 아버지를 죽이는 길뿐이었으리라. 그렇다, 살인의 동기는 바로 거기에 있었던 것이다.
아버지가 문득 시계를 들여다보았다.
「그 사람한테 이리로 오도록 일러두었지. 이제 곧 나타날 게다.」
「로저 말입니까?」
「그래.」
「거미가 파리에게, '우리 집으로 들어오시죠'라고 꼬이는 셈이군요.」 내가 입 속으로 중얼거렸다.
태버너가 좀 놀란 듯 나를 바라보았다.
「아주 신중하게 대할 텐데요.」 그가 딱 잘라 말했다.

제11장 115

자, 이제 무대장치는 다 만들어진 셈이다. 게다가 속기사도 한 명 들어와 앉았다. 곧 이어 부자가 울리더니 조금 있다가 로저 레오니데스가 방에 들어섰다.

그는 매우 호기심 어린 표정으로 들어왔다—좀 어색한 표정이기도 했다. 그리고는 곧 의자에 걸려 비틀거렸다. 나는 그 모습을 보고 요 전에 그를 보았을 때처럼 커다랗고 듬직한 개를 연상했다. 그와 동시에 나는 에제린을 인슐린 병에 바꿔 놓은 것은 이 남자가 아니라는 분명한 확신을 갖게 되었다. 이 남자라면 병을 깨뜨려버리거나 약을 쏟거나 뭐 그런 식으로 일을 망쳐버리는 것이 고작이었을 거다. 그렇다, 그 짓은 클리멘시의 소행이 분명하다. 나는 속으로 이렇게 확신했다. 물론 로저 역시 그 일에 은밀히 관계하긴 했겠지만.

갑자기 그가 폭포수처럼 말문을 열었다.

「날 보자고 했다고요? 뭔가 알아내신 게 있습니까? 아, 안녕하시오, 찰스, 미처 못 봤군. 친절하게도 와주었군 그래. 그런데 도대체 무슨 얘기이신지, 아서 경—.」

너무나 선량한 사람—정말로 너무나 선량한 사나이였다. 하지만 살인자 중에도 많은 사람이 겉으로 보기에는 선량한 사람이다—때문에 친구들은 그들이 살인을 저지른 후에야 깜짝 놀라면서 자신이 아는 그들은 그런 사람이 아니라고 회상하곤 하는 법이다. 나는 내가 꼭 배신자 유다가 된 심정으로 그에게 미소로 인사를 대신했다. 아버지는 일부러 냉랭하게 사무적인 태도로 그를 대했다. 그리고는 유창한 어조로 말을 이었다.

'당신의 진술은……기록되며……진술을 강요하지는 않고……변호사를 배석시킬 수 있으며…….'

로저 레오니데스는 그 특유의 초조한 빛을 얼굴에 띠면서 아버지의 말을 귓등으로 흘려버리고 있었다.

나는 태버너 주임경감의 얼굴에 은근슬쩍 냉소가 떠오르는 것을 보고는 지금 그가 속으로 무엇을 생각하는지 읽을 수 있었다.

「이런 작자들은 언제나 자신만만하지. 실수라곤 하질 않아. 아주 약아**빠졌**다니까!」 그의 생각은 대충 이럴 것이다.

나는 방 한 구석으로 가서 앉아 그들의 말에 귀를 기울였다.

「당신을 이리로 오시라고 한 것은 말입니다, 레오니데스 씨.」

아버지가 말했다.

「뭐 새로운 소식을 알려 드리려고 그런 것이 아니라 오히려 당신에게 얘기를 듣고 싶어서입니다―당신이 요전에 말하지 않고 숨긴 얘기를 말입니다.」

로저 레오니데스는 화들짝 놀랐다.

「숨겨 두었다고요? 아니, 그렇지 않습니다. 난 전부 말씀드렸습니다―하나도 빼놓지 않고 전부!」

「그렇지 않습니다. 당신은 고인이 사망하던 날 오후 고인과 얘기를 나누었지요?」

「예, 아버지와 같이 차를 마셨지요. 그 얘긴 말씀드렸을 텐데요.」

「예, 물론 그렇게 말씀하셨죠. 하지만 두 분이 나눈 대화 내용에 대해서는 말하지 않으셨습니다.」

「저, 아버지하고 난―그저―이런 저런 잡담을 했을 뿐입니다.」

「그게 어떤 내용인가요?」

「뭐 늘 하는 이야기죠. 집안 이야기라든가 소피아 얘기라든가―」

「식당 체인점 회사 얘기는? 그 얘기도 하셨습니까?」

사실 나는 그때까지도 조세핀이 내게 한 이야기가 전부 꾸며댄 이야기였으면 하고 은근히 바라고 있었다. 하지만 그 순간 그런 희망은 곧 사라지고 말았다. 로저의 얼굴이 순식간에 확 변했던 것이다.

그 얼굴은 호기심 어린 표정에서 순식간에 누가 보아도 절망 어린 표정이라고 할 수 있을 만한 얼굴로 뒤바뀠다.

「맙소사!」 그가 입을 열었다.

그리고는 의자에 덜컥 주저앉아 양손에 얼굴을 묻었다. 그 모습을 보고 태버너 주임경감이 만족스러운 고양이처럼 미소를 지었다.

「레오니데스 씨, 이제 우리한테 숨기는 게 있는 걸 인정하실 테죠?」

「도대체 그걸 어떻게 아신 거죠? 난 아무도 모르는 줄 알았는데─도대체 누가 그걸 알아냈는지 모르겠군요.」

「그런 일을 알아낼 방법은 다 있답니다, 레오니데스 씨」

그러고 나자 한동안 침묵이 흘렀다.

「자, 이제는 우리한테 사실을 털어놓는 편이 이롭다는 것을 아시겠죠?」

「예, 예, 그야 물론이죠. 다 말씀드리겠습니다. 그런데 도대체 알고 싶은 게 뭡니까?」

「식당 체인점 회사가 파산 위기에 처해 있다는 게 사실입니까?」

「예, 그렇습니다. 현재로서는 파산을 막을 도리가 없습니다. 파산은 기정사실이지요. 아버지가 그 사실을 모르고 돌아가셨으면 좋았으련만. 난 정말 부끄럽고─창피해서─.」

「그 일로 해서 형사소추를 당할 가능성도 있는 겁니까?」

그 말을 듣자 로저가 의자에서 벌떡 몸을 일으켰다.

「아니, 그럴 리 없어요. 물론 파산은 기정사실이지만─그래도 이건 명예로운 파산입니다. 내 사유재산을 처분한다면 채권자들에게 1파운드에 20실링의 비율로 빚을 갚을 수 있을 겁니다. 하지만 정작 내가 수치스럽게 여기는 것은 아버지를 실망시켜 드린 일입니다. 아버지는 나를 믿으셨으니까요. 아버지는 내게 자신의 사업체 중 가장 크고 가장 아끼는 사업체를 물려주셨던 겁니다. 그리고는 한번도 제 일에 간섭하거나 이러니저러니 캐물으신 적도 없었습니다. 그러니까 아버지는─전적으로 나를 믿으신 거죠……. 그런데 내가 그만 아버지를 실망시켰으니.」

아버지가 무뚝뚝한 어조로 말문을 열었다.

「그러니까 당신 말은 이 일로 해서 형사소추를 당할 가능성은 없다는 얘기죠? 그렇다면 당신과 당신 부인이 아무한테도 밝히지 않고 외국으로 떠날 계획을 세운 건 무슨 이유입니까?」
「아니, 그 일도 알고 있습니까?」
「예, 그렇습니다.」
「그런데도 그 이유를 모른단 말입니까?」
 로저는 이렇게 말하면서 몸을 앞으로 쑥 내밀었다.
「나는 아버지께 차마 사실을 알릴 수 없었습니다. 만일 그렇게 되면 그건 꼭 내가 아버지에게 돈을 구걸하는 꼴처럼 보였을 테니까요. 그러니까 아버지가 날 다시 일으켜 주길 바라는 것처럼 보일 거란 말이죠. 사실 아버지는—날 아주 아껴 주셨죠. 그러니 사실을 아셨다면 도와주셨을 겁니다. 하지만 난 그럴 수 없었습니다—더 이상 사업을 계속할 수 없었던 겁니다—그래 보았자 또다시 일을 뒤죽박죽으로 만들었을 테니까요—난 사업에는 영 쑥맥이라서 말이죠. 사실 난 사업을 할 만한 능력이 없습니다. 아버지 같은 사업가 체질은 못 되는 거죠. 그건 나도 늘 깨닫고 있는 점입니다. 물론 내 나름대로 노력은 해 보았지요. 하지만 다 소용 없었습니다. 때문에 언제나 비참한 심정이었지요—정말 내가 얼마나 비참했는지는 하나님만이 아실 겁니다! 그래서 난 실패의 구렁에서 헤어나고자 무진 애를 썼답니다.
 어떻게 빚더미라도 면해 보고자, 그리고 아버지가 사실을 절대 모르시길 바라면서 말이죠. 하지만 그럼에도 불구하고 결국 올 것은 오고 말았습니다—파산을 면해 볼 희망이 더 이상 없게 된 거지요. 아내 클리멘시는 사정을 이해하고는 내 생각에 동의해 주었죠. 그래서 우리는 아무에게도 알리지 않은 채 한 가지 계획을 짠 겁니다. 우선 멀리 도망간 다음 일을 터뜨린다는 계획이었죠. 도망가기 전에 아버지에게 모든 사실을 알리면서 내가 얼마나 부끄러운 심정인지, 그리고 부디 날 용서해 주시길 바란다는 내용의 편지를 써 놓고 말입니다. 아버지는 나에게 언제나 한결같이 잘해 주셨지요—다른 사람들은 짐작도 못할 겁니다! 하지만 그때는 이미 너무 늦어 아버지로서도 아무런 대책을 세울 수 없는 상태였습니다.

내가 바라는 것도 이런 거였습니다. 아버지에게 도움을 구하지 말자, 아니 적어도 도움을 구하는 것처럼 보이지는 말자는 것이었죠. 그리고는 내 자신의 힘으로 어디선가 새 출발하자는 것이었습니다. 간소하고 검소하게 살면서, 커피라든가 과일 같은 것을 길러 먹고 살 생각이었죠. 그러자면 살림을 극도로 줄여야겠지요—사실 그런 것은 클리멘시에게는 견디기 힘든 생활일 겁니다. 하지만 그녀는 괜찮다고 하더군요. 아내는 정말—멋지고 훌륭한 여자랍니다.」

「알겠소.」 아버지의 음성은 여전히 딱딱했다.
「그런데 그 뒤에 마음을 바꾼 이유는 뭡니까?」
「마음을 바꿨다고요?」
「그렇소. 그러니까 무엇 때문에 당신 아버지께 경제적인 도움을 요청했느냔 말입니다.」

로저는 아버지를 멍하니 바라보았다.
「도움을 요청하다니, 그런 일 없었습니다!」
「그러지 말고 다 얘기하세요, 레오니데스 씨.」
「뭔가 아주 잘못 알고 계시군요. 내가 아버지에게 간 것이 아니라, 아버지가 날 부르러 사람을 보내신 겁니다. 런던 시내에서 나에 대한 소문을 들으신 거겠죠. 아버지는 언제나 이런 저런 일을 다 꿰뚫고 있는 분이었죠. 이번 일도 누군가가 아버지에게 일러바친 겁니다. 어쨌든 아버지는 그 소문 얘기를 꺼내면서 날 추궁하셨고, 나야 물론 항복할 수밖에 없었죠……. 그래서 아버지에게 모든 것을 다 말씀드렸습니다. 그때 난 아버지에게 빚은 별로 대단한 액수가 아니라고 말씀드렸죠—하지만 아버지가 날 그렇게 믿어 주셨는데 아버지를 실망시켜 드린 일이 지금도 마음 아플 따름입니다.」

그리고 나서 로저는 발작적으로 침을 삼켰다.
「아버지는 정말 다정한 분이셨습니다. 아버지가 내게 얼마나 잘해 주셨는지 상상도 못할 겁니다. 그때도 아버지는 책망이라곤 하지 않으시고 다정하게 대해 주셨죠. 난 아버지에게 도움 같은 것은 바라지 않으며, 또 도움을 안 받는 편이 차라리 낫다고 말씀드렸습니다. 그리고는 멀리 도망갈 계획이라는 것도 말씀드렸죠. 하지만 아버지는 내 말을 들은 체도 않으시고는 도와주시겠다고—식당 체인점 회사가 다시 일어설 수 있게끔 도와주겠다고 고집하시는 거였어요.」

태버너가 갑자기 날카로운 어조로 끼여들었다.

「그럼 당신 말은 당신 아버님께서 당신을 경제적으로 도와주려고 했다는 건가요?」

「예, 그렇습니다. 그러고 나서 즉석에서 아버지 밑에 있는 주식중개인들에게 이것저것 지시를 내리는 편지를 써 주셨습니다.」

그때 로저는 태버너와 아버지의 얼굴에서 믿어지지 않는다는 표정을 본 모양이었다. 그러자 그의 얼굴이 확 붉어졌다.

「자, 이것 보세요.」 그가 열띤 어조로 말을 이었다.

「그 편지를 내가 아직 갖고 있는 걸요. 우체통에 넣을 작정이었는데 그 뒤에 그런 일이 생기는 바람에—놀라고 당황해서 잊어버리고 있었던 겁니다. 아마 지금도 내 주머니에 들어 있을 겁니다.」

그러고 나서 그는 지갑을 꺼내더니 그 속에서 뭔가를 부스럭거리며 찾았다. 마침내 그가 찾던 것이 나왔다. 그것은 우표를 붙인 채 꼬깃꼬깃해진 편지봉투였다. 내가 몸을 기울여 바라보자 그 봉투 위에 그레이토렉스 앤드 핸버리 상회 주소가 쓰여 있었다.

「내 말이 믿어지지 않으시면 직접 읽어보시지요.」

아버지는 그 편지를 받아 뜯어보았다. 태버너는 아버지 등 뒤에서 그 편지를 들여다보았다. 그때 나는 그 편지를 보지 못했지만 나중에 읽어 볼 수 있었다. 편지에는 그레이토렉스 앤드 핸버리 상회에게 증권을 현금으로 바꿔 마련하라는 것, 그리고 식당 체인점 회사 일로 지시할 것이 있으니 다음 날 회사의 간부 직원 한 사람을 보내라는 등의 내용이 쓰여 있었다. 편지 내용 중에는 내가 알아볼 수 없는 부분도 있었지만, 취지만은 분명히 알아볼 수 있었다. 즉, 애리스티드 레오니데스는 체인 레스토랑을 다시 일으켜 세울 준비를 하고 있었던 것이다.

편지를 읽고 난 태버너가 입을 열었다.
「이 편지는 우리가 잠시 맡고 대신 인수증을 써 드리겠습니다, 레오니데스 씨.」

로저는 인수증을 받아들었다. 그리고는 자리에서 일어나며 말했다.
「다 된 겁니까? 이제 일의 경위가 어떻게 된 것인지 다 아셨죠?」

태버너가 대꾸했다.
「그러니까 당신은 레오니데스 씨가 당신에게 이 편지를 건네 준 뒤 방에서 나온 거죠? 그러면 그 다음에는 어떻게 하셨습니까?」
「곧 내 방으로 돌아갔지요. 그때 아내가 들어왔습니다. 그래서 그녀에게 아버지의 계획을 말해 주었죠. 아버지는 정말 훌륭한 분입니다! 그런데 난—정말이지 내 자신이 뭘 하는지도 모르는 멍청한 사람인 겁니다.」
「그리고 나서 당신 아버님께서는 몸에 이상이 생겼습니다—그게 얼마 후의 일입니까?」
「그게 30분 뒤였던가, 아니 한 시간 뒤였을 겁니다. 갑자기 브렌다가 노란 얼굴로 달려 들어와서는 아버지가 좀 이상하다고 하더군요. 그래서 급히 그녀하고 같이 달려가 보았죠. 아니, 이 이야기는 요전에 다 말씀드린 건데요?」
「그전에 당신이 아버님을 만났을 때 말입니다. 그때 당신은 아버님 방에 연결된 욕실에 들어간 적이 있습니까?」
「아뇨, 그런 일은 없습니다. 예—분명히 안 들어갔어요. 아니, 설마 당신, 내가—.」

아버지는 갑자기 성이 난 표정으로 자리에서 일어나 로저에게 악수를 청했다.
「고맙습니다, 레오니데스 씨. 말씀이 퍽 도움이 되었습니다. 하지만 이런 얘기는 요전에 해 주셨어야 하는 거 아닐까요?」

로저는 등 뒤로 문을 닫고 나갔다. 나는 자리에서 일어나 책상 위에 놓인 편지를 집어 들고는 들여다보았다.
「위조편지일 수도 있습니다.」
태버너가 은근히 그것이 위조이길 바란다는 투로 말했다.
「그럴 수도 있지.」 아버지가 대답했다.
「하지만 내 생각은 그렇지 않아. 내 생각엔 이 편지는 사실 그대로 받아들이는 것이 좋을 듯싶네. 레오니데스 노인은 자기 아들을 곤경에서 구해 주려고 준비하고 있었던 거야. 사실 노인이 살아서 그 일을 했다면 일이 좀더 효과적이었겠지. 노인이 죽은 뒤에 로저가 그 일을 맡는 것보다 말이야. 유언장이 발견되지 않고, 그 때문에 로저의 유산 상속액이 얼마인지 확실하지 않은 현재 상황으로서는 특히 더 그렇지. 즉, 현재의 상황으로서는 유산상속이 늦어질 수밖에 없고 —따라서 여러 가지 어려움이 생길 수밖에 없다는 뜻이지. 그러니 지금으로 보아선 파산은 필연적이야. 그래, 그렇다면 로저 레오니데스와 그의 아내로서는 굳이 노인을 죽일 동기가 없었던 거야. 오히려 그 반대로—.」

여기서 아버지는 말을 멈추고 갑자기 무슨 생각이 떠오른 듯 그 말을 천천히 신중하게 되풀이했다.
「오히려 그 반대로…….」
「무슨 생각을 하고 계신 겁니까?」 태버너가 아버지에게 물었다.
그러자 아버지는 느린 어조로 대답했다.
「애리스티드 레오니데스가 24시간만 더 살아 있었다면 로저는 모든 일이 다 잘 되었을 거야. 하지만 노인은 그 하루를 미처 다 못 살았지. 한 시간도 안 돼서 너무 갑작스럽게, 그리고 극적으로 죽었으니까.」
「흐음—.」 태버너가 신음소리를 내었다.
「그렇다면 그 집안 식구 중 누군가가 로저를 파산시키려고 그랬다는 말씀입니까? 누군가 경제적인 이해가 상반되는 사람이 말이죠? 하지만 전 별로 그렇게 생각하지 않는데요.」

「유언장에 대해서는 어떨까?」 아버지가 물었다.
「레오니데스 씨의 재산을 물려받을 사람은 도대체 누굴까?」
태버너가 화가 난다는 듯 한숨을 내쉬었다.
「변호사란 작자들이 어떤 사람들인지 부총감님께서도 아시지 않습니까. 그자들한테 뭘 제대로 알아내기가 어렵다니까요. 우선은 노인이 두 번째 부인하고 결혼했을 때 만들어 놓은 유언장이 있습니다. 그 유언장에 따르면 두 번째 부인에게는 새 유언장과 같은 금액의 유산이 돌아가고, 에디스 드 하빌랜드에게는 그보다 좀 적은 액수를, 그리고 필립과 로저에게 나머지를 나눠주도록 되어 있습니다. 전 이번 유언장에 사인이 되어 있지 않다면 예전 유언장이 효력을 발휘하리라고 생각했습니다. 하지만 지금 보니 사태가 그렇게 간단하지만은 않을 듯 싶군요. 우선 새 유언장이 실제로 만들어졌으니, 그전의 유언장은 폐기된 셈이죠. 게다가 새 유언장에 사인을 한 것을 보았다는 증인들도 있고 '유언자의 의도'라는 것도 있습니다. 따라서 노인이 합법적인 유언장이 없이 죽었다는 것이 밝혀질 가능성은 반반인 듯 싶습니다. 만일 그렇다면 미망인이 전 재산을 차지하게 되는 거죠. 아니, 적어도 평생 먹고 살 만한 돈을 받게 되는 겁니다.」

「그러니까 만일 유언장이 사라지게 된다면 그 일로 가장 큰 이익을 얻는 사람은 브렌다 레오니데스라는 말인가?」

「예, 그렇습니다. 그러니까 만일 이 사건의 배후자가 있다면 그 여자일 가능성이 높습니다. 이 사건을 꾸민 범인이 있는 것은 분명합니다만, 그 수법을 알아내기는 힘들 듯 싶습니다.」

그것은 나 역시 마찬가지였다. 지금 생각해 보니 우리는 정말 너무나 어리석었다. 그때 우리는 너무나도 엉뚱한 각도로 사건을 바라보고 있었던 것이다.

제12장

 태버너가 방을 나간 뒤 잠시 침묵이 흘렀다. 그 침묵을 깨뜨린 것은 나였다.
「아버지, 살인자들은 대체 어떤 사람들입니까?」
 아버지는 생각에 잠긴 얼굴로 나를 건너다보았다. 아버지와 나는 서로를 너무나 잘 이해하는 사이였다. 때문에 그때도 아버지는 내가 질문을 한 의도를 정확하게 꿰뚫어 보았다. 그리고는 아주 심각한 어조로 대답해 주었다.
「그래, 이제는 그게 중요한 점이겠지—특히 너한테는 아주 중요해. 이제야 살인이 네 피부에 와 닿고 있으니까. 이제 너도 수수방관만 할 수는 없어.」
 사실 난 그 동안 수사국이 다루는 어마어마한 사건들에 대해 조금은 아마추어적인 태도로 관심을 가져왔지만 지금 아버지가 말한 대로 그 태도란 것은 다소 수수방관하는 태도—즉, 유리 진열장 밖에서 안을 들여다보는 그런 태도였던 것이다. 하지만 이제 소피아같이 여린 여자도 나보다 빨리 더 많은 사태를 깨닫는 것을 보고, 내 생활에서 살인이란 것에 대해 생각하는 시간이 많아졌다.
 아버지는 말을 계속했다.
「사실 나도 네가 묻는 것에 대해 제대로 대답해 줄 자격이 있는지 모르겠다. 네가 꼭 알고 싶다면 우리 경찰하고 일하는 정신병리학자 두어 명한테 그 질문을 넘겨줄 수도 있지. 그 양반들은 그런 문제에 대해 모든 것을 명확하게 정리해 놓고 있으니까. 그렇지 않으면 태버너도 자세한 자료를 들려 줄 수 있을 게다. 하지만 지금 네가 원하는 건 범죄인들을 다루어온 경험에서 나온 내 사적인 견해를 듣고 싶은 거지?」

「예, 바로 그렇습니다.」 나는 반가움에 차서 대답했다.

그러자 아버지는 손가락으로 책상 위에 작은 원을 그렸다.

「살인자들이란 어떤 사람들이냐―사실 그중 어떤 사람들은―.」

갑자기 아버지의 얼굴에 씁쓸한 미소가 떠올랐다.

「정말이지 아주 좋은 친구들도 많단다.」

그 말에 내가 놀란 얼굴을 했나 보다.

「그래, 정말이란다. 정말 어떤 살인자들은 너나 나처럼―아니면 방금 나간 로저 레오니데스처럼 아주 멀쩡한 사람들이지. 사실 살인이란 범죄 중에서는 아마추어에 속하는 범죄란다. 물론 내가 지금 말한 것은 네가 생각하고 있는 종류의 살인이지―갱들이 저지르는 그런 살인이 아니고. 그래서 사람들은 멀쩡한 사람이 어쩌다가 우연히 살인에 휘말리게 된 거라고 생각하지. 즉, 그들은 어찌할 수 없는 궁지에 몰렸다거나, 또는 돈이나 여자가 아주 절실히 필요해서 그것을 얻기 위해 살인을 저지른 거야. 그럴 때면 대부분 우리 같은 사람들한테는 잘 듣는 브레이크가 그런 사람들에게는 말을 듣지 않게 되지. 하지만 아이들이란 욕망을 주저 없이 행동으로 옮긴단다.

한 예로 만일 고양이 때문에 화가 났을 경우 어린애들은 ‘죽일 테야.’ 하면서 망치로 머리를 내리치고, 그 다음에는 고양이가 다시 살아나지 않는다고 하면서 자기 가슴을 쥐어뜯으며 슬퍼하지. 그밖에도 아기들은 돌보아 주기가 싫다든가, 아니면 자신들이 즐겁게 노는 일을 방해한다는 이유로 아기를 유모차에서 꺼내 물 속에 던지기도 한단다. 하지만 대개의 어린애들은 우선 자기가 한 짓이 옳지 않다는 것, 즉 그런 짓을 하면 벌을 받는다는 것을 ‘알게’ 되는 단계에 이른 다음에야 그러한 짓이 나쁘다는 것을 ‘느끼게’ 되는 거야. 그런데 어떤 사람들은 도덕적으로 성숙하지 못한 채 어린애 상태로 그냥 자라게 되는 경우도 있어. 그런 사람들은 살인이 잘못이라는 것을 깨닫기는 하지만 그것을 진정으로 ‘느끼지는’ 못하지.

내 경험으로 미루어 볼 때 살인자들이란 진정으로 뉘우치는 법이 없단다……. 그리고 바로 그것이 카인(성서에 나오는 인물. 자기 동생 아벨을 죽였음)의 특징이기도 하지. 살인자들은 일반적으로 좀 구분되는 종류의 인간이야. 특이하게 '다른' 인간들이거든—살인이란 잘못이지—하지만 그들에게는 잘못이라고 여겨지질 않아. 왜냐하면 그들에겐 그것이 필요한 행위로 여겨졌으니까. 그리고 그들은 피해자에 대해 피해자 자신이 살인을 '자초했다'고 뒤집어씌우고, 자신에게는 그 것만이 '유일한 수단'이었다고 생각하지.」

「그럼, 아버지는 누군가 레오니데스 노인을 미워해서 그것이 동기가 되어 살인을 했다고 보세요?」

「순수한 증오 말이냐? 나로선 그렇게 생각되지 않는다.」

아버지는 별 생각을 다 한다는 듯 나를 바라보았다.

「네가 말하는 증오란 싫어하는 감정이 지나치게 커졌을 때를 이야기하는 거겠지. 하지만 질투에서 오는 증오란 좀 다르단다. 그것은 애정을 가지고 있다가 실망한 경우에 생기게 되는 거니까. 사람들 얘기로는 콘스탄트 켄트는 자기가 죽인 어린 남동생을 아주 좋아했다고 하더구나. 하지만 그녀는 사람들이 자기보다 동생에게 애정을 쏟고 관심을 가지는 것이 싫었던 거야. 내가 보기엔 사람들이 자기가 싫어하는 사람보다 사랑하는 사람을 죽이는 경우가 더 많은 듯 싶다. 그건 아마 사람의 인생을 참을 수 없이 괴롭게 만드는 것은 미워하는 사람 때문이 아니라 사랑하는 사람 때문일 거다. 하지만 이런 말들이 너한테는 별로 도움이 되지 않겠지? 내가 네 의중을 정확히 읽은 거라면 네가 원하는 건 겉으로 보기에는 평범하고 행복해 보이는 일가족 가운데 살인자를 집어낼 수 있는 보편적인 표식 같은 게 아니겠니?」

「예, 바로 그겁니다.」

「하지만 그런 보편적인 공통분모가 과연 있을까 잘 모르겠다.」

아버지는 생각에 잠긴 채 말을 멈추었다.

「만일 있다면 나로선 그것이 허영심이라고 말하고 싶구나.」
「허영심이라고요?」
「그래. 사실 난 지금까지 허영심 없는 살인자는 만나 보지 못했거든. 살인자로 하여금 범행을 저지르게 만드는 것은 십중팔구 그들의 허영심이야. 살인자들은 혹시나 체포될까 두려워하면서도 괜히 거리를 활보하거나 자기 자랑을 하지 않고는 못 배기지. 자기는 경찰에 붙들릴 만큼 어리석지 않다고 자신하는 거야. 그리고 또 한 가지 있단다. 살인자는 누군가에게 얘기하고 싶어한다는 점이다.」
「얘기하고 싶어한다고요?」
「그래. 살인을 저지르게 되면 누구나 몹시 고독한 감정을 느끼게 되지. 그래서 누군가에게 자기가 저지른 일을 몽땅 털어놓고 싶어지는 거란다―그런데 또 그럴 수가 없으니 더욱더 털어놓고 싶어지지. 결국 그래서―자기가 어떻게 살인을 저질렀나에 대해서는 이야기를 못하고, 범행 그 자체에 대해 남들과 토론을 벌이기도 하고 무슨 이론 같은 것을 내세우기도 하는 거야.

내가 만일 찰스 너라면 바로 그런 점을 주의해서 살펴볼 거다. 그러니 다시 한 번 내려가서 그 가족들과 어울리면서 얘기를 시켜 보란 말이다. 그야 물론 쉽지 않은 일이지. 하지만 그들은 자신이 범인이건 아니건 간에 낯선 사람인 너에게 얘기할 기회가 생겨 기뻐할걸. 왜냐하면 가족들끼리는 얘기할 수 없는 것도 너 같은 외부인에게는 얘기할 수 있으니까. 게다가 그러한 가족들 사이에서도 다른 성격을 찾아낼 수 있을 거야. 뭔가를 숨기고 있는 사람은 마음놓고 떠들 수가 없거든. 전시(戰時)에 정보부 요원들도 그 점을 잘 알고 있었지. 때문에 만일 체포되었을 경우 자기 이름과 계급, 군번만 얘기하고 더이상은 입 밖에 내지 않은 거야. 꾀를 부린답시고 거짓 정보를 흘리려고 하다 보면 대개 본의 아니게 실수를 하기 마련이거든. 자, 그러니까 가서 가족들한테 얘기를 시켜 보거라. 그래서 누가 말실수를 하는지, 그리고 누가 엉겹결에 해서는 안 될 말을 해서 자신의 정체를 드러내는지 자세히 지켜보란 말이다.」

 나는 아버지에게 소피아가 자기 가족들에게는 어떤 잔인성이 깃들어 있다고 하더라는 이야기를 했다. 그리고 그 잔인성이란 가족마다 조금씩 다른 종류의 잔인성이라고 한 이야기도—그러자 아버지는 그 이야기에 적지 않은 흥미를 보였다.

「그래, 젊은 아가씨가 아주 좋은 생각을 했구나. 사실 어떤 가족이건 대부분 결점은 있지. 갑옷에 난 구멍이라고나 할까. 그런데 그 결점이 한 가지일 경우엔 어떻게 해볼 수 있지만, 서로 다른 종류의 두 가지 결점일 경우엔 어떻게 손 써 볼 도리가 없지. 유전이란 참으로 흥미 있는 거야. 우선 드 하빌랜드 집안의 잔인함과, 그리고 레오니데스 집안의 그 무절제한 기질을 예로 들어 보자. 드 하빌랜드 집안 사람들은 무절제하지는 않으니까 그런 대로 괜찮아. 그리고 레오니데스 집안의 사람들 역시 무절제하기는 해도 잔인하지 않고 친절하니까 또 그런 대로 괜찮아. 하지만 양쪽 집안의 단점을 다 지니고 태어난 자손을 한번 생각해 보란 말이다. 내 말뜻 알겠지?」

 사실 난 그런 식으로는 한번도 생각해 보지 못했다.
 아버지는 말을 계속했다.

「하지만 난 유전 문제로 네 머리를 복잡하게 만들지는 않겠다. 유전 문제란 너무 복잡 미묘해서 말이야. 어쨌든 가족들에게 이야기를 시켜 보거라. 소피아란 아가씨는 한 가지 점에 대해서는 아주 정확하게 꿰뚫고 있구나. 무엇보다도 그 아가씨나 너에게는 진실, 그것만이 중요한 거다. 그리고 너희 두 사람은 이제부터 그걸 알아내야 해.」

 조금 뒤 내가 방을 나서자 아버지는 내 등에다 대고 덧붙였다.
「참, 그 애를 조심하거라.」
「조세핀 말인가요? 제가 하려는 일을 그 애한테 알리지 말라는 말씀인가 보죠?」
「아니, 그런 뜻은 아니야. 내 말은—그 애를 잘 보살펴 주라는 말이다. 우린 그 애에게 무슨 일이 일어나는 건 바라지 않으니까.」

나는 말뜻을 몰라 멍하니 아버지의 얼굴을 바라보았다.
「이것 봐라, 찰스. 그 집안에는 분명히 냉혹한 살인자가 있어. 그런데 조세핀이라는 아이는 일의 진상을 대충 알고 있는 모양이거든.」
「그 애는 분명히 로저에 대한 모든 것을 알고 있었습니다. 엉뚱하게도 그가 사기꾼이라는 성급한 결론을 내리긴 했지만 말입니다. 하지만 자기가 엿들은 얘기에 대한 그 애의 설명은 아주 정확했어요.」
「그래, 그렇겠지. 아이들의 증언은 언제나 제일 쓸 만한 증언이니까. 난 아이들 증언이라면 언제나 믿는 편이지. 물론 법정에서야 아이들 증언이 전혀 쓸모 없지만 말이다. 어린애들은 직접적인 심문은 싫어하지. 만일 그랬다간 그 애들은 무슨 소린지 모를 말을 중얼거리거나 멍청한 표정을 짓는 게 고작이고 결국엔 모른다고 대답하기 일쑤야. 아이들의 증언을 제대로 얻어내려면 그 애들로 하여금 자신들이 비밀을 은근슬쩍 흘리고 있다고 생각하게끔 해야 해. 애들이란 그런 거니까 말이야. 즉 자신들이 아는 걸 뽐내면서 가르쳐 주게끔 하는 거지. 조세핀에게도 그런 식으로 해야 좀더 많은 것을 캐낼 수 있다. 절대 그 애한테 직접적으로 뭘 묻지는 말거라. 그 애가 아무것도 모르는 줄로 생각하는 듯한 태도를 취하는 거지. 그래야만 그 애를 안달나게 해서 듣고 싶은 이야기를 끌어낼 수 있으니까.」
그러고 나서 아버지는 다시금 덧붙였다.
「하지만 그 애를 잘 보살펴 줘야 한다. 누군가의 안전에 해를 끼칠 만한 사실을 너무 많이 알고 있을지도 모르니까.」

제13장

　나는 약간 죄스러운 기분을 안고 '비뚤어진 집'(당시 나는 내 마음대로 그 집을 이렇게 부르고 있었다) 쪽으로 걸음을 옮겼다.
　태버너에게 조세핀이 로저에 대해 한 말을 되풀이해 들려주기는 했지만, 브렌다와 로렌스 브라운이 서로 연애편지를 주고받는다는 그 애의 얘기는 전하지 않았다. 그 일에 대해 나는 조세핀의 이야기는 단순히 꾸민 이야기이고, 그것을 사실이라고 믿을 만한 근거가 전혀 없다는 이유를 붙임으로써 내 자신의 죄의식을 달래고 있었다.
　하지만 내가 그 일을 말하지 않은 진짜 이유는 브렌다 레오니데스에게 불리한 증거를 또 첨가하는 것이 이상스럽게도 망설여졌기 때문이었다. 그러니까 나는 그 집안에 있어서 그녀의 위치─즉, 그녀에 대한 반감으로 굳게 뭉친 잔인한 가족들에게 둘러싸인 그녀의 처지에 대해 동정심을 느끼고 있었던 것이다. 만일 그런 편지가 실제로 존재하고 있다면 내가 끼여들지 않아도 태버너 주임경감과 그의 부하들이 어련히 알아서 찾아낼 것이다.
　나는 그렇지 않아도 어려운 처지에 있는 여자에게 새로운 의혹을 덧붙이는 역할을 하고 싶진 않았다. 게다가 그녀는 내게 자신과 로렌스 사이에는 이상야릇한 감정은 추호도 없다고 엄숙히 맹세하지 않았던가. 사실 나는 사악한 작은 도깨비 같은 조세핀의 말을 믿기보다는 브렌다의 말을 더 믿고 싶은 심정이었다. 또 브렌다가 말하길 조세핀은 '제정신 가진 아이'가 전혀 아니라지 않은가? 하지만 나는 마음 속으로 조세핀이 지극히 정상이라는 확신이 드는 것을 어쩔 수 없었다. 그리고는 그녀의 구슬처럼 반들반들 빛나는 검은 눈동자에 어린 영리함과 교활함을 잠시 머릿속에 떠올려 보았다.

잠시 후 나는 소피아에게 전화를 걸어 그리로 가도 괜찮겠느냐고 물었다.

「물론이고말고요, 찰스.」

「그래, 거기 일은 어떻게 돼가고 있소?」

「잘 모르지만 그럭저럭 잘 되어가고 있어요. 경찰들은 여전히 집 안 구석구석을 뒤지고 있더군요. 도대체 뭘 찾기에 그러는 걸까요?」

「그건 나도 모르겠소.」

「덕분에 우리 집 식구들은 모두 신경이 날카로워질 대로 날카로워져 있어요. 그러니 제발 될 수 있는 대로 빨리 좀 와줘요. 누군가하고 얘기라도 해야지 그렇지 않으면 미치겠어요.」

나는 지금 당장 가겠다는 말을 하고는 택시를 타고 달려갔다. 현관문이 열려 있었기 때문에 나는 초인종을 눌러야 할지 아니면 그냥 들어가야 할지 망설이며 서 있었다. 그런데 등 뒤에서 무슨 소리가 들리는 바람에 홱 몸을 돌려보니 조세핀이 커다란 사과에 얼굴을 가린 모양을 하고는 내 맞은편에 있는 수송나무 울타리 입구에 서 있는 것이었다. 그리고는 내가 돌아보는 순간 고개를 얼른 다른 곳으로 돌리며 딴청을 피웠다.

「잘 있었니, 조세핀?」

하지만 그녀는 내 인사에 대꾸도 않고 울타리 뒤로 숨어버리고 말았다. 나는 자동차 길을 건너 그 애의 뒤를 쫓았다. 쫓아가 보니 그 애는 금붕어 연못 옆에 놓인 울퉁불퉁하고 녹슨 벤치에 앉아 다리를 흔들흔들하면서 사과를 깨물어 먹고 있었다. 그 빨간 사과 위로 그녀의 눈이 진지하게 나를 쏘아보고 있었다.

그 눈길은 적의가 담긴 눈길이라고 밖에 표현할 수 없었다.

「나 또 왔다, 조세핀.」

내가 입을 열었다.

처음 말을 거는 인사치곤 어색하기 짝이 없는 대사였지만, 조세핀의 말없는 태도와 눈 한번 깜빡거리지 않는 시선에 기가 죽었기 때문에 어쩔 수 없었다. 하지만 그녀는 뛰어난 전략적 감각을 발휘해서 여전히 입을 열지 않고 있었다.

「그래, 사과가 맛있니?」 내가 재차 입을 열었다.

이번에는 조세핀이 대답을 하기로 한 모양이었다. 하지만 그 대답은 딱 한 마디였다.

「썩었어요.」

「저런, 난 썩은 사과는 싫은데.」

그러자 조세핀이 냉소적으로 대꾸했다.

「썩은 사과를 좋아하는 사람이 어디 있어요?」

「근데 너, 왜 내가 인사를 하는데도 입을 열지 않았니?」

「말하기 싫어서요.」

「그건 왜?」

조세핀은 사과를 얼굴에서 떼며 정색을 하고는 비난하는 표정을 지었다.

「경찰에다가 내가 한 말을 고해바쳤죠?」

「저런!」

나는 사실 좀 놀랐다.

「아니, 그게 무슨─.」

「로저 큰아버지에 대한 거 말이에요.」

「하지만 별일 없었어.」

나는 그 애를 안심시키려고 말했다.

「정말 별일 없었다고. 경찰도 로저 큰아버지가 잘못한 일이 없다는 걸 잘 알고 있으니까─그러니까 내 말은 큰아버지가 돈을 횡령했다거나 그런 짓을 하진 않았다는 얘기야.」

조세핀은 성난 눈길로 나를 째려보았다.

「정말 멍청하군요.」

「그래, 미안해.」

「전 지금 로저 큰아버지를 걱정하는 게 아니에요. 제 말은 탐정놀이를 할 때 그런 식으로 해서는 안 된다는 거예요. 결말이 날 때까지 경찰한테는 아무 소리도 안 해야 하는 거라고요. 그것도 모르세요?」

「아, 그런 소리였니? 그렇다면 미안하구나, 조세핀. 정말 미안해.」

「물론 그러셔야죠.」

그리고 나서 그 애는 책망하듯 덧붙였다.

「전 아저씨를 믿고 있었단 말이에요.」

나는 세 번째로 거듭 사과했다. 그러자 조세핀은 좀 누그러진 얼굴로 다시 사과를 베어먹기 시작했다.

「하지만 경찰도 이 일을 곧 알게 되었을 걸, 뭐. 너나—나도 끝까지 그걸 비밀로 할 수는 없었을 거야.」

「로저 큰아버지가 파산할 테니까 말이죠?」

언제나처럼 조세핀은 모든 것을 너무나 잘 알고 있었다.

「그래, 그랬을 테니까.」

「우리 식구들이 오늘밤 그 일에 대해 의논할 거예요. 아빠, 엄마, 로저 큰아버지, 에디스 이모할머니 모두 다 말이에요. 에디스 이모할머니는 큰아버지한테 자기 유산을 줄 거예요—아직 받은 건 아니지만 말이에요—하지만 아버지는 그러시지 않을걸요. 아버지는 로저 큰아버지가 궁지에 빠진 건 큰아버지 탓이라고 하시면서 귀중한 돈을 쓸데없는 일에 내던져 무슨 소용이 있겠느냐고 했어요. 또 엄마도 로저 큰아버지한테는 한 푼도 안 줄 거예요. 엄마는 아버지가 그 돈을 에디스 톰슨의 연극에 투자했으면 하거든요. 아저씨도 에디스 톰슨 부인을 아세요? 그 여자는 유부녀인데, 자기 남편이 싫어서 바이워터스라는 젊은 남자하고 좋아지내게 되었대요. 그 바이워터스라는 남자는 뱃사람이었는데, 극장에서 연극이 끝난 뒤 다른 샛길로 가서 그녀 남편의 등을 찔렀대요.」

나는 다시 한번 조세핀의 박학다식함에 혀를 차며 놀랐다. 게다가 그 애는 대명사를 좀 애매하게 발음하여 알아듣기 힘들기는 했지만, 극히 간결하게 꼭 필요한 사실만을 말하는 극적인 감각까지도 갖고 있었다.

「얘기는 그 정도이지만 연극은 꼭 이야기대로 만들어지지는 않을 것 같아요. '이사벨' 연극하고 비슷한 것이 될 테죠.」

그리고 나서 그 애는 문득 한숨을 내쉬었다.

「전 왜 그 개들이 손바닥을 먹지 않았는지 알 수가 없어요.」

「조세핀, 너는 나한테 분명히 살인자가 누군지 안다고 했지?」

「예, 그런데요?」

「그래, 그게 누구지?」

그러자 조세핀은 비웃는 듯 나를 쳐다보았다.

「그래, 알았다. 마지막까지 이야기하지 않겠다는 거지? 태버너 주임경감한테 절대 말하지 않겠다고 맹세해도?」

「단서가 좀 필요하거든요.」

그러면서 그녀는 다 먹은 사과 속을 금붕어 연못에 집어던졌다.

「어쨌든 아저씨한테는 말 안 해요. 아저씨는 꼭 와트슨 같은 사람이니까요.」

나는 그 애의 이러한 모욕적인 말을 꾹 눌러 참았다.

「좋아, 난 와트슨 같은 사람이다. 하지만 셜록 홈즈도 와트슨에게 일단 자료는 주지 않았니.」

「자료—그게 뭔데요?」

「여러 가지 사실 말이야. 하지만 와트슨은 그러한 사실을 갖고도 엉뚱한 결론을 끌어내곤 했었지. 그렇다면 너도 네가 얘기해 준 자료를 가지고 내가 엉뚱한 결론을 끌어내는 걸 보면 아주 재미있지 않겠니?」

한 순간 조세핀은 내 말에 유혹당하는 듯 싶었다. 하지만 곧 고개를 내저었다.

「안 돼요. 사실 전 셜록 홈즈 같은 탐정은 별로 좋아하지 않거든요. 아주 구닥다리잖아요. 그 사람들은 마차를 타고 돌아다니니까 말이에요.」

「편지 이야기는 어떻게 된 거냐?」
「무슨 편지 말인가요?」
「로렌스 브라운 선생과 브렌다 할머니가 서로 주고받았다는 편지 말이다.」
「그건 제가 지어낸 말이에요.」
「거짓말 마.」
「아니에요, 정말 지어낸 거예요. 전 가끔 그래요. 재미있거든요.」
그 말에 내가 그녀를 노려보자 그녀 역시 나를 마주 노려보았다.
「이봐, 조세핀. 난 대영제국 박물관에서 일하는 사람을 하나 알고 있는데 그 사람은 성경에 대해 아주 훤한 사람이야. 그래서 말인데, 만일 내가 그 사람한테 왜 그 개들이 이사벨의 손을 먹지 않았는지 알아봐 주면 너도 그 편지들에 대해서 얘기해 줄 테냐?」
이번에야말로 조세핀도 정말 마음이 흔들린 것 같았다.
그런데 그때 멀지 않은 어딘가에서 갑자기 작은 나뭇가지가 부러지는 날카로운 소리가 들렸다. 그러자 조세핀이 태연하게 대답했다.
「아뇨, 얘기 안 하겠어요.」
나는 속으로 패배를 인정했다. 그때서야 아버지가 해 준 충고가 기억났지만 때는 이미 늦은 셈이었다.
「그래, 좋아. 잠깐 장난을 해 본 거야. 물론 너야 아무것도 모를 테지.」
조세핀의 눈이 빠르게 깜박였다. 하지만 그녀는 용케 말하고 싶은 유혹을 참아냈다. 마침내 나는 자리에서 일어났다.
「자, 이젠 가서 소피아를 찾아봐야겠다. 같이 가자꾸나.」
「난 여기 있을래요.」
「안 돼, 같이 가. 나랑 같이 들어가자.」
나는 허물없는 태도로 그녀의 몸을 잡아 일으켰다.
조세핀은 놀라 저항하는 듯 싶었지만, 마침내 순순히 항복하고 말았다. 아마 내가 온 것에 대해 식구들이 어떤 반응을 보일 것인가를 관찰하고 싶은 마음도 좀 들어 있었을 것이다.

왜 내가 그 애를 그처럼 열심히 데려오려고 했는지 그 순간에는 나 자신도 잘 몰랐다. 그 해답이 떠오른 것은 현관문을 들어서던 순간이었다.

그것은 나뭇가지가 갑자기 부러졌기 때문이다.

제14장

큰 응접실 쪽에서 사람들이 뭐라고 하는 소리가 웅얼웅얼 들려왔다. 나는 잠시 망설였지만 응접실로 들어가지 않고 복도를 따라 걷다가 문득 충동적으로 나사 천이 드리워진 어떤 문을 열었다. 그 문 너머에 있는 복도는 어두웠다. 그런데 갑자기 복도 옆의 문이 열리더니 크고 밝은 부엌의 모습이 드러났다.

입구에는 좀 뚱뚱한 몸집을 한 나이 든 여자가 서 있었다. 그녀는 두툼한 허리에 아주 새하얀 행주치마를 두르고 있었는데, 나는 그녀를 보자마자 갑자기 마음이 편해지는 느낌을 받았다. 훌륭하고 마음씨 좋은 유모란 으레 사람들에게 그런 감정을 주는 법이다.

나는 서른다섯 살이었지만 그 순간만큼은 4살짜리 소년이 된 기분이었다. 내가 알기로 유모는 나를 본 적이 없었다. 하지만 그럼에도 불구하고 그녀는 곧 나를 향해 말했다.

「찰스 씨로군요, 그렇죠? 자, 부엌으로 들어오세요. 차를 한 잔 대접해 드릴 테니.」

그곳은 커다랗고 아늑한 부엌이었다. 내가 중앙의 식탁 옆에 앉자 유모는 내게 차 한 잔과 비스킷 두 개를 접시에 담아 가져다 주었다.

나는 다시 한 번 어린 시절로 되돌아간 듯한 느낌이 들었다. 이 곳에 있자니 만사가 그저 편한 느낌이었고, 미지의 것에 대한 공포 같은 것도 사라지는 듯했던 것이다.

「당신이 오셔서 소피아 양이 아주 기뻐할 거예요. 아가씨는 좀 지나치게 흥분하고 있거든요.」

그리고 나서 유모는 언짢은 듯 덧붙였다.

「게다가 식구들까지 모두 흥분하고 있다니까요.」

나는 문득 뒤를 돌아다보았다.
「아니, 조세핀이 어디로 갔지? 나랑 같이 들어왔는데.」
그러자 유모는 못마땅하다는 듯 혀를 찼다.
「그 애는 남들 얘기하는 걸 문 밖에서 엿듣기도 하고, 조그만 노트 같은 걸 갖고 다니면서 뭘 적기도 한답니다. 사실 그 애는 학교에서 제 또래 아이들과 어울려야 해요. 그래서 에디스 이모할머님께 그렇게 말했더니 그렇게 하자고 찬성해 주셨는데, 주인님께서 조세핀은 집에서 기르는 게 제일 좋다고 하시는 바람에―.」
「아주 귀여워하셨던 모양이죠?」
「예, 그렇답니다. 그분은 아이들을 아주 좋아하셨어요.」
나는 좀 놀랐다. 유모가 왜 필립이 자기 아이들을 사랑한다는 말을 그렇게 과거형으로 썼는지 의아해서였다. 유모는 내 표정을 보고는 얼굴을 붉히며 황급히 덧붙였다.
「주인님이란 돌아가신 레오니데스 씨를 말하는 거예요.」
내가 미처 그 말에 대답하기도 전에 갑자기 문이 홱 열리며 소피아가 들어왔다.
「어머나, 찰스, 오셨어요.」 그러고 나서 재빠르게 덧붙였다.
「유모, 찰스가 와서 정말 안심이에요.」
「그러실 거예요, 아가씨.」
유모는 단지며 프라이팬을 모아들고 식기 넣는 방으로 들어가더니 등 뒤로 문을 닫았다.
나는 탁자에서 일어나 소피아에게로 다가가 그녀를 껴안고 끌어당겼다.
「당신 떨고 있구려. 무슨 일이오?」
「무서워서 그래요, 찰스. 정말 무서워요.」
「당신을 사랑하오. 만일 당신을 이 곳에서 데리고 나갈 수만 있다면―.」
그녀는 내게서 몸을 빼더니 머리를 내저었다.

제14장 139

「안 돼요, 불가능한 일이에요. 우린 이 일이 다 끝날 때까지 지켜 봐야 해요. 하지만 찰스, 전 견딜 수가 없어요. 누군가—제가 매일 얼굴을 맞대고 이야기하는 식구 중 누군가가 잔인하고도 냉혹한 독살범이라니…….」

나는 그녀의 말에 어떻게 대답해야 할지 모르는 심정이었다. 소피아 같은 여자에게는 괜히 어설픈 위로의 말을 늘어놓아 보았자 소용없기 때문이다.

「범인이 누군 지만 알아도…….」

소피아가 입을 열었다.

「그게 제일 괴로운 문제지.」

나도 그녀의 말에 동의했다.

「제가 무엇 때문에 두려워하는지 아세요?」

그녀가 속삭이듯 말했다.

「제가 정말 두려워하는 건 우리가 끝내 범인을 못 알아내면 어쩌나 하는 거예요…….」

만일 그랬다가는 어떤 끔찍한 일이 벌어질지 눈앞에 훤히 그려볼 수 있었다. 그리고 또 한편으로는 레오니데스를 죽인 범인이 끝내 밝혀지지 않을 수도 있다는 생각이 들기도 했다.

하지만 그런 생각을 하다 보니 소피아를 만나면 물어 보리라 생각했던 의문점 하나가 문득 떠올랐다.

「참, 소피아, 집 안에서 에제린 안약에 대해 알고 있는 식구가 몇 명이나 되오? 그러니까 내 말은 첫째 당신 할아버지가 그 약을 갖고 있다는 사실, 그리고 그 약에는 독성분이 있기 때문에 잘못하면 치명적일 수도 있다는 사실을 알고 있는 사람이 몇 명이나 되느냐는 말이오.」

「무슨 말인지 알겠어요, 찰스. 하지만 그런 걸 캐내도 아무런 소용이 없어요. 우리 식구 모두가 다 알고 있는 사실이니까요.」

「아, 물론 대강은 알고 있겠지. 하지만 전문적으로는—.」

「우리 식구들 모두 전문적으로 알고 있었어요. 어느 날인가 점심식사를 한 뒤 커피를 마시면서 할아버지와 함께 모두 모인 적이 있었거든요. 할아버지는 그렇게 식구들이 주위에 몰려와 있는 걸 좋아하셨어요. 그런데 할아버지 눈이 갑자기 아픈 바람에 브렌다가 에제린 약을 가져와 한 방울씩 넣어 드렸지요. 그걸 보고 조세핀이―그 앤 뭘 보면 꼭 질문을 하거든요―또 묻는 거예요. '왜 그 약병 위에 '안약―먹어서는 안 됨'이라고 써 있는 거야?'라고 말이죠.

그러자 할아버지는 웃으면서 대답해 주셨어요. '만일 브렌다 새 할머니가 실수로 인슐린 대신 안약을 주사하면 나는 큰 고함을 지르면서 얼굴이 파랗게 질려 죽고 만단다. 조세핀, 너도 알겠지만 할애비 심장은 그다지 튼튼하지 않거든.' 그러니까 조세핀이, '예―에.' 그랬죠. 할아버지는 계속해서, '그러니까 우리 식구들 모두 브렌다 할머니가 나한테 인슐린 대신 에제린을 주사하지 않도록 조심해야 해, 알았지?' 하고 말씀하셨어요.」

소피아는 잠시 말을 끊더니 다시 입을 열었다.

「그러니까 그곳에 모인 우리 가족 모두가 그 말을 들은 셈이지요. 아셨어요? 우리 모두 들은 거라고요!」

그녀의 말에 나는 진상을 깨달았다.

사실 나는 그 동안 범행을 저지른 살인자에게는 레오니데스를 독살하기 위해 전문적인 지식이 필요했을 거라고 막연하게나마 추측하고 있었다. 하지만 이제 보니 레오니데스 노인은 자기를 살해할 범인에게 직접 청사진을 펼쳐 보여 준 셈이었다. 그러니 살인자로서는 계획을 자세하게 계획할 필요도 없었던 것이다. 피해자 자신이 손쉬운 살해방법을 제공했으니 말이다.

나는 깊이 숨을 들이마셨다. 그러자 소피아는 내 생각을 알아채고는 입을 열었다.

「그래요, 무서운 일이죠?」

나는 천천히 대답했다.

「이봐요, 소피아, 문득 한 가지 생각이 났소.」
「그게 뭔데요.」
「당신 말이 옳다는 것, 그리고 브렌다가 범인일 수 없다는 거요. 식구들이 모두 다 그 얘기를 듣고 기억하고 있는데, 브렌다가 어리석게 그 방법 그대로 살해했을 리가 있겠소?」
「글쎄요, 그건 모르는 일이에요. 그 사람은 좀 우둔한 면도 있거든요.」
「하지만 그런 식으로 살인을 저지를 만큼 우둔하진 않을 거요. 어쨌든 범인은 브렌다일 수 없소.」
그러자 소피아는 내게서 물러섰다.
「당신, 범인이 브렌다가 아니었으면 하는군요, 그렇죠?」
이럴 땐 도대체 내가 어떻게 대답해야 옳단 말인가? 아니라고 할 수도 없고, 그렇다고 할 수도 없는 처지니 말이다.
「아니, 나로서도 브렌다였으면 하지만……」
그때 내가 왜 그렇다고—브렌다가 범인이 아니었으면 한다고 대답하지 못했을까? 브렌다 혼자만이 외로이 서서 자신에게 쏟아지고 있는 레오니데스 가족들의 적의를 견뎌내고 있는 데도.
기사도 정신도 없단 말인가? 아니, 약한 자, 방어할 무기가 없는 자에 대한 동정심도 없었던 것일까? 나는 문득 아주 값비싼 상복을 입은 브렌다가 그 목소리와 눈길에 절망과 불안감을 가득 담은 채 긴 의자에 앉아 있던 모습을 떠올렸다.
그때 마침 유모가 식기실에서 돌아왔다. 나로서는 그녀가 나와 소피아 사이에 도는 긴장감을 느꼈는지 어땠는지 짐작할 수 없었다. 어쨌든 그녀는 언짢다는 얼굴로 입을 열었다.
「또 살인자니 뭐니 하는 얘기들만 하고 있군요. 이젠 제발 그런 일에 대해선 잊어버려요. 경찰이 알아서 하도록 놔두란 말이에요. 그거야 그 사람들이 알아서 할 일이지 당신들 소관이 아니잖아요.」
「아니, 유모—우리 집안 식구 누군가가 살인자란 사실을 아직도 깨닫지 못했어요?」
「바보 같은 소리 말아요, 소피아 아가씨. 정말 무슨 소리를 하는 건지 모르겠네. 현관문을 비롯해서 우리 집 문이란 문은 모두 자물쇠를 채우지 않고 열려 있어 도둑이나 강도더러 어서 오라는 듯 하고 있는데도?」
「하지만 훔쳐간 물건이 없는데 강도 짓일 리가 없잖아요. 게다가 강도가 왜 이 집에 들어와서 사람을 독살시킨단 말예요?」
「난 그게 꼭 강도 짓이라고는 얘기하지 않았어. 문이 다 열려 있다는 말만 했지. 그러니 누구나 맘만 먹으면 들어올 수 있다는 말이에요. 나보고 말하라고 한다면 난 공산주의자 짓이라고 하겠어요.」
유모는 이렇게 말해 놓고 흐뭇한 듯 고개를 끄덕였다.
「아니, 도대체 왜 공산주의자들이 불쌍한 우리 할아버지를 죽인단 말이죠?」
「글쎄요, 사람들이 그러는데 그 사람들은 아주 나쁜 짓까지 서슴지 않는다더군요. 어쨌든 공산주의자들이 아니라면 틀림없이 카톨릭교도들의 짓일 거예요. 카톨릭교도들은 요즈음 그 옛날 바빌론(성서에 나오는 타락한 도시)의 음탕한 여자들처럼 악에 물들어 있으니까.」
유모는 마치 임종시 유언하는 사람처럼 장중하게 말하고는 다시 식기실로 들어가 버렸다.
그러자 소피아와 나는 마주보며 웃음을 터뜨렸다.
「아주 전통적인 신교도시군.」 내가 말했다.
「정말 그래요. 자, 찰스, 응접실로 가요. 가족회의가 열리고 있는 모양이니까. 원래 저녁 때 시작될 계획이었는데 일찍 시작했군요.」
「난 끼여들지 않는 게 좋겠는데.」
「당신이 정말 저와 결혼해서 우리 가족의 일원이 될 생각이라면 이런 심각한 일이 있을 때 식구들이 어떻게 하는지 봐두는 게 좋잖아요.」
「그래, 오늘 가족회의는 무슨 일 때문이오?」

「로저 큰아버지 때문이에요. 당신도 이미 그 일에 대해서 들으셨을 거예요. 하지만 로저 큰아버지가 할아버지를 살해했을 거라고 생각한다면 얼토당토않은 일이에요. 로저 큰아버지는 할아버지를 아주 존경하고 있었으니까요.」
「로저 씨가 그런 일을 저질렀다고는 생각지 않소. 그보다는 클리멘시 부인의 짓이라고 생각되는데—.」
「그건 제가 당신에게 그렇게 생각하도록 유도했기 때문이죠. 하지만 그 생각 역시 틀렸어요. 클리멘시 큰어머니는 자기 남편이 재산을 몽땅 다 날린다고 해도 끄덕도 않을텐데요, 뭘. 오히려 은근히 기뻐할지도 모르죠. 그분은 무엇을 소유하지 않는다는 것에 대해 이상한 즐거움을 느끼시는 분이니까. 자, 빨리 가요.」
소피아와 내가 응접실로 들어서자 말소리가 갑자기 뚝 그쳤다. 그리고는 모든 사람들의 시선이 우리에게 쏠렸다.
그곳에는 집안 식구들이 모두 다 있었다. 필립은 창문 옆 진홍빛 자수가 놓인 안락의자에 앉아 있었는데, 잘생긴 얼굴에 차갑고 딱딱한 표정을 띠고 있었다. 그 모습은 마치 피고에게 형을 선고하려는 재판관 같았다. 한편, 로저는 벽난로 옆의 커다랗고 둥근 의자에 앉아 머리 속에 손가락을 넣어 자꾸만 위로 긁어 올리고 있었다. 그리고 그의 왼쪽 바짓가랑이는 온통 구겨져 있었고, 넥타이도 비뚤어지게 매어져 있었는데 흥분한 채 뭔가 잔뜩 말하고 싶은 표정이었다.
그의 뒤에는 클리멘시가 앉았는데, 그녀의 가냘픈 체구가 커다랗고 푹신한 의자 덕분에 더더욱 가냘프게 보였다. 그녀는 다른 가족들에게서 눈길을 돌린 채 멍한 시선으로 벽을 바라보고 있었다.
에디스 양은 레오니데스 노인이 앉던 의자에 앉아 몸을 꼿꼿이 세우고 입술을 꽉 문 채 열심히 뜨개질을 하고 있었다. 방 안에 있는 식구들 중 가장 아름답게 보이는 사람은 마그다와 유스터스 모자였다. 그들의 모습은 게인즈보로가 그린 모자(母子) 초상화를 그대로 닮은 모습이었다. 그 두 사람은 함께 긴 의자에 앉아 있었는데, 살갗이

까무잡잡하고 잘생긴 유스터스는 얼굴에 좀 시무룩한 표정을 띠고 있었다. 그 옆에는 마그다가 긴 의자 등받이에 한쪽 팔을 걸친 채 게인즈보로가 그린 '스리 게이블스의 공작부인' 초상화처럼 태피터(호박단) 천으로 된 가운을 입고 자수가 놓인 비단 슬리퍼를 신은 작은 발을 앞으로 내밀고 앉아 있었다.

필립은 내 모습을 보더니 얼굴을 찌푸렸다.
「소피아, 미안하지만 지금 우리는 비밀스러운 집안 일을 의논하고 있단다.」

그러자 에디스 드 하빌랜드의 뜨개질바늘이 딸깍 소리를 냈다. 나는 사과를 하고 물러나려던 참이었다. 하지만 소피아는 그런 나를 막은 채 맑고 자신감 넘치는 목소리로 입을 열었다.
「찰스하고 저는 곧 결혼할 사이에요. 그러니 찰스도 여기 있어야 해요.」
「그래, 안 될 이유가 어디 있겠니?」

로저가 갑자기 흥분하여 벌떡 일어나며 울부짖듯 이렇게 말했다.
「필립, 아까부터 계속 말했지만 이 일은 비밀도 아니야! 내일이건 모레건 온 세상이 다 알게 될 텐데, 뭘. 자, 자, 이봐, 자네—.」

그러면서 그는 내게 다가와 다정하게 한 손을 내 어깨 위에 얹었다.
「자네도 이미 다 알고 있지 않나. 오늘 아침 그곳에 있었으니까 말이야.」

그러자 마그다가 몸을 앞으로 내밀며 말했다.
「도대체 런던경시청은 어떻게 생긴 곳이지? 모두들 언제나 궁금해해요. 탁자나 책상은 있나요? 의자도 있고? 커튼은 어떤 것을 치죠? 꽃 같은 건 없겠지? 속기용 녹음기 같은 것도 있나요?」

이때 소피아가 그녀의 말을 막았다.
「그만해 두세요, 엄마. 더구나 엄마는 벌써 배버수 존스 씨한테 런던경시청이 나오는 장면을 빼라고 시켰잖아요. 그 장면이 나오면 맥이 빠진다고 하면서—.」

「그래, 그 장면이 나오게 되면 너무 탐정극처럼 보이거든. 에디스 톰슨의 연극은 분명히 심리학 드라마인데 말이야—아니, 심리 스릴러 물이라고나 할까—어떤 말이 더 그럴 듯 하니?」
「자네가 오늘 아침 경시청에 있었다고?」
필립이 날카로운 어조로 따져 물었다.
「아니, 왜? 아, 참 자네 아버님이……」
그러고 나서 그는 다시 얼굴을 찌푸렸다. 그때서야 그가 내 출현을 달가워하지 않는다는 사실을 똑똑히 깨달았다. 하지만 소피아는 내 팔을 꽉 붙들고 놓지 않았다.
클리멘시가 의자 하나를 앞으로 밀어 주었다.
「자, 여기 앉아요.」
나는 그녀에게 고맙다는 눈짓을 해 보이고는 자리에 앉았다. 그러자 에디스 드 하빌랜드가 아까 자신들이 하던 이야기를 계속하려는 듯 입을 열었다.
「가족들이 무슨 이야기를 하든지 각자 자유지만 난 무엇보다 먼저 너희들 아버지의 뜻을 존중해야 한다고 생각한다. 그리고 이 유언장 일이 다 해결되고 나면 내 재산은 모두 네 처분에 맡기겠다, 로저.」
그러자 로저는 미친 듯이 자기 머리를 쥐어뜯었다.
「안 돼요, 에디스 이모님. 전 그럴 수 없어요.」
「그건 이모님처럼 저도 마찬가지입니다.」
이번에는 필립이 말했다.
「하지만 제반 사정을 고려하자면…….」
「이봐, 필, 그래도 내 말뜻을 모르겠니? 난 그 누구한테서도 단돈 한 푼도 받을 생각이 없단 말이야!」
「예, 정말이에요!」
클리멘시가 끼여들었다. 그러자 마그다가 입을 열었다.
「아니, 에디스 이모님, 만일 유언장 일이 해결되면 로저 큰아버님도 자기 재산을 물려받게 되잖아요..」

「하지만 유언장이 제 때 구실을 못할지도 모르잖아요?」
유스터스가 물었다.
그러자 필립이 대꾸했다.
「유스터스, 네가 그런 일에 대해서 뭘 안다고 그러니!」
「그 애 말이 전적으로 옳아.」
로저가 소리치듯 말했다.
「그 애가 중요한 부분을 찔렀어. 파산을 막을 수 있는 방법은 아무것도 없어, 아무것도—.」
그의 어투는 차라리 재미있다는 투였다.
「그렇다면 의논이고 뭐고 할 것도 없지요.」
클리멘시가 말했다.
「그래, 어쨌든 뭐 큰일이 아니잖아?」
다시 로저가 대꾸했다.
「난 이 일이 아주 큰일이라고 생각해요.」
필립이 입술을 꽉 깨물며 말했다.
「아냐, 그렇지 않아! 아버지가 돌아가셨다는 사실에 비교하면 뭐가 그리 대수로운 일이겠니? 아버지가 돌아가셨단 말이야! 그런데도 우리는 여기 모여 돈타령만 하고 있으니!」
그러자 필립의 창백한 뺨에 엷은 홍조가 떠올랐다.
「우린 형님을 도우려는 것뿐입니다.」
그가 딱딱한 어조로 말했다.
「그래, 나도 안다. 하지만 이제는 무슨 수를 써도 소용없어. 그러니 오늘 얘기는 이걸로 끝내자.」
「내 생각엔 내가 돈을 좀 마련할 수 있을 듯합니다. 주식시세도 상당히 하락했고, 또 내 재산 일부도 손댈 수 없게 묶여 있긴 하지만— 마그다의 재산도 그렇고, 또—그렇지만 말입니다—.」
마그다가 재빨리 나섰다.
「돈을 구하다니요, 그건 불가능해요, 여보. 지금 이 시점에서 소용

없어요. 그리고 그렇게 되면 아이들한테도 좋지 않고요..」
「아무한테도 뭘 부탁하지 않겠다고 분명히 얘기했어!」
로저가 다시 소리쳤다.
「목이 쉴 정도로 얘기했잖아. 어차피 만사는 제 갈 길을 가는 거니까 난 차라리 홀가분해.」
「하지만 이건 명예 문제입니다.」 필립이 대들었다.
「아버지의 명예, 그리고 우리 가문의 명예 말이에요.」
「이건 우리 집안 일이 아니야. 전적으로 나 혼자만의 일이야.」
필립은 형을 바라보더니 다시 입을 열었다.
「그렇죠, 전적으로 형님 일이죠.」
그때 에디스 드 하빌랜드가 자리에서 일어나며 말했다.
「자, 그럼 얘기는 다 된 셈이군.」
그녀의 목소리에는 언제나 남을 꼼짝 못하게 하는 위엄이 깃들어 있었다.
필립과 마그다가 자리에서 일어섰다. 유스터스도 방에서 나갔다. 그때 나는 그의 걸음걸이가 약간 뻣뻣한 것을 발견했다. 절름발이라고 말할 순 없었지만, 분명히 그의 걸음걸이는 절뚝거리고 있었던 것이다.
로저는 필립의 팔짱을 끼고 말했다.
「넌 참 좋은 동생이다, 필. 나를 위해 그런 것까지 생각해 주다니 말이야!」 그러고 나서 두 형제는 방을 나섰다.
마그다가 그들의 뒤를 따라 나가며 중얼거렸다.
「이게 대체 웬 소동이람!」
이어서 소피아가 내 방을 둘러보아야겠다며 방을 나섰다.
에디스 드 하빌랜드는 뜨개질하던 일감을 감아 올리며 자리에서 일어났다. 그리고는 내 쪽을 바라보는 바람에 나는 그녀가 내게 말을 걸려는 줄 알았다. 그녀의 눈에는 뭔가를 호소하는 듯한 빛이 어려 있었다. 하지만 그녀는 곧 마음을 바꾸고 한숨을 내쉬더니 다른 사람들을 따라 방을 나섰다.

　클리멘시는 창문 쪽으로 다가가 밖의 정원을 내려다보며 서 있었다. 나는 다가가 그녀 옆에 섰다. 그러자 그녀가 머리를 이쪽으로 조금 돌렸다.

「가족회의가 끝나서 정말 다행이에요.」

그러고 나서 그녀는 기분 나쁘다는 듯 덧붙였다.

「여긴 정말 갑갑한 방이야!」

「여기가 싫으세요?」

「숨도 못 쉬겠어요. 언제나 반쯤 시든 꽃하고 먼지 냄새가 나거든.」

　내 생각엔 그녀의 말이 좀 과한 듯 싶었다. 하지만 그녀가 말하는 의미만은 잘 알 수 있었다. 그녀가 말하는 갑갑함이란 방의 내부 장식을 두고 하는 말이었던 것이다. 사실 그 방은 오래 있기엔 적절치 않은 방이었다. 즉 편히 쉬면서 신문을 읽거나 파이프 담배를 피우면서 한가로이 지낼 수 있는 그런 방이 못 되었던 것이다. 하지만 나는 이층에 있는 클리멘시의 휑한 방보다는 이 방이 더 마음에 들었다.

　대체적으로 내 기호에는 수술실 같은 방보다는 숙녀의 내실이 더 맞는 것이다. 클리멘시는 주위를 둘러보며 다시 입을 열었다.

「이 곳은 무대장치일 뿐이에요. 마그다가 연극을 상연하기 위한 무대 배경.」 그러면서 그녀는 나를 바라다보았다.

「우리가 벌인 가족회의란 것이 어떤 건지 봤죠? 말하자면 그건 '제2장—가족회의 장면' 같은 거죠. 연출은 마그다가 맡았고. 정말 무의미하고 쓸모 없는 짓거리라 이러쿵저러쿵 입에 올릴 가치도 없어요. 하지만 이젠 다 됐어—끝난 거예요.」

　말은 그랬지만 그녀의 음성은 서글픈 소리라기보다는 오히려 만족한 듯한 목소리였다. 그녀도 그렇게 생각하는 내 시선을 알아차렸다. 그리고는 싸증나는 듯 말했다.

「그래도 모르겠어요? 우린 이제 자유예요—마침내 자유의 몸이 된 거라고요. 당신은 짐작 못하죠? 로저가 지금까지 오랫동안 비참하게 지내왔다는 걸 말이에요. 그이는 사업에는 전혀 수완이 없는 사람이에요. 사업보다는 말이나 소를 기르며 시골에서 유유자적하게 사는 걸 더 좋아하는 사람이죠. 하지만 남편은 아버님을 존경했어요. 다른 가족들도 모두 그렇지만. 바로 그 점이 이 집의 잘못된 점이에요.
 한 집에 너무 많은 식구들이 살고 있어요. 그렇다고 해서 돌아가신 분이 독재군주처럼 가족들 위에 군림했다거나, 가족들을 두렵게 해서 자기 마음대로 부렸다는 말은 아니에요. 오히려 그분은 가족들에게 돈과 자유를 주셨죠. 가족들에게 아주 헌신적으로 베푸신 거예요. 따라서 가족들도 돌아가신 분에 대해 헌신적으로 봉양했고요.」
「그게 뭐 잘못되기라도 했다는 겁니까?」
「내가 보기엔 그래요. 내 의견으로는 아무리 자식이라도 그들이 다 성장하면 부모에게서 떼어 놓고 억지로라도 부모를 잊게 해야 한다고 생각하거든요.」
「억지로라도 말인가요? 그건 좀 잔인하지 않습니까? 어떤 일이던 강제적으로 한다는 건 좋지 않은 일이니까요.」
「아니, 사실 그분이 그렇게 훌륭한 인격을 지닌 인물로 자신을 승격시키지만 않았더라도—.」
「자기 스스로를 훌륭한 인물로 승격시킬 수는 없는 겁니다. 돌아가신 분은 원래가 훌륭한 인물이셨던 거죠.」
「하지만 아버님은 로저 같은 사람이 따라가기에는 너무나 벅찬 인물이셨어요. 로저는 아버님을 숭배했고, 또 그렇기 때문에 아버님이 원하는 일이면 뭐든지 하려고 했고 아버님이 원하는 아들이 되려고 노력했던 거죠. 하지만 그이는 끝내 실패하고 말았어요. 아버님은 자신이 특별히 아끼고 자랑해온 식당 체인점 회사를 로저에게 물려주셨죠. 그러자 로저는 아버님의 뜻을 이어받아 그 사업을 훌륭하게 해내려고 안간힘을 썼어요. 하지만 로저에게는 사업을 할 만한 능력이 없었던 거예요. 사업에 관한 한 로저는—그래요, 솔직히 말해서 백지였거든요. 로저는 그 사실을 깨닫고 대단히 괴로워했지요. 때문에 그는 여러 해 동안 괴로운 투쟁을 해왔지만 결국 모든 것은 기울어지기만 했고, 또 자기 딴에는 멋진 '아이디어'라든지 '사업 계획' 같은 것을 내놓아 보아도 언제나 실패만 거듭해 일을 더 악화시켰지요. 사실 해가 거듭할수록 자기가 무능한 사람이라는 것만이 드러난다면 정말 비참한 기분이 들 거예요. 그 동안 그 사람이 얼마나 불행하게 지내왔는지 당신은 모를 거예요. 하지만 난 알고 있었어요.」

말을 마치자 그녀는 다시 얼굴을 돌려 내 얼굴을 똑바로 쳐다보았다.

「당신은 로저가 돈 때문에 아버님을 죽였을 거라고 생각했다죠? 그리고 실제로 경찰한테도 그렇게 얘기했고. 도대체 그게 얼마나 얼토당토않은 애긴지—정말 말도 안 되는 생각이에요!」

「지금은 그 생각이 잘못되었다는 것을 알게 되었습니다.」

나는 좀 겸연쩍은 생각에서 이렇게 토로했다.

「로저는 더 이상 파산을 모면할 수 없다는 사실을 알자—어차피 파산할 거라는 것을 알고는 차라리 안심했어요. 그래요, 정말이에요. 하지만 아버님이 그 일을 알게 되는 것만은 두려워했죠. 다른 일이야 어떻게 되든 상관이 없었고요. 그리고 우리가 시작할 새 생활을 고대하고 있었지요.」

그 말을 하면서 그녀의 얼굴에는 희미하게 경련이 일었고, 목소리는 가늘어졌다.

「두 분은 어디로 가실 예정이었나요?」

「바베이도스(서인도제도의 섬)로 갈 작정이었어요. 그곳에 내 사촌 한 명이 살고 있었는데 얼마 전 세상을 뜨면서 내게 작은 땅을 하나 물려주었거든요—아니, 뭐 대단한 건 아니고요. 하지만 파산을 하게 되면 우리로서는 어차피 그곳밖에 갈 곳이 없는 셈이죠. 아마 그곳에 가면 정말 가난한 생활을 해야 할 테죠. 하지만 노력하면 그럭저럭 생계는 이어갈 수 있을 거예요. 의식주만 해결하는 데에는 그다지 큰 돈이 들지 않을 테니까. 그래도 우리는 근심 걱정 없이 함께 행복하게 살았을 거예요.」

그녀는 잠시 한숨을 내쉬었다.

「로저는 아주 바보 같아요. 내가 가난한 생활을 어떻게 견뎌낼까 하고 걱정을 했거든요. 그건 그이 역시 돈에 대해서 레오니데스 집안 사람다운 생각이 골수에 박혀 있기 때문일 거예요. 전남편하고 살 때 난 정말 끔찍이도 가난한 생활을 했어요. 그래서 로저는 그런 나를 아주 용감하고 훌륭하다고 생각하고 있죠. 하지만 그이는 몰라요. 비록 가난하게 살았어도 난 행복했었다는 사실을 말이에요! 그 뒤로 그렇게 행복했던 때가 다시는 없었어요. 하지만—내가 지금 로저를 사랑하는 것만큼 전남편 리처드를 사랑했다는 얘기는 절대 아니에요.」

그녀는 반쯤 눈을 감은 채 말하고 있었다. 그 모습을 보니 지금 그녀의 가슴 속에 얼마나 격렬한 감정이 휘몰아치고 있는지 능히 짐작할 수 있었다.

마침내 그녀가 눈을 번쩍 뜨더니 나를 쳐다보았다.

「이만큼 얘기했으니 이제 알겠지만, 난 돈 때문에 누구를 죽이는 짓은 결코 안 해요. 난 돈이 싫으니까.」

나는 그녀의 말이 진심이라는 것을 확연히 깨달았다. 클리멘시 레오니데스야말로 돈에 매력을 느끼지 못하는 희귀한 인물 중 하나였던 것이다. 그런 사람들은 흔히 사치하는 것을 싫어하고 검소한 생활을 더 좋아하며, 소유라는 것에 대해 회의를 품는 성격들이다.

하지만 한편으로는 돈 자체에 대해서는 개인적으로 그다지 매력을 느끼지 못하나, 돈이 제공하는 힘에 유혹을 느끼는 사람들도 많았다.

나는 입을 열었다.

「부인에게야 돈이 별로 필요하지 않을지 모르지만 잘만 활용하면 돈이란 것이 여러 가지 좋은 일을 해줄 수 있지 않습니까? 예를 들어 무슨 연구 같은 것을 장려한다든가—.」

사실 나는 그 동안 클리멘시가 자신의 일에 대해 굉장히 열심인

줄로 알고 있었기 때문에 이렇게 이야기한 것인데, 뜻밖에도 그녀는 덤덤하게 대꾸할 뿐이었다.

「그 장려금이라는 것도 사실 그다지 쓸데가 없어요. 엉뚱한 곳에 쓰이기 일쑤니까. 가치 있는 일이란 언제나 열정과 추진력, 그리고 선천적으로 이상을 지니고 태어난 사람들의 손에 의해서 성취되는 거예요. 값비싼 장비들이며 교육이며 실험 같은 것은 생각만큼 효과가 없기 마련이죠. 그런 것에 돈을 써 보았자 괜히 엉뚱한 사람의 손에 쥐어주는 결과밖에 안 돼요.」

「바베이도스로 가시면 부인의 일을 포기해야 할 텐데, 그래도 상관없으시겠습니까? 여전히 그리로 가실 예정인가요?」

「아, 그래요, 경찰이 그렇게 하도록 해준다면. 그리고 일은 그만두지 않을 거예요. 그럴 필요가 없잖아요? 난 원래 게으르게 놀고 있는 것이 싫은 성미인데, 바베이도스에 가면 놀 틈이 없을 거예요.」

그러고 나서 그녀는 짜증난 듯 덧붙여 말했다.

「아, 제발 모든 일들이 빨리 해결되고 훌훌 떠났으면 좋으련만.」

「클리멘시 부인, 누가 이번 일을 저질렀는지에 대해 짐작 가는 점은 없으십니까? 부인하고 로저 씨가 이번 일에 관계가 없다는 건 분명한 사실이고, 저로서도 두 분이 그런 짓을 했다고는 생각되지 않지만. 그렇다면 두 분은 머리가 좋으신 분들이니까 범인이 누군가에 대해서도 짐작할 수 있을 것 같은데?」

그녀는 내 말에 조금 묘한 표정으로 나를 곁눈질했다. 이윽고 입을 여는 그녀의 음성에는 지금까지의 생기는 자취를 감추고 어딘가 모르게 당황하고 어색한 기색이 깃들어 있었다.

「함부로 추측할 수는 없어요. 그건 비과학적이니까. 다만 지금 시점에서 분명하게 애기할 수 있는 건 브렌다와 로렌스가 가장 혐의가 짙은 인물들이라는 사실이에요.」

「그럼, 부인 생각에도 그 사람들 짓이라고 여겨지십니까?」

하지만 클리멘시는 내 말에 대꾸를 않고 어깨만 으쓱해 보였다.

그러고 나서 그녀는 귀를 기울여 무슨 소리를 들은 듯 방을 나서다가, 마침 그때 방으로 들어오고 있는 에디스 드 하빌랜드와 문가에서 서로 엇갈렸다.

에디스는 방으로 들어서자 곧장 내게로 다가왔다.

「할 말이 좀 있다우.」

그 때 갑자기 아버지가 한 말이 내 머릿속에 떠올랐다. 혹시나—하지만 에디스 드 하빌랜드는 내가 딴 생각을 할 틈을 주지 않고 말을 이었다.

「제발 엉뚱한 생각을 하지 않았으면 해서 얘기하는 거라우. 필립에 대해서 말이지—사실 필립은 다른 사람들이 보기에 좀 이해되지 않는 구석이 있어요. 그래서 속을 알 수 없고 차가운 사람으로 보이기 쉽지. 하지만 전혀 그렇지 않아요. 겉으로 보기에만 그런 거니까—그 애도 자신이 그렇게 보이길 원치 않지만 어쩔 수 없는 모양이라우.」

「아니, 전 그분에 대해서 그렇게—.」 내가 입을 뗐다.

하지만 그녀는 개의치 않고 말을 계속했다.

「그리고 또—로저에 대한 그 애의 태도 말인데, 필립은 로저를 시기하는 게 아니에요. 게다가 돈에 인색해서 형에게 돈을 내놓지 않겠다는 것도 아니고, 그 애는 아주 좋은 애예요. 어렸을 때부터 지금까지 언제나 좋은 애였지. 하지만 그 애를 알려면 우선 그 애에 대한 이해가 필요해요.」

나는 그 다음 말을 기다린다는 듯한 얼굴로 그녀를 바라보았다 그러자 그녀는 다시 말을 계속했다.

「우선 그 애가 다소 이상해 보이는 것은 둘째 아들로 태어난 데도 이유가 있어요. 사실 둘째 아들이란 언제나 약점을 지니고 태어나기 마련이니까—하지만 필립 역시 자기 아버지를 존경했다우. 물론 애리스티드의 아이들은 다 아버지를 사랑했고, 그 역시 아이들을 골고루 사랑해 주었지—하지만 애리스티드는 그 중에서 특히 로저를 자랑스러워했고 귀여워했어요. 제일 맏아들이었으니까—그런데 내가 보기엔 필립이 아버지의 그러한 편애를 눈치챘던 것 같아요. 그러자 그 애는 자기 세계에만 골똘히 빠지는 애가 되어버렸지. 그리고는 책이며 역사며 우리 일상생활과는 멀리 떨어진 것들에만 마음을 두기 시작한 거예요. 하지만 역시 괴로웠을 거예요. 아이들이라고 고민하지 말라는 법은 없으니까…….」

그녀는 잠시 말을 끊었다가 다시 계속했다.

「그러니까 내 말은 필립의 마음에는 언제나 로저를 질투하는 감정이 있다는 거예요. 하지만 그 자신은 그 사실을 모를 테지. 어쨌든 그래서 필립은 로저가 실패해서 낙오자가 되었다는 사실에도 동생으로서의 동정심을 별로 보이지 않는 거예요. 사실 이런 얘기를 입 밖에 내놓아 말하기는 싫지만 어쩔 수 없다우. 게다가 필립 자신도 자기가 형에 대해 그런 감정을 갖고 있다는 것은 모를 테니─.」

「지금 말씀은 로저 씨가 웃음거리가 된 사실에 대해 필립 씨가 은근히 기뻐하고 있다는 뜻이군요?」

「아, 그래요, 바로 그거지.」

하지만 곧이어 그녀는 얼굴을 조금 찌푸리며 덧붙여 말했다.

「솔직히 말해서 난 필립이 형을 돕기 위해 즉시 나서지 않은 일에 좀 실망했다오.」

「그분이 꼭 그래야 할 이유가 어디 있습니까? 일을 엉망으로 만든 건 로저인데요. 게다가 로저는 성인이고, 또 보살펴야 할 어린애들도 없지 않습니까. 만일 그분이 병에 걸렸다거나 정말 어려운 처지에 빠졌다면, 물론 가족들이 도와주었겠지요. 하지만 제가 보기엔 로저 씨는 자기 힘으로 새 출발하는 쪽을 더 좋아하는 것 같더군요.」

「바로 맞아요! 단 한 가지 로저가 마음에 걸려 하는 것은 클리멘시지. 그런데 클리멘시야말로 대단한 여자지. 그 애는 호화로운 생활보다는 좀 불편한 생활을 좋아하고, 마실 컵도 아주 실용적인 것 하나만 있으면 된다는 그런 식의 여자예요. 아주 현대적인 여성이라고나 할까. 때문에 그녀에게는 과거라든지 인생의 아름다움 그런 것에 대한 관심이 전혀 없어요.」

그녀는 말을 마치자 날카로운 눈길로 내 모습을 위아래로 훑어보았다.

「이번 일은 소피아에게 일종의 시련이에요. 이 일로 그 애의 청춘이 시들다니 참으로 가슴 아프다우. 나는 이 집안의 아이들 하나 하나가 다 사랑스럽다우. 로저, 필립, 그리고 소피아며, 유스터스, 조세핀—그 모두 다. 모두 다 착하고 귀여운 애들이지. 난 그 애들을 진심으로 사랑한다우.」

그러고 나서 그녀는 잠시 사이를 두었다가 날카로운 어조로 덧붙였다.

「하지만 이건 알아둬요, 내가 아이들을 좋아하는 건 맹목적인 것만은 아니라오.」

그러고 나서 그녀는 홱 돌아서서 가버렸다.

나는 그녀가 마지막으로 한 말이 무슨 뜻인지 알 수가 없었다. 그 말에는 분명히 어떤 뜻이 숨어 있을 텐데.

제15장

「당신 방이 다 준비됐어요.」 소피아의 말이었다.
그녀는 내 곁에 서서 정원을 내려다보고 있었다.
반쯤 헐벗은 나무들이 바람 속에서 이리저리 흔들리고 있어 정원은 사뭇 황량하고 스산해 보였다. 소피아는 내가 그렇게 생각하고 있는 것을 눈치라도 챈 듯 이렇게 말했다.
「정말 너무 황량해 보이는군요.」
그런데 우리가 보고 있자니 문득 어떤 사람 하나가 바위 정원 쪽에서 나와 수송나무 담장을 지나오는 것이 보였다. 그리고 곧 이어 또 다른 사람 하나가 역시 담장을 지나 모습을 나타냈다. 그 두 사람은 저물어 가는 황혼 속에서 희끄무레한 그림자처럼 보였다.
처음에 나온 사람은 브렌다 레오니데스였다. 그녀는 쥐색 친칠라 털 코트를 입고 있었는데, 그 걸음걸이는 어딘가 모르게 고양이를 닮아, 살금살금 걸어가는 모습이었다. 그런 걸음걸이로 그녀는 요정 같은 우아함을 지니고 황혼 속을 걸어가고 있었다.
그녀가 창문 옆을 지나갈 때 얼굴이 보였는데, 그 얼굴에는 저번에 내가 이층 방에서 보았던 입술을 약간 일그러뜨린 미소가 반쯤 떠올라 있었다. 조금 있자니 몸매가 늘씬하면서도 약간 여윈 듯한 로렌스 브라운이 역시 황혼 속을 미끄러지듯 걸어왔다. 정말이지 두 사람의 걸음걸이는 그런 식으로밖에 표현할 수 없었다. 때문에 두 사람은 도저히 산책 나온 사람의 모습으로는 보이지 않았던 것이다. 그보다는 마치 유령들이 허공을 걸어가는 것처럼 은밀하고 비현실적인 모습이었다.
그 모습을 보자 나는 아까 나뭇가지가 부러지던 소리가 브렌다나 로렌스의 발 아래에서 난 소리가 아닌가 궁금해졌다.
 그 생각을 하니 불현듯 또 한 가지 생각이 떠오르는 바람에 내가 물었다.
「참, 조세핀은 어디 갔지?」
「아마 유스터스하고 같이 공부방에 있을 거예요.」
 소피아는 그러면서 얼굴을 찌푸렸다.
「찰스, 난 유스터스가 걱정스러워요.」
「그건 왜?」
「어린애치고는 너무 우울하고 괴팍하거든요. 소아마비에 걸린 뒤로는 애가 너무 달라졌어요. 도대체 무슨 생각을 하는지 알 수 없다니까요. 어느 때 보면 그 앤 우리 모두를 싫어하는 듯 싶어요.」
「괜찮아, 좀더 자라면 그런 현상은 다 없어져요. 지금은 과도기일 뿐이라고.」
「그래요, 나도 그렇게 생각해요. 하지만 그래도 난 여전히 걱정이 돼요.」
「아니, 그건 또 왜 그렇소?」
「아버지, 어머니가 걱정하지 않기 때문일 거예요. 두 분은 도대체 그 애 부모 같지가 않아요..」
「하지만 오히려 그게 더 나을 수도 있어. 아이들이란 부모가 무관심한 것보다는 지나치게 간섭하는 것 때문에 고민하는 수가 더 많으니까 말이오.」
「그건 당신 말이 맞아요. 사실 나도 외국에서 돌아온 뒤에야 그 문제에 대해 생각하게 되었거든요. 어쨌든 우리 아버지, 어머니 역시 유스터스처럼 이상한 부부예요. 아버지는 별로 쓸데없는 역사 이야기 세계에 깊이 파묻혀 있고, 또 어머니는 연극 연출을 하면서 나름대로 만족에 빠져 있으니 말이에요. 사실 오늘밤 있었던 그 조잡한 연극도 다 어머니가 벌인 것이에요. 가족회의라니, 그런 게 무슨 필요가 있다고! 어머니는 그냥 가족회의 장면을 연출하고 싶었을 뿐이에요. 집에만 있다 보니 따분해서 연극을 하나 꾸며 본 것뿐이라고요.」

 잠깐 동안 나는 엉뚱하게도 소피아의 어머니가 자신이 직접 주연을 맡은 살인극을 연출해 보고 싶은 가벼운 마음에서 시아버지를 독살하는 장면을 떠올렸다.

 정말 너무도 엉뚱한 생각이지 뭔가! 나는 이렇게 생각하면서 그 생각을 지워버렸지만 뒷맛이 좀 개운치 않았다.

「우리 어머니는 정말 언제나 요주의 인물이에요. 무슨 일을 꾸밀지 아무도 짐작을 못한다니까!」

「이제 당신 가족 일은 잊어버려요, 소피아.」

 나는 단호하게 말했다.

「나도 그랬으면 기쁘겠어요. 하지만 지금으로선 좀 어려운 일이에요. 사실 카이로에서는 이런 가족 문제를 모두 잊고 있었기 때문에 퍽 행복했어요.」

 그녀의 말에 나는 정말이지 그 당시 소피아가 자기 집이라든지 가족에 대해서는 일언반구도 없었다는 사실을 떠올렸다.

「그때 당신이 가족들 얘기를 전혀 안한 건 그런 이유가 있었군? 그러니까 당신은 가족들을 모두 잊고 싶었던 거요?」

「예, 그래요. 우리 가족들은 모두 다 너무 서로의 울타리 안에서만 살고 있어요. 무슨 말이냐 하면—우리 가족은 서로를 너무 좋아하는 거죠. 서로 끔찍하게 미워하면서 사는 가족들도 있긴 하지만, 우린 그런 집하고는 달라요. 물론 미워하면서 사는 것도 아주 나쁜 일이지만 서로간의 애정이 뒤얽혀 사는 우리 집 같은 경우는 오히려 그것보다 더 나쁠 수도 있어요. 우리 가족들이 모두 조그만 비뚤어진 집에서 살고 있다고 한 내 말뜻도 바로 그거였어요. 비뚤어졌다는 말은 꼭 이상하고 나쁘다는 뜻만은 아니에요. 내 말은 우리 가족들 모두 제각기 혼자 힘으로 꼿꼿이 설 수 없게 자라왔다는 뜻이죠. 즉, 가족 모두가 조금씩 뒤틀리고 굽어 있다는 거예요.」

 그리고 나서 소피아가 막 다음 말을 덧붙이는데 에디스 드 하빌랜드가 오솔길의 잡초를 구두 뒤축으로 짓이기는 모습이 보였다.
「마치 엉겅퀴처럼……」
갑자기 마그다가 문을 홱 열고 들어와서는 고함치듯 말했다.
「아니, 이런, 왜 불도 켜지 않고 있니? 벌써 캄캄해졌는데.」
그러면서 조명 스위치를 켰다. 그러자 벽과 탁자 위에 있던 조명등이 일제히 켜졌다. 이어 마그다와 우리가 함께 장밋빛 나는 육중한 커튼을 치고 나니 방 안에 온통 꽃향기가 감도는 듯하였다.
마그다는 긴 의자에 털썩 앉더니 다시 소리쳤다.
「정말 근사한 장면이었어, 그렇지 않니? 유스터스의 시무룩한 표정 하며, 정말! 그 애 말이, 자기가 보기엔 오늘 열린 가족회의는 꼴불견이었다는 거야. 사내애들이란 아주 괴짜들이라니까!」
그녀는 한숨을 내쉬었다.
「하지만 로저는 괜찮았어. 특히 그분이 머리칼을 긁어 올리며 뜻밖의 이야기로 사태를 역전시킬 때가 아주 좋았지. 그리고 에디스 이모님 말이야. 자기 유산을 로저에게 주겠다니 정말 너무나 마음씨 고운 처사 아니냐? 이모님은 진정이셨어. 그냥 해 보는 소리가 아니었다고. 하지만 아주 바보 같은 일이기도 하지. 이모님이 그렇게 말씀하셨기 때문에 필립이 자기 역시 그렇게 해야 한다고 생각했을 테니까. 물론 에디스 이모님은 가족들을 위해서라면 무슨 일이건 해 주실 분이지. 사실 결혼하지 않고 늙은 여자가 조카들에게 쏟는 애정이란 눈물겨운 데가 있는 법이란다. 그래서 난 언젠가 그런 헌신적인 독신 아주머니 역을 한번 해볼 거야. 잔소리 심하고 완고하면서도 헌신적인 아주머니 말이야.」
「에디스 이모할머니께서는 여동생이 돌아가신 뒤로 아주 괴로우셨을 겁니다.」
나는 마그다가 발견한 새로운 연극 배역에 대해 이야기가 장황해질까 봐 말머리를 돌렸다.
「만일 그분이 돌아가신 레오니데스 씨를 그토록 싫어했다면 말입니다.」
 그러자 마그다가 내 말을 잘랐다.
「싫어하다니? 그런 소릴 한 사람이 누구야? 그건 얼토당토않은 소리예요. 오히려 에디스 이모님은 돌아가신 아버님을 사랑했거든.」
「어머니!」
 소피아가 소리쳤다.
「내 말을 막지 마라, 소피아. 사실 네 나이 때야 사랑이란 것이 달빛 아래에서 잘생긴 두 젊은이가 속삭이는 것 정도로밖에 생각되지 않겠지만—.」
「이모할머님은 언제나 돌아가신 레오니데스 씨가 못마땅했다고 말씀하시던 걸요.」 내가 말했다.
「맨 처음에 이 집에 오셨을 때야 그랬겠지. 이모님은 자기 여동생이 돌아가신 분과 결혼한 데에 대해 아주 화가 나셨으니까 말이야. 그래서 약간 적대심을 품긴 품었지—하지만 이모님은 곧 돌아가신 아버님을 사랑하게 되었어. 이봐요, 내 말이 무슨 뜻인지 알겠지? 물론 아버님한테 이모님은 죽은 아내의 언니니 이모님과 결혼할 수야 없었겠지. 그리고 그럴 생각도 전혀 없었고—그건 이모님 역시 마찬가지였어. 이모님은 조카들을 기르면서 가끔 아버님과 다투기도 했지만 그런 대로 행복해 하셨거든. 하지만 아버님이 브렌다와 결혼한 일에 대해서는 정말 불만이셨지. 그런 일은 딱 질색이셨던 거야!」
「어머니랑 아버지도 마찬가지죠.」
 소피아가 끼여들었다.
「물론 싫었고말고, 그야 당연하잖아! 하지만 뭐니뭐니 해도 에디스 이모님만큼 기분 나빠 한 사람은 없었어. 얘, 너 이모님이 브렌다를 쳐다보는 표정 봤니, 그 표정이란 정말!」
「아이 참, 어머니.」
 마그다는 짓궂은 어린애가 꾸중을 듣고 겸연쩍어하는 듯한 눈길로 딸을 바라보았다. 하지만 그 눈길에는 애정이 잔뜩 담겨 있었다.

그러고 나서 그녀는 자신의 말이 횡설수설인 것도 깨닫지 못하는 듯 태연하게 다른 이야기를 꺼냈다.

「조세핀을 학교에 보내기로 마음먹었다!」

「조세핀을 학교에?」

「그래, 스위스에 있는 학교야. 내일 내가 그 학교를 살펴볼 작정이다. 정말 한시라도 빨리 그 애를 이 곳에서 떠나게 해야 해. 어린 아이를 이 무서운 사건에 말려들게 한다는 건 아주 좋지 않으니까 말이야. 지금 그 애는 점점 더 병적으로 되어가고 있어. 그 애에겐 제 또래의 친구들이 필요해. 학교생활 말이야―난 예전부터 늘 그렇게 생각해 왔어.」

「그 애가 학교를 가지 않은 건 할아버지가 보내지 않으셨기 때문이죠.」 소피아가 차분히 말했다.

「할아버지는 그 애를 학교에 보내는 일엔 절대 반대셨잖아요.」

「그분이야 늘 우리 가족들이 모두 이 집 안에서 자기 눈앞에 있어야만 좋아하셨잖니. 나이를 아주 많이 잡수신 양반들은 종종 그런 식으로 이기적이 되거든. 하지만 어린애란 다른 아이들 속에 섞여 봐야 해. 게다가 스위스는 건강에도 좋은 곳이잖니. 겨울 스포츠를 즐길 수 있는 것도 그렇고, 공기가 맑은 것도 그렇고, 또 영국보다 음식이 훨씬 좋다고 하잖니.」

「하지만 통화 규정 때문에 스위스로 돈을 보내는 일이 좀 어렵지 않습니까?」

「바보 같은 소리 말아요, 찰스. 교육비라는 명목으로 약간 눈속임을 해도 되고, 아니면 스위스 아이와 교환하는 수도 있지. 어쨌든 길이야 여러 가지 있으니까. 게다가 로잔에는 루돌프 앨스터가 있거든. 내일 전화해서 그 사람한테 만사를 다 준비해 놓으라고 일러둬야겠다. 그러면 이번 주말에는 조세핀을 그리로 보낼 수 있을 거다.」

마그다는 의자 위의 쿠션을 탁탁 치며 우리에게 미소짓더니 문으로 다가갔다. 그리고는 잠시 뒤돌아보며 달래는 듯한 어조로 말했다.

「어린 아이란 무엇보다 중요한 존재야.」
그녀의 말은 아름다운 연극 대사 같았다.
「그러니 항상 그 애들을 먼저 생각해야지. 게다가 얘야, 그곳에 핀 꽃들을 생각해 보거라. 파란 용담화며 수선화며……」
「10월에 말이에요?」
소피아가 어처구니없다는 듯 물었지만 그녀의 어머니는 이미 방을 나선 뒤였다.
소피아는 기가 막힌 표정으로 한숨을 내쉬었다.
「정말 우리 어머니는 너무 부산스러워요! 갑자기 무슨 생각이 떠오르면 여기저기 수없이 전보를 쳐서 그 즉시 그 일을 끝내야 직성이 풀리거든요. 대체 왜 그렇게 급히 조세핀을 스위스로 쫓아 보내려는 걸까요?」
「학교에 보내는 건 아주 좋은 생각이야. 내 생각에도 조세핀은 자기 또래의 아이들과 어울려야 좋을 성싶거든.」
「하지만 할아버지는 그렇게 생각하지 않으셨어요.」
소피아가 고집스럽게 말했다. 그러자 나는 좀 신경질이 났다.
「이봐요, 소피아, 당신 설마 팔십 세가 넘으신 양반이라야 어린아이의 장래에 대해 제일 좋은 판단을 내릴 수 있다고 생각하는 건 아니겠지?」
「하지만 할아버지는 이 집 식구들 일이라면 누구보다도 가장 좋은 판단을 내리셨어요.」
「에디스 이모할머니보다도 말이오?」
「그렇진 않겠지요. 사실 이모할머니는 조세핀을 학교에 보내는 편을 더 지지하셨거든요. 조세핀이 다루기 어려운 애가 되어가고 있다는 건 나도 인정해요. 특히 요즘 들어 여기저기 엿보고 다니는 버릇이 붙었어요. 하지만 그거야 탐정놀이를 하려고 그러는 거지 별 뜻은 없어요.」
마그다가 갑자기 그런 결정을 내린 것은 단순히 조세핀의 장래를 위해서였을까? 나는 문득 속으로 이런 의문을 떠올렸다. 사실 조세핀은 살인사건이 일어나기 전의 일들에 대해 이것저것 너무나 잘 알고 있었다. 그런 일들은 그 애에게 아무 상관도 없는 일인데 말이다.

물론 여러 가지 놀이를 즐기면서 학교생활도 하면 그 애에게 분명히 좋은 교육이 될 것이다. 하지만 나는 마그다가 그렇게 갑작스럽게 결정을 내린 점, 그리고 스위스같이 멀리 떨어진 곳에 그 애를 보내겠다고 생각한 점 등이 아무래도 못내 의아했다.

제16장

「상대방으로 하여금 스스로 네게 말을 하도록 해라.」

아버지의 말은 이랬다. 때문에 나는 다음 날 아침 면도를 하면서 내가 그 말을 얼마나 잘 따랐는지 점검해 보았다.

우선 에디스 드 하빌랜드가 내게 여러 가지 말을 해 주었다. 게다가 그녀는 내게 이야기를 해 주러 일부러 나를 찾아다니기까지 했지 않은가. 그리고 클리멘시 역시 내게 이것저것 말을 해 주었다(아니, 그게 아니라 말을 한 건 내 쪽이던가?)

한편 마그다도 일단은 내게 이야기를 해 주었다고 볼 수 있다. 아니면 내가 그녀의 이야기를 듣는 청중 중 한 사람이었다는 표현이 더 어울릴까? 소피아도 물론 내게 이야기를 해 주었고, 또 유모 역시 내게 이야기를 해 준 셈이다.

그렇다면 그 사람들로부터 들은 이야기를 통해 내가 깨달은 것은 무엇인가? 혹시 그들의 말에서 별다른 이야기는 없었나? 그리고 한 걸음 더 나아가 아버지가 그렇게 강조한, 범인의 비정상적인 허영심을 나타내는 말은 혹시 없었을까? 하지만 아무리 생각해도 나는 그들의 말에서 그런 것을 발견할 수 없었다.

필립이야말로 유일하게 나하고는 어떤 식의 이야기든 하고 싶지 않다는 태도를 보여 준 사람이었다. 그런 태도야말로 좀 이상하지 않은가? 그도 지금쯤은 내가 자신의 딸과 결혼하려 한다는 것을 알았을 텐데, 그런데도 불구하고 그는 내가 이 집에 전혀 없는 사람처럼 행동했다. 분명히 내 존재가 거슬리는 것이다.

그래서 에디스 드 하빌랜드도 그의 태도에 대해 내게 사과했다. 그녀의 말에 의하면 그의 그런 태도는 단지 '겉으로 보이는' 태도일 뿐이라고 한다. 그리고 필립에 대해서 적잖이 걱정을 하고 있었다. 왜?

나는 소피아의 아버지인 필립에 대해서 곰곰이 생각해 보았다. 모든 면으로 볼 때 필립은 자기 욕구를 억압당한 채 살아온 인물이다. 즉 형에게 질투심을 느끼고 괴로워하며 어린 시절을 보냈던 것이다. 때문에 그는 자신의 내면세계로만 파고들게 되었다. 그리고는 책의 세계에서―과거의 역사 속에서 자기 마음의 피난처를 찾은 것이다.

하지만 그의 몸에 익어버린 냉정함과 침묵 뒤에는 뜻밖에도 격한 기질이 숨어 있을지도 모른다. 그렇다 해도 그가 돈을 얻고자 하는 동기에서 자기 아버지를 죽였으리라고는 전혀 생각되지 않는다. 즉 자신이 원했던 만큼의 유산이 돌아오지 않는다고 해서 필립 레오니데스가 자기 아버지를 죽였으리라는 생각은 전혀 떠오르지 않는다는 것이다. 하지만 만일 그가 아버지의 죽음을 바랐다면 거기에는 뭔가 은밀한 심리적인 배경이 있을 것이다.

집을 나갔던 필립이 아버지의 집으로 다시 살러 왔다―그런데 얼마 뒤 독일군의 폭격 때문에 로저 역시 이 집으로 피난 와서 살게 되었다―그러자 필립은 또다시 형 로저가 아버지의 총애를 받는 것을 매일처럼 보면서 살아야 했다. 그래서 그는 마음 속으로 고통스러운 나날을 보내다가 결국 아버지의 죽음만이 자신을 괴로움 속에서 구해 줄 길이라고 믿게 된 건지도 모른다. 그리고는 아버지의 죽음을 형에게 뒤집어씌워 형까지 없애려고 생각한 건 아닐까?

마침 로저는 돈에 궁해 있었다. 파산 직전의 위기였던 것이다. 그래서 필립은 로저가 그런 위기를 모면하고자 아버지를 죽인 것처럼 꾸미려고 했다면? 필립은 로저와 아버지가 마지막으로 만난 자리에서 아버지가 그에게 경제적인 도움을 제공하겠다고 말한 사실을 모르고 있었다. 그런 만큼 그는 만일 로저가 아버지를 죽였다고 덮어씌울 경우 범행 동기가 너무나 뚜렷하기 때문에 자기 생각대로 즉각 형이 범인으로 지목되리라고 생각했던 건 아닐까? 하지만 그의 정신 상태가 과연 살인을 저지를 만큼 균형을 잃고 있었을까?

이렇게 생각을 더듬는 바람에 나는 그만 면도날에 베이고 말았다. 나는 속으로 중얼중얼 욕지거리를 해댔다. 대체 내가 지금 뭘 하고 있는 거람? 소피아의 아버지에게 살인죄라도 뒤집어씌우려는 걸까?

만일 그렇게 된다면 그거야말로 볼 만할 것이다!

소피아가 나에게 그런 짓이나 하라고 오라고 한 것도 아닐 텐데. 아니, 혹시—그 때문에 부른 것은 아닐까? 소피아가 내게 그렇게 청한 데에는 분명히 무슨 이유가 있다. 사실 소피아의 마음 속에 자기 아버지가 살인자라는 의혹이 조금이라도 있다면, 그녀와 나와의 결혼을 절대 승낙하지 않을 것이다.

이것은 그 의혹이 사실이라는 가정 하에서 하는 이야기지만—소피아는 총명하고 용감한 여자라서 불분명하게 넘겨 버린다는 것은 그녀와 나 사이에 언제까지고 거치적거리는 장애물을 만드는 결과가 될 테니까 말이다.

실제로 그녀는 내게 이렇게 말하지 않았던가—'제발 와서 내가 상상하고 있는 끔찍한 일이 사실이 아니란 것을 밝혀 달라.'고 했다.

자신은 어떤 최악의 사태가 오더라도 그것을 꿋꿋이 받아들일 거라면서—.

그렇다면 에디스 드 하빌랜드 역시 필립이 범인이란 것을 알고 있거나, 또는 의심하고 있는 것이 분명했다. 하지만 그녀가 말한 '맹목적인 애정'이 아니라고 한 것은 대체 무슨 뜻이었을까?

게다가 클리멘시의 표정—범인으로 누구를 의심하느냐고 내가 물었을 때 그녀가 보인 표정이며, 로렌스와 브렌다가 가장 의혹이 가는 용의자가 아니겠느냐고 하던 말뜻은 대체 무엇일까?

지금 이 집안 사람들은 모두 범인이 브렌다와 로렌스였으면 하고 바라고 있으면서도, 실은 브렌다와 로렌스가 범인은 아니라고 생각하고 있는 것이다.

물론 그런 생각이 몽땅 틀린 것이고, 실제로 범인이 브렌다와 로렌스일 수도 있다. 혹은 또 로렌스 혼자만이 범인이고 브렌다는 범인이 아닐 수도 있다. 그렇다면 일은 훨씬 더 좋은 방향으로 풀리겠는데…….

나는 우선 면도날에 베인 턱의 상처를 치료하고 나서 아침식사를 하러 아래층으로 내려갔다. 그리고 마음 속으로 가능한 한 빨리 로렌스 브라운을 만나야겠다고 다짐을 해 두었다.

그런데 식사를 마치고 두 잔 째 커피를 마시고 있을 때, 비뚤어진 집이 내게도 역시 영향을 끼치고 있음을 문득 깨달았다. 즉 나 역시 이 집 식구들과 마찬가지로 진짜 범인의 색출보다는 내게 가장 유리한 쪽으로 범인이 색출되기를 바라는 것이다.

아침을 먹은 뒤 나는 홀을 가로질러 이층으로 향하는 계단을 올라갔다. 소피아의 말에 의하면 지금 로렌스는 공부방에서 유스터스와 조세핀에게 공부를 가르치고 있다고 한다.

나는 브렌다가 살고 있는 별채 현관 앞으로 가면서 잠시 망설였다. 벨을 누를까, 아니면 노크를 할까―그것도 아니면 그냥 곧장 걸어 들어갈까? 그렇게 망설이던 나는 마침내 이 별채를 레오니데스 저택의 한 부분으로 간주해야지, 브렌다의 개인 주택으로 여길 필요는 없다는 결론을 얻었다. 그래서 나는 그냥 문을 열고 안으로 들어갔다.

실내는 적적하기만 했고 인기척도 전혀 없었다. 왼쪽에 있는 커다란 응접실로 향하는 문은 닫혀 있었다. 또 오른쪽으로는 문이 두 개 열려 있어 그 안으로 침실과 거기 딸린 욕실들이 들여다보였.

이 욕실은 내가 알기로는 애리스티드 레오니데스의 침실과 연결되어 있는 곳으로, 에제린 안약과 인슐린이 보관되어 있던 곳이다.

경찰에서 이미 이 방의 수색을 철저하게 끝낸 뒤였다. 나는 그 문을 밀고 살짝 안으로 들어갔다. 그때 나는 이 정도라면 이 집안이나 외부 사람 누구라도 쉽게 욕실로 몰래 숨어들 수 있겠다는 것을 깨달았다. 나는 욕실에 서서 주위를 둘러보았다.

그곳은 반짝거리는 타일이 온통 깔려 있었고, 우묵한 욕조며 모든 것이 사치스러움 일색이었다. 한쪽에는 여러 가지 전기 기구들―즉 전기난로며, 그 밑에 전기석쇠, 전기밥솥, 조그마한 전기 소스 팬, 전기 토스터 등 나이 든 사람을 시중드는 간호사에게 필요한 모든 것들이 갖추어져 있었다.

벽에는 하얀 에나멜 칠을 한 찬장이 붙어 있었다. 열어 보니 안에는 의약용구들이며 약 컵 두 개, 눈 씻는 컵, 안약 넣는 기구, 그리고 무슨 라벨이 붙어 있는 병이 몇 개 놓여 있었다. 그리고 그밖에도 아스피린이며 붕산가루, 옥도정기, 엘라스 토플라스토를 바른 붕대 등이 있었다. 그리고 그 다음 칸에는 많은 양의 인슐린과 주사바늘 두 개, 약용 알코올을 담은 병이 진열되어 있었다.

그리고 세 번째 칸에는 정제(錠劑)라고 쓰여진 약병이 있었는데, 밤에 레오니데스 노인이 필요하다고 하면 한두 알 정도 주게 되어 있는 것이었다. 그러고 보면 그 안약 병이 놓였던 찬장도 바로 이 찬장이 틀림없다. 그 찬장은 깔끔한 가운데 모든 것이 잘 정돈되어 있어서 누구나 필요하기만 하면 쉽게 약을 꺼낼 수 있게 되어 있었다.

이것은 또 누구나 살인을 목적으로 쉽게 약을 꺼낼 수 있었다는 말도 된다. 그러니까 맘만 먹으면 나라도 이 약병들을 꺼내 살짝 밖으로 나간 뒤 아래층으로 내려갈 수 있었을 것이다. 누구도 모르게—이러한 사실은 뭐 새삼스러울 것도 없는 것이었다. 하지만 이렇게 직접 눈으로 보고 나니 그때서야 나는 범인을 색출하는 경찰의 임무가 얼마나 어려운 것인가를 실감나게 느낄 수 있었다. 즉 범인의 편에 서서 사태를 추리해 보아야 수사에 필요한 단서를 얻을 수 있을 테니 말이다.

「우선 범인을 놀라게 해야 합니다.」

태버너 주임경감은 내게 범인 색출의 방법에 대해 이렇게 일러 주었다.

「그래서 범인이 달아나게 하는 겁니다. 그런 뒤 범인으로 하여금 우리가 뭔가 단서를 잡았다고 생각하게 만들고는 요란스럽게 떠들어 대는 거랍니다. 그러면 조만간 범인은 무작정 달아나는 걸 그만두고 약은 짓을 해 보려 하지요—바로 그때 가서 붙잡는 겁니다.」

하지만 유감스럽게도 이번 사건의 범인은 그런 방법에 별 반응을 보이지 않고 있었다. 나는 욕실을 나섰다.

집 안에는 여전히 인기척 하나 없었다. 복도를 걸어가 보니 왼쪽에는 식당이 있었고, 오른쪽으로 브렌다의 침실과 욕실이 보였다. 그런데 그 침실에서 하녀 한 사람이 무슨 일인가를 하고 있었다. 식당 문은 닫혀 있었는데, 그 너머의 어느 방에선가 에디스 드 하빌랜드가 단골 생선가게에 전화를 거는 목소리가 들려왔다. 나는 위층으로 연결된 나선형 계단을 올라갔다.

그곳에는 에디스의 침실과 거실, 그리고 욕실이 두 개 있었고, 로렌스 브라운의 방도 하나 있었다. 그 너머로는 다시 나선형 계단이 아래쪽으로 나 있었는데, 그곳을 내려가면 하인방 위에 만들어진 커다란 방이 하나 있고 그곳이 바로 공부방이었다.

방문 앞에서 나는 잠시 망설였다. 방 안에서 로렌스 브라운이 조금 높은 목소리로 무슨 이야기를 하고 있었다. 그 동안 조세핀의 엿듣는 버릇이 내게도 전염된 모양인지, 어느새 나는 뻔뻔스럽게도 문기둥 옆에 붙어 서서 안에서 나오는 소리를 엿듣고 있었다.

안에서는 역사 공부가 한창이었는데, 그 날 공부하는 내용은 프랑스 혁명 정부의 집정내각 시대에 관한 것이었다. 그 내용을 엿듣던 나는 놀라서 크게 눈을 떴다. 알고 보니 로렌스 브라운은 대단히 실력 있는 교사였고, 그 사실이 내게는 아주 큰 놀라움으로 느껴졌던 것이다. 그 사실을 알고 내가 왜 그렇게 놀랐는지 나 자신도 아리송했다. 하지만 그거야 어쨌든 애리스티드 레오니데스가 사람 볼 줄 아는 눈을 가진 노인이었다는 사실은 충분히 입증된 셈이다.

비록 외모야 생쥐처럼 볼품 없고 초라했지만 로렌스에게는 가르치는 아이들에게 학습의욕을 불러일으키고 상상력을 키워주는 아주 뛰어난 능력이 있었던 것이다. '테르미도르(프랑스 혁명의 11일째 되는 날)의 반동'의 극적인 드라마며 프랑스 혁명의 지휘자인 로베스 피에르에 대해 추방령을 내린 이야기, 뛰어난 인물이었던 바라의 이야기, 교활한 푸셰의 이야기—그리고 혁명 당시만 해도 먹을 것이 없어 굶주리던 젊은 포병 소위 나폴레옹 이야기 등등, 그 모든 것들을 아주 생생하고 실감나게 들려주고 있었다.

갑자기 로렌스가 강의를 그치고 유스터스와 조세핀에게 뭔가를 물어 본 모양이었다. 그러고 나서 그는 두 아이들에게 차례로 그 역사적인 사건에 나오는 인물들 역할을 해 보라고 시켰다.

조세핀은 감기가 들은 모양인지 목소리가 좋지 않아 별로 연기가 좋지 않았지만, 유스터스는 평소에 시무룩하던 모습과는 영 다르게 아주 좋은 연기를 해 보이는 것이었다. 그 연기로 보아 그 애에게는 좋은 두뇌와 빠른 머리 회전, 그리고 아버지에게서 물려받은 것이 틀림없는 날카로운 역사적 감각 등을 가지고 있는 것이 분명했다.

그때 의자를 뒤로 끄는 소리에 나는 얼른 문에서 물러나 복도 저편으로 걸어가 층계 뒤로 숨었다가 그들이 문을 열 때 마침 층계를 내려오는 척해 보였다.

처음에 나온 것은 유스터스와 조세핀이었다.

「안녕.」

내가 입을 열었다.

유스터스는 내 모습을 보자 조금 놀란 표정이었다. 그러더니 무슨 일로 오셨느냐고 예의 바르게 물었다. 하지만 조세핀은 내 존재 같은 것은 아랑곳하지 않고 내 곁을 휙 지나치는 것이었다.

「그냥 공부방을 좀 둘러보고 싶어서.」

나는 유스터스에게 좀 겸연쩍은 목소리로 대답했다.

「요전 날 보셨을 텐데요. 아이들 방인데 뭐 별것 있나요? 예전에는 여기가 놀이방이라서 아직도 장난감이 많이 있어요.」

그러고 나서 그는 문을 열어 나를 들여보내 주었다.

방안에는 로렌스 브라운이 책상 옆에 서 있었다. 그는 나를 쳐다보더니 얼굴을 붉히고는 내 인사에 대해 뭐라고 입 속으로 중얼거리면서 재빨리 방을 나갔다.

「아저씨 때문에 놀란 거예요.」

유스터스가 말했다.

「선생님은 아주 겁이 많거든요.」

「너는, 저 선생님이 좋으니, 유스터스?」

「아, 예, 좋은 분이거든요. 하지만 좀 멍청해요.」

「하지만 선생님으로서는 괜찮지?」

「예, 솔직히 말하면 아주 재미있는 선생님이세요. 아는 것이 굉장히 많아요. 우리들한테 여태까지 몰랐던 것을 아주 많이 가르쳐 주죠. 전 헨리 8세가 자기 부인이었던 앤 볼린(후에 헨리 8세에게 처형당함)에게 시를 써 준 것을 미처 몰랐어요. 그것도 아주 명랑하고 다정한 시를 말이에요.」

우리는 잠시 동안 영국 시인 콜리지의 작품인 '늙은 뱃사람의 노래' 이야기, 위대한 문필가인 초서 이야기, 그리고 십자군 전쟁 배후에 얽힌 정치적 내막, 중세 시대의 생활 이야기 등을 나누었는데, 그 중에서도 특히 유스터스는 올리버 크롬웰이 크리스마스를 축하하지 못하도록 금지한 이야기를 듣고 깜짝 놀라는 것이었다.

그것을 보고 나는 유스터스의 꼬이고 좀 괴팍한 모습 뒤에는 실은 호기심 많고 지적인 능력이 대단한 머리가 있음을 깨달았다. 그러고 나서 곧이어 나는 왜 그 애가 평소에 그렇게 꼬인 말을 잘하는지 알게 되었다. 즉 그의 병이 그에게 육체적으로도 시련이었을 뿐만 아니라, 한창 즐겁게 살아가고 있을 때 돌연히 좌절감을 안겨 준 요인이었던 것이다.

「전 다음 학기에는 축구팀에 들어가기로 되어 있어—유니폼 색깔까지도 정해 놓고 있었는데—이렇게 조세핀같이 조그맣고 엉뚱한 어린애랑 함께 집에서 공부를 해야 한다니 정말 화가 나요. 쳇, 겨우 12살짜리 애하고—.」

「그럴 거야. 하지만 둘이 똑같은 내용을 공부하는 건 아니잖니?」

「예, 그 애는 고등수학이나 라틴어는 배우지 않아요. 하지만 계집애랑 같이 한 가정교사한테 배우다니 자존심 상하잖아요.」

나는 조세핀이 제 나이치고는 아주 영리한 애가 아니냐고 하면서, 그의 남자로서 상처 입은 자존심을 위로해 주려 애썼다.

「그렇게 생각하세요? 제가 보기엔 제 동생 조세핀은 너무 조숙한 것 같아요. 게다가 그놈의 탐정놀이에 온통 정신이 팔려 있고—그 때문에 걸핏하면 여기저기 참견이나 하고 까맣고 작은 노트에 이것저것 적어 넣으면서 대단한 거나 찾아낸 듯이 구는 거예요. 하지만 제가 보기엔 아무것도 모르는 어린애일 뿐인걸요.」

유스터스가 거만한 어조로 내뱉었다. 그리고는 다시 입을 열었다.

「게다가 여자애가 탐정놀이라니 얼토당토않죠. 그래서 전 조세핀에게 그렇게 얘기해 주었어요. 그러고 보면 우리 엄마 말이 맞아요. 그 앤 되도록 빨리 스위스로 보내 버리는 게 좋아요.」

「그 애가 보고 싶지 않을 것 같니?」

「그런 어린애를요?」

유스터스가 다시 거만한 어조로 내쏘았다.

「그럴 리가 있어요? 쳇, 사실이지 이 집은 너무 갑갑해서 견딜 수가 없어요! 엄마는 언제나 런던을 오락가락하면서 그 따분한 극작가들한테 연극 대본을 자기한테 맞게 고쳐달라고 매달리기 일쑤고, 그런가 하면 아무것도 아닌 일을 갖고 온통 법석을 피우기도 해요. 아버지는 또 어떻고요—책에만 정신이 팔려 어느 때는 무슨 얘기를 해도 제대로 듣지도 않으신다니까요.

정말이지 제가 왜 이렇게 괴상한 부모님들 밑에서 태어났는지 모르겠어요. 게다가 로저 큰아버지는 너무 부산스럽고 수다스러워 상대도 하기 싫고요. 클리멘시 큰어머니는 좀 괜찮긴 하지만 이상한 것 같기도 하고 에디스 이모할머니도 괜찮긴 하지만 노인이라서 별로예요. 그래도 소피아 누나가 돌아온 뒤로는 집안이 좀 명랑해졌어요. 누나도 가끔은 성질이 뾰로통해지긴 하지만—그래도 집안이 워낙 이상한 집안이다 보니 어쩔 수 없죠, 그렇게 생각하지 않으세요? 계모 할머니라는 분이 누나 나이밖에 안 되니 말이에요. 정말 괴로운 일이지 뭡니까!」

나는 그 애의 기분을 어느 정도 이해할 수 있었다.

문득 나 역시 유스터스만한 나이 때는 아주 감수성이 예민했었음을 기억해냈다. 하지만 그 기억은 아주 가물가물했다. 어쨌든 나도 그 애 나이만 할 때에는 내가 조금이라도 다른 사람과 다르게 보이거나 내 친척들이 좀 유별나다거나 하면 괴로워서 미칠 것만 같았던 것이다.

「할아버지에 대해서는 어떠냐?」 내가 물었다.

「넌 할아버지를 좋아했니?」

그러자 유스터스의 얼굴에 좀 이상한 표정이 번뜩였다.

「할아버지는—아주 반사회적인 인물이셨어요!」

「어떤 면에서?」

「그분은 무슨 일을 하건 영리적인 것밖에는 생각하지 않으셨으니까요. 로렌스 선생님은 그런 태도는 아주 나쁜 거라고 했어요. 게다가 할아버지는 너무 개인주의였어요. 전 그런 태도는 버려야 한다고 생각했죠. 아저씨는 그렇게 생각하지 않으세요?」

「글쎄—.」

나는 좀 잔인하게 말했다.

「어쨌든 이미 돌아가신 걸 뭐.」

「솔직히 말해 잘 된 거죠. 이런 무정한 이야기는 하고 싶지 않지만, 사실 그 연세까지 살아본들 사는 게 뭐 재미있겠어요!」

「그랬을까?」

「그럼요. 어쨌든 할아버지는 돌아가실 때도 되었어요. 할아버지는……」

그때 로렌스 브라운이 공부방으로 돌아오는 바람에 유스터스는 말을 멈추었다.

로렌스는 방에 들어와 책을 뒤적거리는 척했지만, 나는 그가 곁눈질로 흘끔흘끔 내 쪽을 보고 있다는 것을 알아차렸다.
 갑자기 로렌스가 자기 손목시계를 보며 말했다.
「유스터스, 정각 11시에 다시 여기로 오도록 해라. 요 며칠 간 쓸데없이 시간만 낭비하고 공부를 못했으니까.」
「예, 선생님.」
 유스터스는 유유자적 휘파람을 불며 방 밖으로 나섰다.
 곧 이어 로렌스 브라운이 내 쪽을 흘끗 쳐다보더니 두어 번 입술을 축였다. 그것을 보고 그가 이 방에 돌아온 것은 나에게 무슨 할 말이 있기 때문이라는 것을 알았다.
 이어 그는 잠시 동안 괜히 책들을 들었다 놓았다 하며 없어진 책을 찾는 척하더니 결국 입을 열었다.
「저—그 사람들은 지금 어떻게 하고 있습니까?」
「그 사람들이라니요?」
「경찰 말입니다.」
 그의 코가 찡긋 움직였다. 드디어 쥐가 덫에 걸렸구나! 나는 속으로 이렇게 생각했다.
「뭐, 나 같은 사람한테 좀처럼 정보를 털어놓나요.」
 내가 대답했다.
「아, 예. 하지만 댁의 아버님께서는 경시청 부총감이 아니신가요…….」
「그건 그렇죠. 하지만 아무리 아들이라고 해도 직무상의 비밀을 함부로 알려 주지는 않는답니다.」
 나는 일부러 거만한 투로 이렇게 대답했다.
「그럼 역시 당신도 모르시는군요. 경찰이 어떻게……뭘 알아냈는지……만일 알아냈다면…….」
 그는 말꼬리를 흐렸다.
「하지만 뭘 알아냈다고 해도 사람을 금방 체포하거나 그렇지는 않겠죠?」

「내가 알기론 그렇습니다. 하지만 내가 얘기한 것 같이 뭔가 있긴 한데 내가 모르고 있을 수도 있죠.」

'범인들을 도망가게 해야 합니다.'

태버너의 말이 떠올랐다.

'놀라게 해서 도망가게 하는 겁니다.'

그런데 지금 보니 로렌스 브라운이 바야흐로 놀라기 시작하고 있었다. 곧이어 그가 빠르고 신경질적인 어조로 입을 열었다.

「당신은 모르실 겁니다……그 긴장감이 어떤 건지 말입니다……대체 뭐가 뭔지……, 걸핏하면 경찰이 와 가지고 이것저것 캐묻기만 하고……게다가 내가 보기엔 이번 사건하고 아무 관계도 없는 질문만 해대니…….」

그가 잠시 말을 멈추는 바람에 나는 잠자코 그의 다음 말을 기다렸다. 그는 지금 나에게 이야기를 하고 싶어하는 것이다! 그렇다면 이야기를 시켜라!

「저번에 태버너 주임경감이 얼토당토않은 추측을 얘기할 때 당신도 거기 있었지요? 레오니데스 부인과 나 사이에 대해서 말입니다……. 하지만 그건 말도 안 되는 소리예요. 사람들이 그런 소리를 할 때면 당사자는 정말 기가 막힌답니다. 그게 아니라고 해 보았자 사람들이 일단 그렇게 생각한 이상 도리가 없거든요. 게다가 그건 정말 아주 못된 누명이에요. 부인이—부인이 돌아가신 자기 남편보다 훨씬 젊다는 이유만으로 그런 누명을 씌우다니—인간의 마음이란 사악하기 그지없어요. 하지만 난 이건 분명 누군가가 짠 각본이라는 생각이 들어요.」

「각본이라고요? 그거 재미있는 말이군요.」

사실 로렌스의 입장으로서는 별로 재미있지 않겠지만 내게는 아주 재미있는 생각으로 여겨졌다.

「레오니데스 집안 식구들은 나를 한번도 따뜻하게 대해 준 적이 없어요. 은근히 날 멀리하는 거죠. 내가 보기엔 그 사람들은 날 경멸하고 있습니다.」

그 말을 하는 그의 손은 떨리고 있었다.

「이유는 단지 자신들이 돈이 많고 힘이 있다는 것뿐입니다. 그렇기 때문에 그 사람들은 돈도 없고 힘도 없는 나를 깔보는 거지요. 대체 나란 존재가 그들에게 뭐겠습니까? 그저 가정교사에 지나지 않습니다. 게다가 비열한 전쟁기피자일 따름입니다. 하지만 내가 전쟁에 나가지 않은 것은 양심에 따른 결정이었어요. 정말입니다!」

나는 아무 대꾸도 없이 묵묵히 듣고만 있었다. 그는 흥분한 어조로 분통을 터뜨렸다.

「그렇다고 해도 좋아요. 내가 진짜로—두려워했다고 해도 그게 어쨌다는 겁니까? 난 혹시나 잘못을 저지르지 않을까 해서 두려워했던 거죠. 내가 죽이려는 상대방이 진짜 나치 당원인지 어떻게 알겠습니까? 오히려 정치적인 사상이니 그런 것은 잘 알지도 못하면서 그저 나라를 지키기 위해 전쟁터에 나온 순진한 시골 총각일 수도 있지 않겠습니까? 난 전쟁이란 크나큰 죄악이라고 생각합니다. 아시겠어요? 전쟁은 크나큰 죄악일 뿐이란 말입니다.」

나는 여전히 아무런 대꾸도 하지 않았다. 침묵이 오히려 이러니 저러니 입으로 떠드는 것보다 더 효과적으로 말을 시키는 방법이라고 생각했기 때문이다. 내 생각대로 이제 로렌스 브라운은 자문자답을 하면서 자신을 자꾸만 폭로하고 있었다.

「모두들 날 비웃었죠.」

그의 목소리가 떨려나왔다.

「난 언제나 사람들이 비웃는 짓을 하는 경향이 있습니다. 그렇다고 내가 용기가 없어서 그런 건 아닙니다만—엉뚱한 일을 곧잘 하기 때문이죠. 한 번은 불이 난 집에 여자가 갇혀 있다고 해서 그 여자를 구하러 뛰어든 적이 있었죠. 그런데 그만 집 안에서 길을 잃고 말았습니다. 그리고는 연기 때문에 질식했는데 그 덕분에 소방관이 날 찾는 데 아주 애를 먹었다는 겁니다. 그때 사람들의 말소리가 들리더군요. '이 바보 같은 작자가 왜 우리한테 맡기지 않고 이런 짓을 했지?' 결국 내 노력은 수포로 돌아가고 말았죠. 지금도 마찬가지입니다.

내가 아무리 노력해 보았자 모든 사람들이 전부 나를 의심하고 있으니 소용없는 거죠. 레오니데스 씨를 살해한 범인이 그렇게 꾸며 놓았으니 난 도리 없이 의심받을 수밖에 없습니다. 누군가가 나를 없애 버리려고 그 노인을 살해한 겁니다.」

「레오니데스 부인은 어떨까요? 혹시 그분이 살인을 한 것은 아닐까요?」

그는 내 말에 얼굴을 붉혔다. 그 모습을 보니 그때서야 그의 얼굴이 생쥐가 아니라 사람 같아 보였다.

「레오니데스 부인은 천사 같은 사람입니다. 자기보다 훨씬 나이 많은 남편에게도 정말 상냥하고 친절하게 대해 주었죠. 훌륭한 분이세요. 그런데 그런 분이 독살을 하다니. 어처구니없는 소리죠—배꼽이 다 웃을 소립니다! 그런데도 그 멍청한 주임경감은 그걸 모르고 있습니다!」

「선입견 때문이겠죠. 자신이 일해 본 경험으로 미루어 볼 때 늙은 남편을 살해한 젊고 예쁜 부인들이 아주 많았으니까요.」

「정말 비위 상하는 작자들이에요.」

그러고 나선 그는 방구석에 있는 책장으로 가더니 이것저것 책을 뒤적거리기 시작했다. 이제 그에게서 더 캐낼 것도 없는 듯했으므로 나는 어슬렁거리며 방을 나왔다.

복도를 걸어가고 있자니까 갑자기 왼쪽 복도에 있는 문이 홱 열리더니 조세핀이 튀어나오는 바람에 나와 부딪힐 뻔했다. 그 애가 갑작스레 튀어나왔기 때문에 나는 한 순간 옛날 팬터마임에 나오는 악마가 나타난 게 아닌가 하는 생각까지 들 정도였다.

조세핀은 얼굴과 손이 지저분한 채 한쪽 귀에는 커다란 거미줄을 늘어뜨리고 있었다.

「아니, 대체 어디 있다 나온 거냐, 조세핀?」
나는 그 애의 등 뒤로 반쯤 열린 문 안을 들여다보았다.
그곳엔 두 계단짜리 층층대가 있었는데, 층층대 위에는 다락방처럼 생긴 둥그스름한 방이 있었고, 그 안에 커다란 물통이 몇 개 놓여진 것이 희미한 불빛에 드러나 보였다.
「물탱크 저장실에 있었어요.」
「왜 그런 곳에 있었지?」
조세핀은 사무적인 태도로 짧게 대답했다.
「탐정놀이를 하고 있었어요.」
「탐정놀이라니, 물탱크 저장실에서 말이냐?」
하지만 내 말에 조세핀은 엉뚱한 대답만 했다.
「가서 손 좀 씻어야겠어요.」
「물론 씻어야지.」
조세핀은 가까운 욕실로 들어가더니 뒤를 돌아보며 말했다.
「이젠 다음 살인이 일어날 때예요, 그렇다고 생각하지 않으세요?」
「그게 무슨 소리냐, 다음 살인이라니?」
「책에 보면 언제나 이맘때쯤이면 두 번째 살인이 일어나잖아요. 범인이 누군지 아는 사람이 미처 그걸 폭로하기 전에 범인에게 당하고 마는 거죠.」
「넌 탐정소설을 너무 많이 읽는구나, 조세핀. 하지만 실제 현실은 그렇지 않아. 만일 이 집 안의 누군가가 뭘 알고 있다 하더라도 그 사람은 결코 그걸 입 밖에 내서 말하지 않을걸.」
조세핀의 대답이 물소리 때문에 좀 희미하게 들렸다.
「사람들이 자기가 뭘 알고 있다고 생각해도 실은 제대로 모르는 경우가 많아요.」
나는 눈을 깜박이면서 그 말뜻을 생각해 보려고 애썼다. 하지만 곧 포기하고 조세핀이 세수를 하도록 내버려둔 채 아래층으로 내려갔다.
내가 현관문을 열고 나가 층계를 내려가려고 할 때 브렌다가 살며

시 거실 문을 열고 나왔다. 그녀는 내 옆으로 오더니 한 손을 내 팔에 얹고는 내 얼굴을 올려다보았다.
「그래, 일이 어떻게 되어가나요?」 그녀는 이렇게 물었다.
「글쎄, 뭐 별로…….」
그러자 그녀는 길게 한숨을 내쉬었다.
「난 정말 무서워요, 찰스. 너무 무서워서…….」
그녀는 정말 불안해하는 것 같았다. 나에게도 그녀의 불안감이 그대로 전해져 왔다. 나는 그녀를 안심시켜 주고 도와주고 싶었다.
지금 보니 모두들 자기를 적대시하는 가운데 가엾게도 혼자 곤경을 견뎌야 하는 그녀의 모습에 다시 한번 애달픈 동정심이 드는 것이었다. 그녀는 이렇게 외치고 싶었을 것이다.
'누구 내 편이 되어 줄 사람 없어요?'라고—.
그 질문에 대한 대답은 어떤 것일까? 로렌스 브라운? 하지만 로렌스 브라운이란 인간은 어려운 일에 처하면 조금도 힘을 못 쓰는 그런 인물이 아니던가? 그 역시 깨지기 쉬운 그릇 같은 사람이었던 것이다. 나는 전날 밤 그들 두 사람이 정원에서 나오던 모습을 머릿속에 떠올렸다. 정말이지 나는 그녀를 도와주고 싶어 견딜 수가 없었다. 하지만 내가 해 줄 수 있는 일이란 실상 별로 없었다.
게다가 나는 마음 속으로 죄를 지은 듯한 기분이 들었다. 소피아가 '그러면 그렇지.' 하는 눈길로 나를 쏘아보는 것 같았기 때문이었다.
나는 소피아의 말을 잠시 되씹어 보았다.
'브렌다가 당신을 손아귀에 넣은 모양이군요.' 하던 말을—.
하지만 소피아는 브렌다의 입장이라는 것을 조금도 생각해 보지 않은 것이다. 아니, 생각해 보려고도 안 했다는 편이 옳을 것이다. 지금 브렌다는 살인자로 혐의를 받고 있으며, 그 누구도 도와주는 사람 없이 외로운 입장인데도—.
「내일 검시재판이 있대요.」
브렌다가 다시 입을 열었다.

「그럼, 대체—어떻게 될까요?」
그 점에 있어서 만은 나도 그녀를 안심시켜 줄 수 없었다.
「아무 일도 없을 겁니다. 그 일에 대해선 걱정하실 필요 없습니다. 좀더 자세한 조사를 하기 위해 검시재판은 연기될 테니까요. 물론 그렇게 되면 신문들이 제멋대로 떠들어대겠죠. 사실 지금까지는 신문에서 레오니데스 씨의 죽음이 자연사가 아니라는 기사를 내지 않았거든요. 레오니데스 집안은 상당히 영향력 있는 집안이랍니다. 하지만 검시재판이 연기되면—그때는 일이 재미있어지는 거죠.」
무슨 엉뚱한 소리람! '재미'라니! 대체 왜 그따위 표현을 쓴 걸까?
「다들—무섭게 달려들까요?」
「제가 부인이라면 어떤 질문에도 대답하지 않겠습니다. 브렌다, 부인은 그보다 변호사를 우선 찾아야 할겁니다.」
그녀는 놀라서 '흑' 하고 숨을 들이쉬며 뒤로 물러섰다.
「아니, 아니, 부인이 생각하는 그런 의미의 변호사가 아니고요.」
내가 재빨리 덧붙였다.
「그러니까 제 말은 부인 편에서 부인 입장을 돌보아 주고 일이 어떻게 되어 가는지 가르쳐주기도 하면서, 또 부인이 해도 될 말과 해도 되는 행동, 혹은 그 반대의 것에 대해 일러 줄 사람이 필요하다는 뜻이죠. 아시다시피 부인은 지금 완전히 외톨이 같은 신세니까요.」
갑자기 그녀는 내 손을 더 꼭 틀어쥐었다.
「그래요, 정말 당신은 내 처지를 이해해 주는군요. 당신 말 덕분에 도움이 되었어요. 너무나 큰 도움이 되었어요……」
나는 왠지 훈훈하고 흐뭇한 마음으로 층계를 내려갔다. 그런데 그 현관문 옆에 소피아가 서 있는 것이었다.
그녀는 차갑고 쌀쌀한 어조로 입을 열었다.
「아주 오래 계시는군요. 참, 런던에서 당신 아버님한테 전화가 왔어요. 당신을 바꿔 달라시더군요.」
「경시청에서 말이오?」

「예.」
「무엇 때문에 그러시지? 아무 말씀도 없으셨소?」
소피아는 고개를 내저었다.
그녀의 눈에는 근심하는 빛이 어려 있었다. 나는 그녀를 끌어안으며 말했다.
「걱정할 것 없어요, 달링. 곧 돌아올 테니.」

제17장

내가 아버지의 사무실에 들어가 보니 그곳에는 어딘가 긴장된 분위기가 감돌고 있었다. 아버지는 집무용 책상에 앉아 있었고, 태버너 주임경감은 창틀에 기대어 서 있었다. 또 손님용 의자에는 게이츠킬 변호사가 성난 듯한 표정으로 앉아 있었다.
「증거가 너무 모자랍니다.」
변호사가 씁쓰레한 표정으로 말했다.
「아, 물론, 물론이오.」
아버지가 그를 달래는 듯한 투로 말했다.
「아, 찰스, 너 왔니―마침 잘 왔구나. 좀 놀랄 일이 생겼단다.」
「전례가 없는 일이죠.」
게이츠킬 씨가 다시 입을 열었다.
키 작은 변호사는 무슨 일 때문인지 단단히 화가 나 있었다. 그리고 그 뒤에서는 태버너 주임경감이 나를 향해 싱긋 웃었다.
「내가 이 애한테 다시 설명해도 되겠소?」
아버지는 게이츠킬 씨에게 양해를 구하더니 나를 향해 말했다.
「게이츠킬 씨가 오늘 아침에 깜짝 놀랄 만한 전갈을 받았다는 구나. 애그로드폴러스 씨라고 델포스 레스토랑을 경영하는 사람이지. 아주 나이 많은 그리스 사람인데, 청년 시절에 애리스티드 레오니데스한테 사업에 도움을 받은 이후로 퍽 친하게 지내왔다는 거야. 그리고는 언제나 자기 친구이자 은인인 레오니데스 씨한테 감사의 마음을 갖고 있었다는 거지. 그리고 레오니데스 씨 역시 그 사람을 퍽 신뢰하고 의지했다는 구나.」
「난 레오니데스 씨가 그렇게 의심이 많고 비밀도 많은 사람인 줄 미처 몰랐습니다.」

게이츠킬 씨가 도중에 끼여들었다.

「하기야 나이도 많이 들었고 노망이 나서 그런 건지도 모르겠지만…….」

「국적이 같아서 그 사람한테 애착을 느낀 모양이오.」

아버지가 온화한 어조로 말했다.

「게이츠킬 씨, 당신도 아시다시피 누구나 나이를 많이 먹으면 자기가 젊었던 시절이며, 젊은 시절에 사귀었던 친구들한테 자꾸만 마음이 가게 마련 아니오.」

「하지만 레오니데스 씨의 일을 40년 이상 맡아 온 내가 모르는 일이 있었다니 기가 막히지 않습니까?」

게이츠킬 씨가 대꾸했다.

「아니, 정확하게 말하면 43년하고도 6개월이지요.」

그러자 태버너가 다시 싱긋 미소를 지었다.

「도대체 무슨 일이기에 그러십니까?」

내가 물었다.

그러자 게이츠킬 씨가 대답하려고 입을 열었는데, 아버지가 그보다 먼저 선수를 쳤다.

「애그로도폴러스 씨 얘기로는 자신이 이렇게 편지를 보내는 것은 친구인 레오니데스가 지시한 내용에 따르기 위한 것이라는 거야. 간단히 말해 1년 전 그는 레오니데스로부터 밀봉 봉투 한 통을 받았는데, 레오니데스의 말이 자신이 죽으면 그 봉투를 게이츠킬 씨에게 보내라고 했다는구나. 만일 애그로도폴러스 씨가 레오니데스보다 먼저 죽을 경우는 애그로도폴러스 씨의 아들이—레오니데스의 양아들이기도 하지—그 지시를 이행해 주기로 되어 있었지. 애그로도폴러스 씨는 편지를 지금에야 보내는 걸 용서해 달라고 하더라. 자기는 그 동안 폐렴으로 병석에 누워 있었기 때문에 어제 오후에서야 옛친구가 죽은 걸 알았다고 하면서—.」

「정말 처음부터 끝까지 납득이 안 가는 일투성이로군요.」
게이츠킬 씨가 다시 중간에 끼어들었다.
「게이츠킬 씨는 그 봉함을 뜯고 내용물을 보고는 그것이 자신의 의무에 속하는 일이라서—.」
「상황이 이러하니 당연하죠.」
게이츠킬 씨가 또 나섰다.
「우리에게 그 봉투를 보여 주어야 한다고 생각하신 거지. 그 안의 내용물은 유언장하고 그 내용을 설명하는 편지 등이었는데, 그 유언장에는 정식으로 사인이 되어 있고 유언장이 진짜라는 보증인까지 찍혀 있었다는 거야.」
「그럼 이제 마침내 유언장이 나타난 거로군요?」
내가 물었다.
그러자 게이츠킬 씨의 얼굴이 약간 붉으락푸르락해졌다. 그리고는 으르렁거리듯 소리쳤다.
「그런데 그게 내가 레오니데스 씨의 부탁을 받고 작성한 그 유언장하고 틀리단 말입니다! 이 유언장은 그 사람이 직접 손으로 쓴 건데, 법률을 잘 모르는 문외한이 이런 짓을 한다는 건 정말 위험하기 짝이 없는 일입니다. 그런 걸 보면 레오니데스 씨가 날 완전히 바보로 만들려고 벌인 짓이 분명해요!」
태버너 주임경감은 게이츠킬 변호사가 분통을 터뜨리자 그것을 가라앉히려고 애썼다.
「그분은 나이 많은 노인이었습니다, 게이츠킬 씨. 나이를 먹으면 사람들은 괴팍한 짓을 곧잘 하지 않습니까. 머리가 나빠진다기보다 그냥 좀 이상해지는 거죠.」
하지만 게이츠킬 씨는 코를 홍홍거리며 코웃음을 칠 뿐이었다. 아버지가 다시 말을 이었다.
「그 유언상을 보고 게이츠킬 씨가 우리에게 전화를 걸어 유언장의 내용을 대략 알려 주시기에 내가 그보다는 유언장과 편지를 갖고 직접 오시기를 부탁했지. 그러고 나서 너한테도 전화를 한 거란다.」

나는 아버지가 왜 나한테 전화를 걸었는지 알 수 없었다. 아버지나 태버너 주임경감의 직무 성질로 볼 때 있을 법하지 않은 일이었기 때문이다. 나야 가만히 있어도 자연히 그 유언장에 대해 알게 될 테고, 또 레오니데스 노인이 어떤 방법으로 자기 유산을 처리했느냐 하는 것은 전혀 내가 알 바가 아니지 않은가.

「다른 유언장이라고요? 그러니까 그 유언장에는 재산처분이 다른 식으로 되어 있단 말씀이죠?」

「바로 그렇소.」

게이츠킬 씨가 대답했다.

아버지는 나를 바라보고 있었다. 그런데 태버너 주임경감은 오히려 나를 바라보지 않으려고 신경을 쓰고 있었다. 나는 어쩐지 거북한 느낌이 들었다.

그들 두 사람의 머릿속에 지금 무슨 생각이 있긴 있는 모양인데—그게 무엇인지 도무지 알 수가 없는 것이었다.

나는 대체 무슨 일이냐는 표정으로 게이츠킬 씨를 바라보았다.

「사실 뭐 제가 알 일은 아니지만—.」

내가 말하자 그는 내 말을 끊고 입을 열었다.

「레오니데스 씨의 유산 처리문제는 사실 비밀이 아닙니다. 나는 그 유언장에 대한 사실을 경찰 관계자에게 우선 알리고, 그 다음에 그분의 지시에 따라 다음 조치를 취하는 것이 내 의무라고 생각했지요. 그런데 내가 알기론—.」

여기서 그는 말을 끊었다가 다시 입을 열었다.

「내가 알기론 당신하고 소피아 레오니데스 양 사이에는—글쎄, 뭐랄까, 피차 양해가 되어 있다던데—?」

「전 그녀와 결혼할 생각입니다.」 내가 대답했다.

「하지만 현재 상황에서는 그녀가 약혼을 승낙하지 않을 겁니다.」

「물론 그렇겠지요..」

게이츠킬 씨가 대꾸했다.

나는 그의 말에 반박하고 싶었지만 지금은 그런 것을 가지고 따질 때가 아니므로 그만두었다. 게이츠킬 씨가 다시 말을 이었다.

「이 유언장에 따르면 작년 11월 29일자로 레오니데스 씨가 자기 아내에게 10만 파운드를 남겨 주고, 그 나머지 동산과 부동산은 모두 그의 손녀딸인 소피아 캐서린 레오니데스 양에게 물려주는 것으로 되어 있습니다.」

나는 '흑' 숨을 들이마셨다. 그것은 내가 상상도 못한 일이었기 때문이다.

「유산을 몽땅 소피아에게 물려준다고요? 정말 믿어지지 않는 일이군요. 대체 그 이유가 뭘까요?」

「그 이유는 여기 첨부된 편지에 상세하게 적혀 있단다.」

아버지가 내게 설명해 주었다. 그러면서 아버지는 자신이 앉은 책상에서 종이 한 장을 집어 들었다.

「이 편지를 찰스가 읽게 해도 괜찮겠지요, 게이츠킬 씨?」

「그거야 제가 참견할 일이 아니죠.」

게이츠킬 씨가 다소 냉랭한 어조로 대답했다.

「그 편지가 최소한 이 일에 대해 설명은 될 테니까요. 그리고 저한테는 좀 미심쩍지만, 어쨌든 레오니데스 씨의 이상한 행동에 대한 변명이 될 수도 있고요.」

아버지는 그 편지를 내게 건네주었다.

그 편지는 까만 잉크로 아주 작게 쓴 필체였다. 그 편지 내용은 편지 형식을 그다지 까다롭게 지킨 것은 아니었다. 그런 까다로운 편지 형식은 글을 읽고 쓸 줄 아는 능력을 아주 힘들여 배우고 또 귀중하게 여겼던 지난 시대의 유물이 된 지 오래였으니까. 그 편지 내용은 다음과 같다.

친애하는 게이츠킬

자네가 이 편지를 받으면 놀라고 또 불쾌하게 여길 게 틀림없을 걸세. 하지만 내가 이처럼 자네가 보기엔 필요 이상으로 비밀을 숨기는 듯한 행동을 하는 것은 다 그만한 이유가 있기 때문이라네. 사실 나는 오랜 세월 동안 개인이라는 존재를 믿어 온 사람이었네. 내가 어린 시절에 관찰하여 절대 잊지 않고 있는 진리에 의하면 한 가족 안에는 언제나 꼭 하나쯤 강한 개성을 지닌 사람이 있기 마련이라네. 그리고 다른 가족들을 돌봐주고 그들의 짐을 떠맡아 어깨에 지게 되는 사람은 대개 바로 그 강한 개성을 지닌 사람이기 마련이지. 그런데 우리 집안에서는 내가 바로 그런 사람이었네.

나는 런던에 온 뒤 자수성가를 하여 스미르나에 있는 어머니와 조부모를 부양했고, 내 남동생 하나를 법률의 그물 망에서 구해 냈으며, 내 여동생 하나가 불행한 결혼으로 괴로워하는 것을 구해 주어 자유롭게 해 주었지. 그밖에도 그런 종류의 일들은 많았지. 다행히도 신께서 내게 장수를 누리게 해주셨기 때문에 나는 내 자식들과 손자들을 직접 보살필 수 있게 되었다네. 그 중에서는 나보다 먼저 저 세상으로 간 아이들도 많았지만, 다행스럽게도 그 나머지 아이들은 전부 내 집에 모여 살고 있지. 하지만 내가 죽게 되면 누군가 다른 사람이 그 동안 내가 짊어져 온 그 짐을 물려받게 될 테지.

사실 나는 그 동안 내 유산을 가족들에게 골고루 똑같이 나누어줄까 어쩔까 생각해 왔었네. 그렇게 해 보았자 반드시 그 결과까지 골고루 똑같이 나오는 것은 아니라네. 인간이란 어차피 동등하게 태어난 것이 아닐세. 신은 원래 인간에게 모두 똑같이 동등한 능력을 주지 않았기 때문에 인간으로서는 불평등한 것을 바로잡기 위해 노력해야 하는 거지. 다시 말하자면 내가 죽은 뒤에는 누군가 내 후계자가 되어(그게 남자가 될지 여자가 될지는 알 수 없지만) 나머지 가족들을 돌보는 책임을 떠맡아야 한다는 걸세. 그런데 막상 주의 깊게 관찰해 보니 내 아들 중에서는 이러한 책임을 떠맡을 만한 인물이 없더란 말일세.

사랑하는 내 아들 로저는 사업에 대한 감각이 없어. 물론 인품이야 더없이 좋지만, 너무 충동적이어서 사업에 대한 적절한 판단을 내리기에는 모자라거든. 그리고 또 필립은 자기 자신에 대해 너무나 자신감이 없는 나머지 현실에서 도피하려고만 한다네. 손자인 유스터스는 아직 너무 어리고, 또 가장 역할을 하는 데에 필요한 분별력과 판단력이 없지. 게다가 그 애는 게으르고 귀가 얇아 사람들 말에 금방 넘어가거든. 결국 내가 보기엔 손녀딸인 소피아만이 그 일에 필요한 훌륭한 자질들을 갖고 있는 것 같아. 그 애는 머리도 좋고 판단력과 용기도 있는 데다 누구에게나 공평하게 편견 없이 대하는 심성을 갖고 있고, 또한 아주 관대하기까지 하다네.

그래서 나는 그 애에게 우리 가족들의 행복—그리고 일생 동안 우리 가족들을 위해 헌신적으로 사랑을 쏟아 온 고맙고도 친절한 처형 에디스 드 하빌랜드의 행복을 맡기려고 하는 것일세. 이젠 내가 동봉한 유언장에 대해 납득이 갔을 테지.

하지만 한 가지, 내가 왜 이 일을 숨겨왔느냐 하는 것만은 참으로 설명하기 어렵네. 특히 내 오랜 친구인 자네한테 말일세. 사실 난 사람들이 내 유산 분배 문제에 대해서 이러쿵저러쿵 쑥덕공론을 하고 싶지는 않았다네. 그리고 내가 소피아를 후계자로 삼으려고 한다는 사실을 가족들에게 미리 알리고 싶지도 않았고. 내 두 아들들은 이미 적잖은 재산을 미리 물려받은 터이니. 내가 이렇게 유산을 분배한다고 해도 돈이 없어 곤경에 처하지는 않을 걸세. 하지만 가족들의 호기심과 구구

한 억측을 막기 위해 나는 일부러 자네에게 엉뚱한 유언장을 작성하게 한 것일세. 그리고는 그 유언장을 가족들이 모인 자리에서 크게 읽고는 책상 위에 놓고 그 위에 압지를 덮은 뒤 하인 두 명을 불렀지. 하인들이 왔을 때 나는 그 압지를 조금 위로 밀쳐놓아 유언장 끝 부분이 보이도록 한 뒤에 내 이름을 서명하고, 또 그들의 이름을 서명하게 했어.

나와 하인들이 서명한 그 유언장이 바로 지금 내가 동봉한 유언장이며, 자네가 작성하고 내가 큰소리로 읽은 그 유언장이 아니란 것은 뭐 새삼 말할 필요도 없겠지. 내가 왜 이런 속임수를 썼는지에 대해 자네가 너그러이 이해해 줄 거라고는 감히 바라지 않네. 그저 내가 이 일을 자네에게 비밀로 한 것을 용서해 주기만 바라는 바일세. 늙은이란 원래 이렇게 자질구레한 비밀이라도 숨기길 좋아하는 법이라서 말이야.

내 친구여, 오랜 세월 동안 내 일을 맡아 열심히 뛰어 준 자네에게 다시 감사를 드리는 바일세. 부디 소피아에게 내 사랑을 전해 주게. 그리고 그 애에게 우리 가족들을 잘 보살피고 그들이 어려운 일을 겪지 않도록 힘써 달라고 전해 주게.

자네의 진실한 벗
애리스티드 레오니데스 씀

나는 이 놀라운 유언장을 굉장히 호기심을 갖고 읽어 내려갔다.
「정말 믿을 수 없는 일이군요.」
마침내 내가 입을 열었다.
「믿을 수 없는 일이고말고요.」
게이츠킬이 이렇게 말하며 자리에서 일어났다.
「되풀이해 말씀드리지만 내 친구인 레오니데스 씨는 나를 믿었어야 했습니다.」

그러자 아버지가 나섰다.

「아니, 그렇지 않소, 게이츠킬 씨. 그 사람은 원래 날 때부터 좀 유별난 사람이었으니까. 이렇게 말하면 어떨지 모르지만 그 사람은 만사를 좀 괴팍하고 비뚤어진 방식으로 하기를 좋아했던 겁니다.」

「예, 바로 그렇습니다.」

주임경감이 끼여들었다.

「유별난 사람 중에서도 특히 유별난 사람이었죠!」

태버너의 말투는 다소 격했다.

게이츠킬은 분이 풀리지 않은 채 방을 나갔다. 직업상의 자존심이 깊이 상했던 것이다.

그 모습을 보고 태버너가 말했다.

「정말 기분이 되게 상한 모양입니다. 게이츠킬, 캘럼 앤드 게이츠킬 법률사무소는 신망이 높은 곳이었거든요. 그 사람한테 속임수 같은 것은 통하지 않았지요. 죽은 레오니데스 씨도 좀 뒤가 구린 사업상 거래를 할 때면 절대 그 법률사무소에는 의뢰하지 않았죠. 안 그래도 자기 일을 도와주는 변호사 사무소는 반 다스나 있었으니까요. 예, 정말 유별난 사람이었던 셈입니다.」

「하지만 이번 유언장만큼 유별난 짓은 없었을걸.」

아버지가 말했다.

「우리도 바보였습니다.」 태버너가 다시 말을 이었다.

「잘 생각해 보면 유언장에 뭔가 트릭을 쓸 수 있었던 사람은 노인 한 사람뿐이었는데 말이죠. 그런데도 우리는 그 노인이 그런 짓을 했다고는 꿈에도 생각을 못하고 있었으니―.」

그때 문득 나는 경찰이란 죄다 바보들뿐이라고 말하던 조세핀의 거만한 미소가 생각났다.

하지만 조세핀은 유언장이 낭독되던 때 그 자리에 없었다. 그리고 만일 그 애가 문 밖에서 엿듣고 있었다 하더라도―그럴 가능성도 충분히 있으니까!—방 안에서 자기 할아버지가 속임수를 쓰는 것까지야 알 수 없을 게 아닌가. 그렇다면 그 애의 그 거만한 미소는 어떻게 된 걸까? 대체 뭘 알고 있기에 그 애는 경찰이란 모두 바보들뿐이라고 그렇게 자신만만하게 말하는 것일까? 아니면 그저 허장성세에 불과한 것인지도 모른다.

갑자기 방안에 정적이 감도는 바람에 나는 홱 고개를 들었다.

아버지와 태버너가 나를 지켜보고 있었던 것이다. 그들의 그러한 눈길을 느끼자 나는 도전적으로 말문을 열었다. 하지만 내가 왜 도전적인 심정이 되었는지는 나 자신도 알 수가 없었다.

「소피아는 이 일에 대해 아무것도 모릅니다! 정말 아무것도 몰라요!」

「그게 정말이냐?」 아버지가 말했다.

하지만 그것이 내 말을 수긍하는 것인지, 아니면 질문을 하는 것인지는 역시 알 수 없었다.

「아마 이 일을 알면 소피아는 기겁하며 놀랄걸요!」

「그래?」

「예, 기겁할 만큼.」

잠시 말이 끊어졌다.

그때 갑자기 아버지의 책상 위에 놓인 전화가 요란스럽게 울리기 시작했다. 가뜩이나 방안이 조용하던 터라 그 벨 소리는 유별나고 요란스럽게 들렸다.

「여보세요?」

아버지는 수화기를 들고는 귀를 기울이더니 다시 말했다.

「그래, 연결시켜 줘.」

그러고 나서 아버지는 나를 바라보았다.

「소피아라는 구나. 우리한테 얘기할 것이 있다는데. 급한 일이래.」

나는 아버지에게서 수화기를 받아들었다.

「소피아?」

「찰스, 당신이에요? 조세핀—조세핀이에요!」
그녀의 목소리는 갈라져 있었다.
「조세핀이 어떻게 되었는데?」
「머리를 얻어맞았어요. 뇌진탕이래요. 그 애……그 애 지금 아주 중태예요……. 소생하지 못할지도 모른대요…….」
나는 아버지와 태버너 주임경감을 바라보았다.
「조세핀이 머리를 얻어맞아 쓰러졌답니다.」
아버지는 내게서 수화기를 빼앗아들더니 날카롭게 내쏘았다.
「그 애를 항상 주의해서 보라고 하지 않았니!」

제18장

태버너와 나는 곧장 경찰차에 뛰어올라 스윈리 딘을 향해 차를 몰았다. 달리는 도중에 나는 조세핀이 물탱크 저장실에서 나오며 '이제 두 번째 살인이 일어날 시간'이라고 하던 그 묘한 말을 기억해냈다.

가엾게도 그 애는 자신이 '두 번째 살인'의 희생자가 될지도 모른다는 생각은 꿈에도 해 보지 않았을 것이다. 나는 아버지가 나를 꾸짖은 것도 당연하다는 생각이 들었다. 그렇다, 나는 조세핀을 주의해서 지켜보아야 했던 것이다. 태버너나 나나 레오니데스 노인을 독살한 사람이 누구인지 전혀 단서를 못 잡은 것은 마찬가지이지만 조세핀의 경우는 그 애가 범인의 단서를 갖고 있을 가능성도 생각해 볼 수 있는 것이다.

나는 그 애의 행동을 보고 어린애의 철없는 생각이나 허세에서 나온 행동이라고만 여겼는데, 그러한 내 생각이 완전히 틀린 것인지 누가 알겠는가. 조세핀은 원래 엿듣기 좋아하고 여기저기 엿보기 좋아하는 애인만큼, 그러다가 우연히 무슨 정보를 캐냈는지도 모를 일 아닌가. 물론 그 애 나이가 나인만큼 그러한 정보가 무엇을 뜻하는지 미처 깨닫지 못했을 수도 있지만.

나는 정원에서 나뭇가지가 부러지던 일을 기억해냈다. 그때 나는 위험이 다가오고 있다는 것을 어렴풋이 알아챘던 것이다. 그래서 그 당시만 해도 그런 예감에 의해 조세핀을 데리고 정원에서 나왔지만, 나중에 생각해 보니 그런 내 예감을 신파조의 있을 법하지 않은 것이라고 여겨졌다.

하지만 지금 생각하니 오히려 그런 느낌이 살인이 벌어질 것 같다는 데서 오는 육감이란 것을 깨달았어야 했다. 아울러 일단 살인을 저지른 사람은 자기 자신부터 우선 위험에 빠진 것이므로 자신의 안정을 보장받기 위해 또다시 살인이 필요하다면 두 번째 살인을 저지르는 것에 조금도 주저하지 않으리란 사실도 역시 깨달았어야 했다.

아마 마그다는 막연하지만 어머니다운 본능으로 조세핀이 위험에 처해 있다는 사실을 알아차리고는 서둘러 그 애를 스위스로 보내 버리려고 그렇게 지나칠 만큼 법석을 떨었는지도 모른다.

우리가 집에 도착하자 소피아가 마중 나왔다. 그리고는 조세핀이 앰뷸런스에 실려 마켓 베이싱 종합병원으로 갔다고 전해 주었다. 그레이 의사 말이 엑스레이 결과가 나오는 대로 알려 주겠다고 했다는 것이다.

「대체 어떻게 된 겁니까?」

태버너가 물었다.

소피아는 우리를 이끌고 집 뒤로 돌아가더니 문 하나를 지나 아무도 돌보지 않아 황폐한 뜰로 들어섰다. 그 뜰 한 구석에는 문이 하나 있었는데 약간 열린 채였다.

「여긴 세탁실 같은 데죠.」 소피아가 설명했다.

「이 문 아래 고양이가 드나드는 구멍이 있어요. 조세핀은 문짝에 매달려 흔들흔들 그네를 타곤 했어요.」

나 역시 어렸을 때, 문에 매달려 그네놀이를 한 추억이 있었다.

세탁실은 작고 어둠침침했다. 그 안에는 나무로 만든 상자며 낡은 수도관, 낡아서 못 쓰는 정원 손질용 도구 몇 가지, 그리고 망가진 가구 몇 점 등이 있었다. 문 바로 안쪽에는 대리석으로 만든 사자 머리 모양의 괴임돌이 떨어져 있었다.

「이건 현관문에 쓰던 괴임돌이에요.」

소피아가 다시 설명했다.

「이게 이 문 위에 얹혀져 있었던 거예요. 틀림없어요.」

태버너는 손을 내밀어 문짝 위로 뻗어보았다. 낮은 문이었기 때문에 문짝 위라고 해 보았자 그의 머리보다 1피트밖에 높지 않았다.

「일종의 부비트랩이로군.」
 그리고 나서 경감은 실험적으로 그 문짝을 앞뒤로 흔들어 보았다. 이어서 그 대리석 조각 위로 몸을 기울였지만 손을 대지는 않았다.
「누구 이걸 만졌소?」
「아뇨.」 소피아가 대답했다.
「아무도 손대지 못하게 했어요.」
「아주 잘하셨소. 그런데 조세핀은 누가 발견했습니까?」
「저예요. 1시가 다 됐는데 그 애가 점심을 먹으러 오질 않는 거예요. 그래서 유모가 그 애를 부르며 찾아 다녔죠. 15분쯤 전 부엌을 지나 마구간이 있는 정원 쪽으로 갔다고 하더군요. 유모가 아마 뜰에서 공을 차든지, 아니면 또 문에 매달려 그네를 탈 거라고 하기에 제가 찾아오겠다면서 여길 와봤지요.」
 소피아는 잠시 말을 멈추었다.
「조세핀은 자주 그런 식으로 그네를 탔다고 했죠? 그 사실을 알고 있는 사람이 또 누가 있소?」
 소피아는 어깨를 으쓱해 보일 뿐이었다.
「아마 집안 식구들 모두 다 알고 있을 거예요.」
「그럼, 이 세탁실을 사용한 사람은 누굽니까? 정원사가 썼습니까?」
 소피아는 고개를 내저었다.
「평소엔 거의 아무도 안 들어가요.」
「그리고 이 뜰도 집에서는 내려다보이지 않겠군?」
 태버너는 이렇게 말하면서 결론을 내리듯 말했다.
「그렇다면 집안 식구 중 누구라도 집에서 나와 현관을 돌아 이곳에 부비트랩을 설치해 놓을 수 있었겠군. 하지만 범인의 뜻대로 될지 안 될지 아주 불확실한 상황이었는데…….」
 그는 말을 멈추고는 다시 한 번 문을 살짝 쳐다보더니 문짝을 앞뒤로 흔들어 보았다.

「즉 내 말은 이 함정이 확실한 게 못 되었다는 거요. 맞출 수도 있고 못 맞출 수도 있고. 내가 보기엔 못 맞출 경우가 더 많았을 듯 싶소. 그런데 조세핀은 운이 나빴소. 결국 얻어맞고 말았으니―.」

소피아는 몸을 떨었다.

태버너는 찬찬히 문짝을 훑어보았다. 그러자 문 위에 움푹 패인 자국이 몇 개 보였다.

「누군가가 먼저 실험을 해 본 모양이군……. 대리석이 어떻게 떨어지나 관찰해 보려고……하지만 그 소리가 집에까지 들리지는 않았을 듯 싶은데.」

「예, 우린 아무것도 못 들었어요. 제가 밖으로 나와 그 애가 바닥에 엎드려 있는 것을 발견할 때까지 집안 식구 아무도 이상한 점을 찾아 내지 못했죠―그 애는 몸을 죽 뻗은 채 엎드려 있었어요.」

여기까지 말한 소피아의 목소리가 조금 흔들렸다.

「그 애 머리에 피가 묻어 있었어요!」

「저 목도리는 그 애 거요?」

태버너는 땅바닥에 뒹굴고 있는 체크무늬 모직 머플러를 가리켰다.

「예.」

경감은 스카프로 대리석 괴임돌을 조심스럽게 싸서 들어올렸다.

「지문이 있을 테지.」

그는 이렇게 말했지만 그다지 큰 기대는 하지 않는 어조였다.

「범인이 누군지 모르지만―꽤나 신중한 작자인 건 틀림없소.」

그리고 나서 경감은 나를 보더니 물었다.

「아니, 뭘 보고 있습니까?」

나는 여러 가지 못 쓰는 물건들 사이에서 굴러다니는 등이 망가진 식탁용 나무 의자를 바라보고 있었다. 그 의자 위에는 진흙이 조금 묻어 있었던 것이다.

「그것 참 이상하군.」 태버너가 말했다.

「누군가 진흙발로 저 의자 위에 올라선 모양인데. 왜 그랬을까?」

이렇게 말하고서도 그는 곧 알 수 없다는 듯 고개를 내저었다.

「당신이 그 애를 발견한 건 언제요, 레오니데스 양?」

「1시 15분경이었을 거예요.」

「유모가 조세핀이 20분 전에 밖으로 나가는 것을 보았다고 했죠? 그럼 그전에 세탁실에 마지막으로 있었던 사람은 누구였소?」

「모르겠어요. 아마 조세핀이었을 걸요. 아침식사 뒤 오전 내내 이 문에 매달려 그네를 타고 있었거든요.」

태버너는 고개를 끄덕였다.

「그렇다면 그때부터 15분 전 1시까지 그 사이에 누군가가 이 부비트랩을 설치해 놓은 거로군. 이 대리석 조각이 현관에 고여 놓는 괴임돌이라고 했죠? 이게 언제 없어졌는지 혹시 아시오?」

소피아가 고개를 옆으로 흔들었다.

「현관문은 오늘 한번도 열려 있지 않았어요. 너무 추워서요.」

「그럼 오전에 집안 식구들이 모두 어디 있었는지 알고 있나요?」

「전 산책을 나갔어요. 유스터스와 조세핀은 12시 30분까지 공부를 했어요─10시 30분에 잠깐 쉰 모양이구요. 아버지는 오전 내내 서재에 계셨던 것 같아요.」

「어머님께선 어땠습니까?」

「제가 산책 후 집 안에 들어오면서 보니 침실에서 나오고 계셨어요. 그때가 12시 15분 좀 지난 때였을 거예요. 어머니는 일찍 일어나는 법이 없거든요.」

우리 세 사람은 모두 집 안으로 들어갔다. 나는 소피아를 따라 서재로 향했다. 들어가 보니 창백한 얼굴에 수척해 보이는 필립이 늘 앉던 의자에 앉아 있었다. 그리고 그의 무릎에 얼굴을 묻고 마그다가 엎드려 훌쩍훌쩍 울고 있었다. 소피아가 물었다.

「병원에서는 아직 연락이 없나요?」

필립은 고개를 내저었다.

마그다가 훌쩍거리면서 말했다.

「대체 왜 그 애를 따라가지 못하게 하는 건가요. 내 아기—이상하고 못생긴 내 아기—왜, 왜 따라가지 못하는 거죠? 난 늘 그 애를 바꿔치기 못난이(빼앗아 간 아이 대신 요정들이 남겨 놓고 간 못난 아이)라고 불러서 그 애를 화나게 했어요. 내가 어떻게 그런 잔인한 말을 다 했담! 그 앤 죽을 거예요. 난 알아요, 그 애는 죽을 거예요.」

「진정해요, 여보.」

필립이 그녀를 달랬다.

나는 불안과 비탄으로 둘러싸인 가족들 틈에서 심히 어색한 기분을 느꼈다. 그래서 그곳을 살짝 빠져 나와 유모를 찾으러 갔다. 유모 역시 부엌에서 훌쩍이며 울고 있었다.

「하나님이 제게 벌을 내리신 거예요, 찰스 씨. 그 애를 나쁘게 생각했더니만—결국 벌을 내리신 거라고요. 그래요, 천벌이죠, 천벌이야.」 나는 그녀의 말뜻을 생각해 보려고 하지 않았다.

「이 집은 부정이 붙은 집이에요. 진짜예요. 난 보고 싶지도 믿고 싶지도 않았지만 백문이 불여일견이라고 이렇게 증거가 드러나지 않았어요? 누군가 주인어른을 죽인 사람이 이번엔 또 조세핀을 죽인 거예요. 틀림없어요.」

「누가 왜 조세핀을 죽이려고 했을까요?」

유모는 눈에 대고 있던 손수건을 떼더니 나를 날카롭게 바라보았다.

「조세핀이 어떤 애였는지 찰스 씨도 잘 알죠? 그 앤 호기심이 많았어요. 아주 어렸을 때부터 그랬어요. 식탁 밑에 몰래 숨어 들어가 하녀들 이야기를 엿듣고는 나중에 그걸 빌미로 하녀들을 위협하곤 했죠. 자기가 대단한 사람인 척하려고요. 하지만 마님은 그 애를 무시하고 별로 상대해 주지 않으셨어요. 게다가 조세핀은 다른 두 아이들처럼 예쁘질 않았거든요. 못생기고 작은 애죠. 마님은 그 애를 바꿔치기 못난이라고 부르곤 했어요. 난 그건 마님이 잘못 하신 거라고 생각해요. 내가 보기엔 조세핀이 비뚤어진 건 마님의 그런 말 때문인 것 같으니까요. 하지만 그 애는 어리석게도 사람들 비밀이나 캐내고, 그 사람들한테 자기가 비밀을 다 아느니 뭐니 하면서 그나마 자기 마음의 위안을 얻고 있었던 거예요. 하지만 그것도 정도 문제지 독살범이 주위에 있는데 그런 짓을 하다니 위험한 짓이지 뭐예요!」

그렇다, 그것은 위험한 짓이었다. 그렇게 생각하다 보니 또 한 가지 떠오르는 것이 있었다. 나는 유모에게 물었다.

「저, 유모, 그 애가 까맣고 작은 노트를 어디다 감추어 두었는지 알고 있나요? 뭔가를 적곤 하던 그 노트 말이에요.」

「무슨 말인지 알겠어요, 찰스 씨. 그 앤 그 노트를 아주 앙큼하게 숨기고 있었죠. 나는 그 애가 연신 연필을 빨면서 열심히 노트에 적어 놓는 걸 여러 번 봤어요. 그래서 내가, '그런 짓 하면 못 써요. 납 독이 오르기 쉽단 말이야.' 그러면 그 앤, '천만이에요, 걱정 말아요. 연필에 있는 건 납이 아니라 탄소란 말이에요.' 그러지 않겠어요. 그런데 난 그게 과연 그런지 알 수가 없었어요. 연필이라고 부르는 것에는 당연히 납이 들어가 있는 거 아니에요?」

「그렇게 생각할 수도 있죠. 하지만 그건 그 애 말이 맞습니다.」

(사실 생각해 보면 그 애가 말하는 것은 틀리는 법이 없었다!)

「어쨌든 그건 그렇고, 그 노트는 어디 있을까요? 어디다 두었는지 혹시 아세요?」

「전혀 몰라요. 철저하게 숨겨두는걸요. 그밖에도 그 애가 감춰 둔 건 많지만.」

「아까 뇌진탕을 일으켜 쓰러졌을 때 노트를 가지고 있지 않던가요?」

「아뇨, 찰스 씨, 노트는 없었어요.」

그럼, 누군가 그 노트를 가져간 걸까? 아니면, 조세핀이 그전에 이미 자기 방에 감춰 둔 걸까? 나는 문득 그 노트를 찾아보자는 생각이 떠올랐다. 하지만 조세핀의 방이 어딘지 몰라 복도에서 머뭇거리고 있자니 태버너의 목소리가 들려왔다.

「이리 좀 들어오시죠. 아이들 방에 있습니다. 이런 광경—본 적 있습니까?」

나는 문턱을 넘다가 기절할 듯 놀라 그 자리에 서 버리고 말았다.

그곳은 작은 방이었는데, 마치 태풍이라도 지나간 듯한 모습이었다. 장롱의 서랍이란 서랍은 몽땅 다 열린 채 안의 내용물이 방바닥에 흩어져 있었다. 작은 침대에 씌운 침대보며 침구 등은 모두 벗겨지거나 팽개쳐져 있었고, 카펫은 한구석에 뭉쳐져 있었다. 게다가 의자는 거꾸로 처박혀 있고, 벽에 걸린 그림은 바닥에 떨어져 있었으며, 사진은 죄다 그 액자에서 **빠져나와** 있었다.

「맙소사!」 나는 비명을 질렀다.

「이게 도대체 어떻게 된 거죠?」

「누군가 이 방에 들어와 뭘 뒤진 모양입니다.」

「예, 보아하니 그렇군요.」

나는 방안을 둘러보며 휘파람을 불었다.

「하지만 대체 누가—누가 여기 들어와서 이렇게까지 하는 동안 아무도 그 소리를 못 듣다니—게다가 아무도 그걸 못 보다니 알 수 없는데.」

「그럴 수도 있어요. 레오니데스 부인은 오전 내내 침실에서 손톱 손질을 하거나, 전화로 친구들과 수다떨거나, 이 옷 저 옷 입어가며 시간을 보낸답니다. 필립은 또 서재에서 책에 묻혀 보내고 말이죠. 유모는 부엌에서 감자 껍질을 벗기거나 콩 껍질을 까고 있었고—사실 가족 간에 서로의 습관을 다 알고 있는 처지라 일이 아주 쉬웠을 겁니다. 어쨌든 이것 한 가지는 말할 수 있어요. 이 집안 식구 중 누구라도 조세핀을 노리고 부비트랩을 설치해 놓을 수 있고, 또 방도 뒤질 수 있었다는 겁니다. 하지만 초조한 나머지 자세하고 꼼꼼하게 방 안을 뒤질 수는 없었던 모양입니다.」

「이 집안 식구 짓이라는 말씀인가요?」

「그래요, 내가 다 조사해 보았습니다. 오늘 아침 집안 식구들은 조금씩 공백을 갖고 있더군요. 그 시간에 뭘 했는지 설명할 수 없는 공백 말입니다. 필립, 마그다, 유모, 당신이 사랑하는 아가씨―그리고 2층에 있는 사람들도 역시 마찬가지죠. 브렌다는 아침 내내 혼자 지냈고, 로렌스와 유스터스도 30분 동안, 즉 10시 30분부터 11시까지 쉬었다고 하지 않았습니까. 그 시간은 당신이 두 사람하고 같이 방에 있었던 시간이지. 하지만 그렇다고는 해도 30분 내내 그 방에 있었던 건 아닐 테니까요. 또 에디스 드 하빌랜드 양은 그 시간에 혼자 정원에 있었고, 로저는 자기 서재에 있었소.」

「클리멘시만 일 때문에 런던에 가 있었군요.」

「아니, 그 부인 역시 혐의점을 벗을 수 없지요. 그 사람은 오늘 두통 때문에 집에 있었으니까. 머리가 아프다면서 방안에 혼자 있었다는 겁니다. 그러니까 그들 중 누가―분명히 그들 중 한 사람이 피도 눈물도 없는 범인인 거지! 그런데 나로선 도통 알 수 없으니―짐작도 못하겠다는 말입니다. 범인이 이 방에서 뭘 찾으려고 했는지 그것만 알아도―.」

태버너는 그 어수선한 방 안을 휘둘러보았다.

「범인이 원하던 걸 찾았는지 어떤지 그것만 알아내도…….」

그의 말에 내 머릿속에 문득 어떤 생각이 전광석화처럼 떠올랐다. 태버너가 다음 말을 하자 그 생각은 한층 더 분명해졌다.

「당신이 그 애를 마지막으로 보았을 때 뭘 하고 있었습니까?」

「아니, 잠깐만 기다려 보세요.」

나는 이렇게 말하고는 방에서 뛰쳐나가 층계를 달려 올라갔다. 그리고는 왼쪽에 있는 문을 지나 꼭대기 층으로 올라갔다. 이어 물탱크 저장실 문을 발칵 밀어젖힌 뒤 계단 두 개를 올라가 낮고 경사진 천장 아래로 고개를 숙이고는 주위를 살펴보았다.

내가 이 방에서 나오는 조세핀에게 거기서 뭘 했느냐고 묻자 그 애는 '탐정놀이'를 하고 있다고 대답했다.

그때만 해도 나는 물탱크가 가득 들어차고 거미줄투성인 이 다락

방에서 무슨 탐정놀이를 할 게 있는지 납득이 가지 않았다. 하지만 지금 생각해 보니 이런 다락방이야말로 뭘 숨기기엔 아주 안성맞춤인 곳 아닌가! 조세핀은 분명히 이 곳에 뭔가를 숨겨두었을 것이다. 자기와 별로 상관이 없는 물건일 줄 뻔히 알면서도—그렇다면 그것을 찾아내는 데에는 별로 오랜 시간이 걸리지도 않으리라.

내가 그것을 찾는 데에는 딱 3분이 걸렸다. 제일 큰 물통 안에서 '쉭쉭' 하는 물소리가 들려와 다락을 한층 딴 세상처럼 여겨지게 만들고 있었는데, 바로 그 뒤에서 갈색 종이조각으로 돌돌 만 편지 뭉치를 발견했던 것이다.

나는 우선 첫 번째 편지를 읽었다.

아아, 로렌스—내 사랑, 내가 가장 사랑하는 사람……어젯밤 당신이 그 시구를 읽었을 때 난 정말 너무나 황홀했어요. 그 시를 낭독하면서 당신은 내 쪽을 쳐다보지 않았지만 난 그 시가 나를 위해 읊어진 것이라는 사실을 알고 있었어요. 애리스티드는 당신의 낭독 솜씨를 칭찬했죠. 하지만 우리가 느끼고 있는 감정만큼은 그도 알아채지 못했을 거예요.
내 사랑이여, 난 곧 모든 일이 다 잘될 거라고 믿고 있어요. 그는 우리 사이를 전혀 눈치채지 못하고 행복하게 죽을 것이고, 우리도 그가 그렇게 편히 죽는 것을 기뻐하게 될 거예요. 그분은 정말 내게 잘해 주셨어요. 때문에 나는 우리 사이의 일로 인해 그분에게 괴로움을 주고 싶지는 않아요. 하지만 팔십이 넘은 나이에 살아 보았자 무슨 커다란 낙이 있겠어요. 나라면 절대 그 나이가 넘도록 살지 않을 거예요! 어쨌든 우리는 이제 곧 함께 있게 될 거예요. 당신에게 내가 떳떳이 '내 사랑하는 남편'이라고 부를 수 있다면 얼마나 멋질까요.
그대여, 우리 두 사람은 서로를 위해 이 세상에 태어난 거예요. 당신을 사랑해요. 사랑해요, 사랑하고 있어요. 우리 사랑은 영원히 끝나지 않을 거예요. 난 당신을―.

편지는 그 뒤에도 계속 이어져 있었지만 나는 더 읽고 싶은 흥미가 사라졌다. 나는 우울한 기분으로 아래층으로 내려가 갖고 있던 편지꾸러미를 태버너의 손에 디밀었다.

「이게 아마 그 미지의 범인이 찾고 있었던 것일 겁니다.」

태버너는 편지를 펴들고 몇 구절 읽더니 '휙' 하고 휘파람을 불고는 나머지 편지들을 대충 넘겨보았다. 그리고는 맛있는 아이스크림이라도 핥고 난 고양이 같은 표정으로 나를 바라보았다.

「자, 이제―」

그는 나직하게 입을 열었다.

「이거면 브렌다 레오니데스 부인을 꼼짝 못하게 하겠군요. 로렌스 브라운도 마찬가지고. 그러고 보면 모두가 다 그들 짓이었어…….」

제19장

 브렌다 레오니데스가 로렌스 브라운에게 보낸 편지를 찾아낸 일로 인해 내가 그녀에게 품고 있던 동정심과 연민의 정이 그처럼 갑작스럽게 자취도 없이 사라졌다는 것은 지금 생각해 보아도 이상한 일이었다. 즉 그것은 그녀가 로렌스 브라운에게 그처럼 열정적이고 달콤한 사랑을 품고 있으면서도 나를 감쪽같이 속였다는 사실이 내 자존심을 상하게 했기 때문이 아닐까? 하지만 심리학자가 아닌 나로서는 정말로 그래서 그런지는 알 수 없었다. 그보다 나는 범인의 잔인한 자기방어 수단의 희생물이 된 가엾은 조세핀 때문에 내 동정심이 말라버린 거라고 생각하고 싶었다.
 「틀림없이 브라운이라는 작자가 부비트랩을 설치해 놓은 겁니다.」
 태버너의 말이었다.
 「그렇다면 내가 부비트랩에 대해 미심쩍게 생각했던 점도 설명이 되니까.」
 「미심쩍은 점이라뇨?」
 「이런 경우 부비트랩을 설치해 놓는다는 것은 좀 미련스러운 짓 아니겠습니까? 자, 생각해 봅시다. 조세핀이 이 편지뭉치를 갖고 있었다. 이 편지들은 범인의 입장에서 보면 그야말로 치명적인 것이다. 그렇다면 범인으로서는 우선 편지를 찾아내 손에 넣어야 할겁니다. 물론 그 애 말이 순 허풍이고 실상 그런 편지란 건 있지도 않다고 하면 범인으로서는 조세핀이 그저 꾸며낸 이야기라고 믿고 안심할 수도 있겠죠. 하지만 이번 경우엔 편지를 찾지 못해서 안달을 냈던 것 아닙니까. 그렇다면 그 다음으로 범인이 해야 할 일이란 조세핀이 영원히 입을 열지 못하도록 하는 일일 테죠.

"사실 한 번 살인을 저지르면 그 다음 살인을 또 저지르는 것은 식은 죽 먹기니까. 그런데 범인은 그 애가 뒤뜰에 있는 세탁실 문에 매달려 놀기를 좋아한다는 사실을 알고 있습니다—그렇다면 가장 좋은 방법은 문 뒤에 숨어 있다가 그 애가 들어올 때 부지깽이나 쇠막대기, 아니면 수도 파이프 같은 걸로 때려눕히는 거지요. 그런 거야 언제든지 손쉽게 구할 수 있는 거니까. 그런데 대리석 사자 상을 문 위에 올려놓다니, 그 무슨 바보 같은 짓이란 말입니까. 빗나갈지도 모르는데다가 만일 제대로 그 애 머리에 떨어진다고 해도 범인이 바란 대로 그 애가 죽을지 어떨지도 확실치 않은데—지금 보니 실제로도 그런 상황이 되었지 않습니까. 자, 그렇다면 대체 왜 그런 짓을 했을까 한번 맞춰 보시지요."

"글쎄요—결론은 어떤 겁니까?"

"나는 우선 이게 어느 누군가의 알리바이를 성립시키기 위해 계획된 일이라고 생각합니다. 조세핀이 그 돌에 맞고 쓰러져 있는 동안 범인은 아주 멋진 알리바이를 만들 수 있을 테니까요. 하지만 그것은 일단 가능성이 없습니다. 왜냐하면 이 집안 사람들 아무도 그럴 듯한 알리바이를 내세우지 못하는 사실이 첫 번째 이유지요.

그리고 두 번째 이유는 점심때면 누군가가 조세핀을 찾을 텐데, 그러다 보면 부비트랩하고 사자 상을 발견하게 될 것이 틀림없다는 겁니다. 그리고 그렇게 되면 '모더스 오퍼란디'(라틴어로 '방법'이라는 뜻)가 금방 명백하게 밝혀지게 된다는 뜻입니다. 물론 범인이 사람들이 조세핀을 발견하기 전에 사자 상을 치워 버렸다면 우리도 대체 어떤 방법으로 그 애를 쓰러뜨렸는지 몰라 갈팡질팡했을 테죠. 그런데 그렇지 않고 일부러 범행방법을 알려 주듯이 그 돌을 치우지 않았으니 이해가 가지 않는 겁니다."

그러면서 그는 손을 앞으로 내보이면서 알 수 없다는 몸짓을 했다.

"그럼 경감님은 현재 어떤 해석을 내리셨습니까?"

"개인적인 성격 탓이라고 결론을 내렸습니다. 개인적인 특질 탓이라고 말이지요. 즉 로렌스 브라운의 특이한 성격을 말하는 거죠. 그 사람은 폭력이란 걸 싫어합니다—아니, 물리적인 폭력은 도저히 못하는 성격이라고 할까요? 그러니 만큼 그는 문 뒤엔 숨어 있다가 조세핀의 머리를 내리치는 그런 짓은 도저히 할 수 없었을 겁니다. 그 대신 그는 부비트랩을 설치해 놓고 달아나 그 현장을 보지 않고자 한 거지요.」

「말씀하시는 뜻을 알겠습니다. 그렇다면 병 속에 에제린 안약을 넣은 것도 그런 맥락에서 보면 되겠군요.」

「바로 그렇습니다.」

「경감님은 그가 브렌다 몰래 그런 짓을 했다고 보십니까?」

「그렇다고 봐야 브렌다가 인슐린 병을 갖다 버리지 않은 것에 대한 설명이 될 테죠. 물론 두 사람이 미리 각본을 짰는지도 모르지요. 혹은 그녀 혼자서 독살 계획을 생각했는지도 모르고 늙고 지친 자기 남편을 편하게 저 세상에 보내는 일이며, 그 모든 범행을 그녀 혼자 생각해 냈는지도 모른다는 말입니다. 세상에서 가장 좋은 것을 얻기 위해서 말이죠! 하지만 부비트랩을 설치한 건 역시 그녀가 아닐 겁니다. 여자들이란 기계장치 같은 것이 제대로 작동할지 별로 확신을 갖지 않으니까 말입니다. 그리고 대개의 경우 여자들 생각이 옳을 때가 많죠. 나 혼자 생각으로는 에제린 안약을 사용한 것은 그녀가 짜내 아이디어라고 보고 있습니다. 하지만 이번의 문짝 일은 사랑에 빠진 자기 노예, 즉 로렌스에게 시킨 거지요. 그 여자는 확실하지 않은 일은 절대로 피하는 타입의 여자니까. 그렇게 일을 저지른 뒤에는 그저 태연하게 지내면 되는 겁니다.」

그는 말을 끊었다가 다시 계속했다.

「이 편지들이 나왔으니 이젠 검사도 소송을 제기할 만하다고 할겁니다. 편지가 있으니 왈가왈부할 여지도 없을 테니까. 그리고 조세핀의 몸이 회복되기만 하면 정원에서 있었던 일도 다 풀릴 테고.」

그는 여기서 잠깐 나를 흘끗 바라보았다.

「그래, 백만 파운드를 지닌 여자와 약혼한 소감은 어떻습니까?」

나는 움찔했다. 요 몇 시간 동안 일어났던 사건으로 흥분했기 때문에 그 유언장에 대해서는 새까맣게 잊고 있었던 것이다.

「소피아는 이 일을 아직 모를 텐데 내가 이야기해 줄까요?」

「아마 내일 아침 검시재판이 끝나면 게이츠킬 변호사가 그 슬픈 뉴스를—아니, 기쁜 뉴스라고 할까—발표할 겁니다.」

태버너는 말을 멈추고 뭔가 생각에 잠긴 눈길로 나를 바라보았다.

「당신 생각엔 이 유언장에 대해 가족들이 어떤 반응을 보일 것 같습니까?」

제20장

 내가 예상했던 대로 검시재판은 경찰의 요청에 의해 다음으로 미루어졌다. 하지만 어젯밤에 병원으로부터 조세핀의 부상이 우려했던 것보다는 대단치 않고, 또 회복도 빠르리란 소식이 전해졌기 때문에 우리는 모두 기분이 좋았다. 그러나 그레이 의사의 말에 따르면 당분간 면회사절이란 것이다. 그것은 그 애의 엄마도 마찬가지였다.
「우리 어머니는 특히 안 되죠.」 소피아가 내게 속삭였다.
「난 그 점을 그레이 박사님에게 분명히 말씀드렸어요. 물론 박사님도 우리 어머니가 어떤 사람인지 잘 알고 있지만.」
 내 표정이 좀 의아했던지 소피아는 날카롭게 내쏘았다.
「왜 그런 못마땅한 표정을 지어요?」
「아니, 소피아, 아이 엄마란─.」
「당신이 그렇게 구식 사고방식을 갖고 있는 걸 보니 기쁘군요. 하지만 당신은 우리 어머니가 어떤 일을 벌일지 모르는 사람이니까 그렇게 얘기할 수 있는 거예요. 어머니는 정말 어쩔 수 없는 사람이에요. 또 한바탕 연극을 연출하지 않으면 못 배길 거예요. 하지만 머리 부상에서 회복되고 있는 애에게 그런 연극을 벌이면 하나도 좋을 게 없어요.」
「당신은 정말 뭐든지 빈틈없는 아가씨로군, 소피아.」
「그야 이제 할아버지도 돌아가셨으니 누군가 가족들을 위해서 이것저것 생각해 두어야해요.」
 나는 그녀를 자세히 들여다보았다. 그리고는 그녀의 얼굴 속에 죽은 레오니데스 씨가 지녔던 총명함과 혜안이 그대로 남아 있음을 발견했다. 노인이 살아 생전 짊어졌던 책임이 이제는 소피아의 두 어깨로 옮겨간 것이다.

　검시재판이 연기된 뒤 게이츠킬 변호사는 우리를 따라 스리 게이블스 저택으로 향했다. 집에 도착한 뒤 그는 우선 헛기침을 하고 위엄 있는 어조로 입을 열었다.

「여러분들에게 발표할 것이 있습니다.」

　이렇게 해서 모든 가족이 마그다의 응접실에 모이게 되었다.

　나는 무대 위에서 연극이 시작되길 기다리고 있는 사람이 느낄 만한 즐거운 흥분을 모처럼 느껴 볼 기회를 갖게 되었다. 나야말로 게이츠킬이 무슨 이야기를 할지 벌써 알고 있는 사람이었기 때문이다. 나는 우선 모두의 반응이 어떻게 나타날지 살펴보고자 준비 태세를 갖추고 기다렸다. 게이츠킬의 말은 극히 간결하고 무미건조했다. 자신의 개인적인 감정이나 분노를 교묘하게 감춘 채 그는 먼저 애리스티드 레오니데스가 쓴 편지를 읽고 나서 그 후 문제의 유언장을 읽었다. 그것은 실로 흥미진진한 광경이었다.

　정말이지 나는 내 눈이 구석구석을 모두 다 바라 볼 수 있다면 얼마나 좋을까 하고 안타까웠다. 하지만 나는 브렌다와 로렌스에게는 그다지 관심을 쏟지 않았다. 브렌다에 대한 유산분배는 이번 유언장에서도 마찬가지였기 때문이다. 그래서 나는 그들보다는 로저와 필립, 그리고 마그다와 클리멘시에게 주목하고 있었다. 그 결과 맨 처음 받은 인상은 모두들 아주 훌륭하게 처신하고 있다는 것이었다.

　필립은 입술을 꽉 다물고 잘생긴 머리를 높은 의자 등받이에 기대고 있었다. 그는 전혀 입을 열지 않았다. 하지만 마그다는 정반대였다. 그녀는 게이츠킬의 말이 끝나자마자 말을 쏟아내기 시작했는데, 그 성량 풍부한 목소리는 밀려드는 조수의 물결이 실개천을 집어삼키듯 게이츠킬 변호사의 작은 목소리를 압도하면서 방 안에 울려 퍼졌다.

「어머나, 얘, 소피아―이 무슨 믿지 못할 일이냐―이 무슨 소설 같은 일이냐고. 레오니데스의 피가 그렇게 교활하고 거짓말쟁이였다니

─이건 마치 나이 먹은 어린애 같은 짓이지 뭐니. 이건 아버님이 우릴 믿지 않은 탓이야. 우리가 재산을 제멋대로 쓸지도 모른다고 생각하신 거라고. 우리보다 특별히 더 소피아를 아끼시는 것 같지도 않았는데. 이야말로 정말 극적인 일 아니고 뭐겠니.」

이야기하다 말고 마그다는 갑자기 벌떡 일어나 마치 춤을 추듯 소피아에게 걸어가더니 일부러 과장되게 우아한 궁중식 절을 하는 것이었다.

「소피아 마님, 여기 돈 한 푼 없는 늙어빠진 당신의 불쌍한 엄마가 당신의 자비를 빌고 있습니다.」

그녀의 어조는 런던 토박이 사투리였다.

「제발 한 푼만 적선해 주십시오, 마님. 당신의 엄마가 영화 구경을 가고 싶습니다.」

그녀의 손은 마치 게의 집게발처럼 비비꼬인 채 슬금슬금 소피아 쪽으로 다가갔다.

그러자 필립이 꼼짝 않고 앉은 채 입술만을 달싹이며 말했다.

「이봐요, 마그다, 쓸데없는 익살은 그만 떨어요.」

「오, 하지만, 로저 아주버님─.」

마그다가 갑자기 이렇게 외치면서 로저에게로 몸을 돌렸다.

「가엾은 로저 아주버님. 아버님께서는 아주버님을 도와주시려고 했는데, 미처 어떻게 해 볼 겨를도 없이 돌아가시고 말았군요. 그러니 이제는 한 푼도 없게 됐지 뭐예요. 소피아, 애야─.」

그러면서 그녀는 사뭇 거만한 태도로 다시 몸을 돌렸다.

「소피아, 정말이지 로저 큰아버님을 위해서 무엇이든 도와드려야 한다.」

「아니야!」

클리멘시가 앞으로 한 걸음 나서면서 외쳤다. 그녀의 얼굴은 사뭇 도전적이었다.

「우린 아무것도 필요 없다. 한 푼도 필요 없단 말이다.」

그때 로저가 커다랗고 순진한 곰처럼 소피아에게 어슬렁어슬렁 다가갔다. 그리고는 그녀의 손을 다정하게 잡으며 입을 열었다.

「난 한 푼도 필요 없단다, 소피아. 이 사건이 다 해결되면—아니, 그냥 흐지부지 끝날지도 모르지만—그렇게 되면 클리멘시와 나는 서인도제도로 건너가 소박하게 새 인생을 꾸려 볼 작정이다. 만일 아주 곤란한 지경이 되면, 뭐 그때 가서 집안의 우두머리에게 도움을 청할 테지만 말이다.」

그는 소피아에게 다정하게 웃어 보였다.

「하지만 그때까지는 정말 한 푼도 필요 없다. 난 단순한 사람이니까 내 말을 믿어도 돼. 의심나거든 클리멘시에게 물어 보렴.」

그때 느닷없이 에디스 드 하빌랜드의 목소리가 끼여들었다.

「그거 아주 좋은 생각이야. 하지만 남들 이목도 좀 생각해야지. 로저, 네가 파산해서 소피아에게 아무 도움도 받지 않은 채 지구 끝으로 숨어 버린다면 그땐 세상 사람들이 뭐라고 하겠니. 소피아한테 좋지 못한 소문들이 날개 돋친 듯 판을 치지 않겠느냐 말이야.」

「사람들이 어떻게 보건 그게 무슨 상관이겠어요?」

클리멘시가 경멸에 찬 목소리로 내쏘았다.

「너한테야 상관없겠지.」

에디스 드 하빌랜드도 지지 않고 날카롭게 되쏘았다.

「하지만 소피아는 여기서 살게 될 거 아니냐. 소피아는 머리도 좋고 착한 아이야. 그렇기 때문에 나 역시 이 집안 재산을 소피아에게 맡긴 애리스티드의 처사가 잘 된 일이라고 믿고 있다. 물론 영국 관습으로 보자면 두 아들이 살아 있는데 손녀에게 재산을 물려준다는 것이 좀 이상하게 보일지도 모르지만 말이다. 하지만 소피아가 재산에 욕심을 낸 나머지 로저를 한 푼도 도와주지 않고 파산하도록 내버려두었다는 말이 나오게 되면 그야말로 불행한 일 아니냐.」

로저는 이모에게 걸어가 그녀를 다정하게 껴안았다.

「에디스 이모님, 정말 이모님은 좋은 분이세요. 게다가 완고한 투

사이시고. 하지만 이모님 역시 저희를 잘 이해하지 못하시는군요. 클리멘시와 저는 우리들이 뭘 원하는지 잘 알고 있답니다. 그리고 우리가 원하지 않는 게 뭔지도 말입니다!」

그러자 클리멘시가 홀쭉한 양 볼에 갑자기 홍조를 띠면서 사람들 앞으로 나서서 당당하게 마주 섰다.

「여러분은 모두 로저를 이해하지 못해요. 지금까지도 그렇고 앞으로도 절대 이해하지 못할 거예요! 로저, 자, 가세요.」

그러고 나서 그들은 방을 나섰다.

그 동안 게이츠킬 씨는 헛기침을 하며 서류를 뒤적거리고 있었다. 그의 표정은 불만에 가득 차 있었다. 지금 벌어지고 있는 사태가 아주 못마땅했던 것이다. 그의 표정으로 보아 틀림없는 사실이었다.

이제 내 눈길은 마지막으로 소피아 그녀에게 쏠렸다. 소피아는 벽난로 옆에 꼿꼿하게 서 있었다. 턱을 번쩍 치켜들고, 눈길은 침착하기 그지없었다. 그녀는 이제 막대한 재산을 물려받은 터였다. 하지만 내 머릿속에 제일 먼저 떠오른 생각은 그로 말미암아 그녀가 너무나 고독한 처지에 빠지게 되었다는 사실이었다. 그 재산 덕분에 그녀와 그녀의 가족들 사이에는 갑자기 눈에 보이지 않는 장벽이 가로막고 서 있게 된 것이다. 이미 그녀는 가족들로부터 따돌림을 당하고 있었다. 그리고 내가 보기엔 그녀도 이미 그런 사실을 알고 사태에 꼿꼿이 직면하고 있는 듯 싶었다.

이제 레오니데스 노인은 자기가 짊어져 왔던 무거운 짐을 그녀에게 옮겨 준 것이다. 그것이 얼마나 무거운 짐인지 노인은 너무나 잘 알고 있었고, 이제는 소피아 역시 그것을 충분히 깨닫고 있었다. 그리고 노인은 소피아가 충분히 그 무거운 짐을 견뎌 내리라는 것을 알고 있었다. 하지만 나는 지금 바로 이 순간 그녀에게 연민의 정을 느끼고 있었다. 소피아는 지금까지 한 마디도 하지 않았다.

아니, 말하지 않았다기보다는 그럴 기회가 없었다고 하는 편이 더 적절하리라. 하지만 이제 곧 그녀도 입을 열지 않을 수 없을 것이다.

나는 이미 그녀의 가족들이 겉으로는 그녀에게 다정한 척 굴고 있지만, 그 다정한 얼굴들이며 말투 뒤에는 잔인한 적대감이 숨겨져 있다는 것을 감지하고 있었다. 그녀의 어머니 마그다 역시 겉으로 보기에는 우아한 연극이라도 하고 있는 듯했지만 그 뒤에는 교묘하게 적의를 숨기고 있었던 것이다. 게다가 전체적인 분위기로 볼 때 아직 뚜렷하게 겉으로 드러나진 않았지만 보다 더 어둡고 음침한 그 무엇이 가족들 간에 흐르고 있었다.

게이츠킬 씨는 헛기침을 그치고 다시 신중한 어조로 또렷하게 말을 시작했다.

「어쨌든 우선 축하를 드리오, 소피아 양. 이제 아가씨는 어마어마한 부자가 된 게요. 나로선 이제 아가씨에게 섣불리 경솔한 행동을 하지 말라고 충고해야겠소. 물론 지금 당장 필요한 돈이라면 얼마쯤 미리 드릴 수도 있소. 그리고 앞으로 어떻게 해야 할지 내게 상의하고 싶다면 가능한 내 힘껏 최선의 충고를 드리리다. 그러니 심사숙고해야 할 일이 있으면 약속을 잡고 링컨 호텔에서 만납시다.」

「그래도 로저는―.」

에디스 드 하빌랜드가 완고한 어조로 말을 꺼냈다.

그러자 게이츠킬 씨는 잽싸게 그녀의 말을 잘랐다.

「로저 씨는 자기 스스로 제 일을 처리해야 할겁니다. 그 사람은 성인이 아닙니까―54세지요, 벌써. 그리고 애리스티드 레오니데스 씨의 결정은 아주 옳은 것이었습니다. 로저 씨는 결코 사업가 기질이 아니지요. 앞으로도 절대 사업가로서 재능을 발휘하지는 못할 겁니다.」

여기서 그는 다시 소피아를 바라보았다.

「만일 아가씨가 식당 체인점 회사를 다시 부활시킬 생각이더라도 로저 씨가 그 일을 잘 이끌어 가리라는 헛된 생각은 말도록 해요.」

「전 식당 체인점 회사를 다시 일으키고 싶은 생각은 조금도 없어요.」 마침내 소피아가 말문을 열었다.

그녀의 어조는 극히 딱딱하고 사무적이었다.

「그래 봤자 바보 같은 짓일 뿐이니까요.」

그녀는 덧붙여 말했다.

게이츠킬은 눈썹 밑으로 그녀를 흘끗 보더니 은근한 미소를 지었다. 그러고 나서 사람들에게 안녕히 계시라는 작별인사를 한 뒤 방을 나섰다.

잠시 침묵이 흘렀다. 그 침묵은 이제 정말 가족들만이 남았다는 것을 절실히 깨닫는 데서 오는 침묵이었다.

그때 갑자기 필립이 어색한 몸짓으로 일어섰다.

「난 이제 서재로 다시 가야겠다. 괜히 시간낭비만 했군.」

「아버지—.」

소피아가 애원하는 듯한 어조로 가냘프게 그를 불렀다.

필립이 차가운 적의를 담은 눈길로 그녀를 향해 고개를 돌리자 그녀가 흠칫하면서 뒤로 물러서는 것이 보였다.

「참, 너한테 축하해야 하는데 잊었구나.」

필립이 입을 열었다.

「하지만 이번 일이 나한테 큰 충격이었다는 것을 솔직히 인정해야겠다. 난 아버지가 나를 이렇게 모욕하실 줄은 꿈에도 몰랐다—내 일생 동안 그렇게 아버지를 헌신적으로 사랑해 왔는데, 아버지는 날 무시해 버린 거다. 그래, 그렇게나 헌신적으로 자기를 사랑한 이 아들을 말이다.」

그때서야 비로소 그의 얼음같이 차가운 절제의 벽이 무너지고 본연 그대로의 모습이 드러났다.

「정말 이럴 수가!」

그는 신음하듯 외쳤다.

「어떻게 아버지가 날 이렇게 취급할 수 있느냔 말이다. 아버지는 언제나 나한테 불공평하게 대했어—언제나.」

「아니야, 필립, 그렇게 생각해서는 안 돼!」

에디스 드 하빌랜드가 외쳤다.

「이건 너를 무시해서 그런 게 아니야. 사람이란 나이를 먹으면 좀 더 젊은 사람에게 마음이 기울어지게 되는 법이란다······. 단지 그 때문인 거야, 정말······게다가 애리스티드 레오니데스는 아주 날카로운 사업 감각을 갖고 있었지 않니. 난 그 사람이 종종 말하는 걸 들었어. 너희 두 형제에게 재산을 물려주면 상속세가 너무 많이 나온다고 말야―.」

「아버진 저 같은 건 눈곱만치도 거들떠보지 않았어요.」

필립이 낮고 쉰 목소리로 대꾸했다.

「아버지한테는 언제나 로저 형뿐이었지요. 물론 아버지도―.」

그때 그의 얼굴에 갑자기 적의의 표정이 떠올랐다. 그 표정으로 인해 그의 잘생긴 얼굴이 흉하게 일그러졌다.

「물론 아버지도 로저 형이 사업에는 백치이며 실패할 사람이라는 것쯤은 알고 있었죠. 그래서 보다시피 로저 형마저 잘라내 버린 겁니다.」

「저는 또 어떻고요!」

유스터스가 갑자기 끼여들었다.

지금까지 나는 유스터스에게는 거의 관심의 눈길을 돌리지 않았었다. 하지만 이제 보니 그는 격정으로 인해 몸을 부들부들 떨고 있었다. 그의 얼굴은 온통 상기된 채 눈물까지 그렁그렁 맺혀 있었다. 곧이어 소년이 다시 히스테릭하게 외쳐댔다.

「수치예요, 정말 끔찍한 수치야! 할아버지가 어떻게 나한테 이럴 수가 있담! 바로 나를 말이야! 난 유일한 손자인데―그런데 할아버지는 대체 어떻게 해서 나 같은 손자를 무시해 버리고 소피아 누나를 골랐느냔 말이야! 이건 불공평해요. 할아버지가 미워! 정말 싫어! 죽는 날까지 용서 안 할 거야. 폭군 같은 노인네―나도 할아버지가 죽었으면 좋겠다고 생각했었어. 이 집에서 나가버리고 싶었단 말이야. 제발 내 마음대로 살 수 있게 말이야. 그런데 이젠 소피아 누나한테 구박받고 무시당해야 하다니―게다가 사람들한테서 바보 취급까지

당해야 하다니. 차라리 이럴 바에야 죽는 게 나!」
 소년은 갈라진 목소리로 이렇게 외치며 방밖으로 뛰쳐나갔다.
 에디스 드 하빌랜드는 그 모습을 보고 혀를 끌끌 찼다.
「자제심이라고는 없는 아이야.」
 그녀는 입 속으로 중얼거렸다.
「하지만 저 애 기분은 이해할 수 있어요!」
 마그다가 외쳤다.
「물론 그렇겠지.」
 에디스의 말에는 날카로운 가시가 돋쳐 있었다.
「가엾은 유스터스! 뒤따라 가 봐야겠어요.」
「얘, 마그다, 그만둬―.」
 에디스가 허겁지겁 그녀의 뒤를 쫓아갔다.

 그들의 목소리가 차츰 멀어져 갔다. 소피아는 여전히 필립을 뚫어지게 바라보고 있었다. 그녀의 눈길에는 뭔가 간절히 애원하는 빛이 서려 있었다. 적어도 내가 보기엔 그랬다. 하지만 만일 그런 애원의 빛이 서려 있었다 해도 그것은 아무 소용없는 일이었다. 필립은 다시 냉정을 되찾은 채 그녀를 차갑게 쏘아보고 있었던 것이다.
「소피아, 너 어쨌든 수를 잘 썼구나.」
 이윽고 필립은 이렇게 내뱉고는 방을 나갔다.
「저런 잔인한 말을 할 수가!」
 내가 소리쳤다.
「소피아―.」
 소피아는 내게 손을 내밀었다. 나는 그녀의 손을 잡고 내 팔 안에 끌어안았다.
「모두들 정말 너무 하는 구려, 소피아.」
「난 가족들 심정을 이해할 수 있어요..」 소피아의 대답이었다.
「잔인한 양반, 당신 할아버지 말이오. 그분이 당신을 이런 지경으로 몰아넣다니.」

그러자 소피아는 몸을 꼿꼿이 폈다.
「할아버지는 내가 잘 해낼 수 있으리라고 생각하신 거예요. 그리고 실제로 난 잘할 수 있어요. 다만—유스터스가 그렇게 마음 상해하지 않았더라면 좋았을 텐데—.」
「그 애는 극복해낼 거요.」
「그럴까요? 그럴 것 같지 않아요. 그 애는 아주 꽁한 성격이거든요. 그리고 아버지가 마음 상하신 것도 견디기 괴로워요.」
「당신 어머니는 괜찮지 않았소?」
「어머니도 조금 언짢았을 거예요. 자기 딸한테 연극에 쓸 돈을 달라고 부탁하는 건 자존심 상하는 일일 테니까요. 어머니는 아마 내 맘이 변하기 전에 에디스 톰슨 연극을 성사시키려고 부탁하러 오실 거예요.」
「그럼, 당신은 뭐라고 할거요? 어머니 부탁을 들어 줘서 어머니가 만족해하신다면…….」
소피아는 내 팔 안에서 몸을 빼더니 고개를 뒤로 꼿꼿이 젖혔다.
「난 안 된다고 할 작정이에요! 시시하고 진부해 빠진 연극인걸요. 게다가 어머니한테 적합한 역도 아니란 말이에요. 그런 일에 돈을 쓰는 건 괜스레 돈을 낭비하는 일밖에 안 돼요.」
나는 자신도 모르게 빙긋 웃고 말았다.
「왜 그러는 거예요?」
소피아가 미심쩍은 듯 힐문했다.
「이제 보니 당신 할아버지가 왜 당신에게 재산을 물려주셨는지 알겠소. 당신은 그분을 꼭 빼다 박았소, 소피아.」

제21장

　그 당시 내가 한 가지 유감스럽게 생각했던 것은 조세핀이 이 모든 사건을 보지 못했다는 것이다.
　만일 그 애가 있었다면 즐거워서 못 견딜 텐데. 조세핀은 회복이 빨라 아무 때고 집에 돌아올 수 있다는 이야기였다. 하지만 그전에 또 중요한 사건이 일어나는 바람에 그 애는 그것도 놓치고 말았다.
　어느 날 아침 나와 소피아가 브렌다와 함께 바위 정원에 서 있노라니 차 한 대가 현관 앞에 닿았다.
　곧이어 차 안에서 태버너 주임경감과 램 경사가 내렸다. 그들은 층계를 올라가 집 안으로 들어갔다. 브렌다는 꼼짝 않고 서서 자동차를 바라보더니 이윽고 입을 열었다.
　「그 사람들이군요. 또 왔어요. 포기한 줄로만 알았는데—다 끝난 줄 알았는데.」 그녀는 몸을 떨고 있었다.
　그녀는 10분 전에 나와 소피아가 있는 곳으로 왔다. 친칠라 털 코트로 몸을 감싼 채 우리 있는 곳으로 와서는 이렇게 말했다.
　「가끔 가다 이렇게 공기라도 쏘이고 운동을 하지 않으면 미칠 것 같아. 문 밖에 나가면 신문기자라는 사람들이 날 덮치려고 언제나 대기하고 있으니, 이건 마치 적에게 포위되어 있는 기분이에요. 언제까지 계속 이래야 하는 건지.」
　그러자 소피아는 기자들도 조만간 지칠 것이라고 대답해 주었다.
　「차를 타고 나가도 되잖아요.」
　소피아가 덧붙인 말이었다.
　「그보다는 운동을 하고 싶어.」
　그러던 브렌다가 문득 생각났다는 듯 물었다.

「소피아, 로렌스를 내보내기로 했다면서? 왜 그랬지?」
소피아는 조용하게 대답했다.
「유스터스를 위해 다른 교육 방법을 생각하고 있거든요. 그리고 조세핀은 스위스로 보낼 생각이고요.」
「하지만 로렌스는 그 일로 대단히 화를 내고 있어. 그 사람은 네가 자기를 믿지 못하는 거라고 하더구나.」
소피아는 그 말에 아무 대꾸도 하지 않았다.
바로 그때 태버너의 자동차가 도착했던 것이다.
브렌다는 축축한 가을의 공기 속에 서서 몸을 떨며 중얼거렸다.
「도대체 뭘 하려는 거지? 왜 또 온 걸까?」
하지만 나는 그들이 왜 왔는지를 알 것 같았다.
소피아에게 내가 물탱크 뒤에서 찾아낸 편지 얘기를 하지 않았지만, 나는 그 사람들이 그것을 갖고 검사에게 갔음을 알고 있었다.
태버너가 다시 집에서 나왔다. 집에서 나온 그는 자동차 길과 잔디밭을 가로질러 우리 쪽으로 다가왔다.
브렌다는 더욱더 심하게 몸을 떨었다.
「대체 저 사람 뭘 원하는 거지?」
그녀는 발작적으로 그 말만을 되풀이했다.
「대체 왜 그러는 거야?」
이윽고 태버너가 우리 앞에 섰다. 그리고는 극히 사무적인 어조로 판에 박힌 말을 뱉어내는 것이었다.
「여기 당신의 체포 영장이 있습니다, 레오니데스 부인. 지난 9월 19일 애리스티드 레오니데스에게 에제린을 주사하여 독살한 혐의로 당신을 체포합니다. 이제부터 당신이 하는 말은 재판 때 증거로 채택될 수 있다는 것을 경고해 드립니다.」
그러자 브렌다는 완전히 넋이 나가고 말았다. 그녀는 비명을 지르며 나에게 힘껏 매달려 애원했다.
「아니, 아니요, 그렇지 않아요! 찰스, 그렇지 않다고, 내가 범인이 아니라고 말해 줘요! 난 그런 짓은 안 했어. 그 일에 대해서는 아무 것도 몰라. 이건 누명이야. 날 데려가지 못하게 해 줘요. 이건 누명이야, 정말이야……. 난……범인이 아니야……. 아무것도 하지 않았어…….」

그녀의 모습은 믿어지지 않을 만큼 공포에 질린 모습이었다.

나는 그녀를 달래 주려고 내 팔을 꽉 쥐고 있는 그녀의 손가락을 풀었다. 그리고는 변호사를 수배해 줄 테니 진정하라고—변호사가 다 알아서 해줄 거라고 말했다.

곧이어 태버너가 다가와 조용히 그녀의 팔을 잡았다.

「자, 가십시다, 레오니데스 부인. 모자를 써야 합니까? 괜찮다고요? 그럼, 그냥 곧장 가십시다.」

그녀는 그에게서 팔을 빼고 물러서며 커다란 고양이 눈을 닮은 눈으로 태버너를 지그시 노려보았다.

「로렌스—로렌스는 어떻게 했지요?」

「로렌스 브라운도 역시 체포했습니다.」

태버너의 대답이었다.

그러자 그녀는 풀이 꺾였다. 그녀의 몸은 이제라도 앞으로 고꾸라질 것만 같았다. 그녀의 얼굴 위에는 눈물이 넘쳐흘렀다.

마침내 그녀는 태버너와 함께 힘없이 잔디밭을 가로질러 차 있는 곳까지 갔다. 이어 그들이 차에 올라타자 곧 멀리 사라져 버렸다.

나는 심호흡을 한 번 하고는 소피아에게 고개를 돌렸다.

그녀는 백지장 같은 얼굴에 절망 어린 표정을 띠고 있었다.

「무서운 일이에요, 찰스. 정말 무서운 일이에요.」

「그렇소, 무서운 일이오.」

「당신, 그녀에게 정말로 일류 변호사를 구해 줘야 해요—최고로 실력 있는 사람으로 말이에요. 할 수 있는 모든 도움을 줘야 해요.」

「일이 이렇게 될 줄은 몰랐소. 내 앞에서 사람이 체포되는 것은 처음 보았소.」

「알아요. 아무도 짐작 못한 일이에요.」
 우리는 잠시 말이 없었다.
 나는 브렌다의 얼굴에 떠올랐던 그 필사적인 공포감을 다시 한 번 머릿속으로 떠올려 보았다. 그 표정은 왠지 내게는 낯익어 보였다. 하지만 나는 곧 그 이유를 깨달았다. 그 표정은 내가 이 비뚤어진 집에 처음 왔던 날 에디스 톰슨 연극에 대해 이야기하면서 마그다 레오니데스가 지어 보인 바로 그 표정이었던 것이다.
 「―그리고……공포만이…….」
 그때 그녀는 그렇게 말했었다.
 절체절명의 공포―그렇다, 브렌다의 얼굴에 떠올라 있던 표정은 바로 그것이었다. 브렌다는 결코 투사적인 인물이 아니었다. 솔직히 말해 나는 그녀가 살인을 저지를 만한 배짱이나 있는지 궁금했다.
 범인은 그녀가 아닐지도 모른다. 로렌스 브라운의 짓인지도 모르는 일이다. 피해망상에 물들고 불안한 성격을 가진 그 같은 인물이라면 작은 병에 있는 액체를 다른 병에 옮겨 넣는 것쯤은 쉬운 일이었을지도 모른다. 자신이 사랑하는 여인을 자유롭게 해방시켜 주기 위해서―.
 「어쨌든 이제 다 끝났군요.」
 소피아가 다시 입을 열었다. 그녀는 깊은 한숨을 내쉬고는 물었다.
 「하지만 왜 벌써 그들을 체포하는 거죠? 내가 알기론 충분한 증거가 없을 텐데?」
 「아주 결정적인 증거가 나타났어요. 편지 말이오.」
 「둘이 주고받았다는 편지 말이에요?」
 「그렇소.」
 「그런 것을 버리지 않고 간직하다니, 그런 바보들이 어디 있담!」
 그녀의 말이 옳았다. 그들은 정말 바보였다. 다른 사람들의 실책을 잘 보고 배웠다면 그런 어리석은 짓은 하지 않았을 텐데.
 일간지를 펴들면 언제나 그런 종류의 어리석은 일들을 볼 수가 있다. 기록된 말, 기록된 사랑의 증거를 소중하게 간직해 두려는 정열 탓에 저지른 어리석은 짓거리를 도처에서 찾아볼 수 있는 것이다.

「정말 괴로운 일이오, 소피아. 하지만 더 괴로워해 보았자 소용없는 일이오. 어쨌든 이게 우리가 예상했던 바 아니오? 당신이 마리오 레스토랑에서 만난 첫날 얘기했던 그대로요. 당신이 그랬지, 그럴 만한─죽일 만한 사람이 당신 할아버지를 죽인 거라고. 브렌다가 바로 그 죽일 만한 사람이었던 거요, 안 그렇소? 아니면 로렌스이던가─」

「찰스, 제발 그만둬요. 너무 무서워요.」

「하지만 이런 때일수록 현명하게 처신해야 하오. 그리고 이제 우린 결혼할 수 있소. 이젠 더 이상 나보고 기다리라느니 어쩌니 할 수는 없겠지. 레오니데스 집안 사람들이 이 사건과 전혀 상관이 없다는 것이 드러났으니 말이오.」

그러자 소피아는 나를 뚫어지게 응시했다. 나는 그녀의 눈이 그렇게 생생한 푸른색이었는지 예전에는 미처 몰랐다…….

「예, 그래요, 우리 집안 식구들은 모두 혐의가 벗겨졌군요. 우리 집안 식구들은 모두 범인이 아닌 거예요, 그렇죠?」

「그렇소, 소피아, 당신 집안 사람들에게는 동기가 없지 않소?」

그러자 갑자기 그녀의 얼굴이 석고상처럼 하얘졌다.

「난 예외예요, 찰스, 나한테는 동기가 있어요.」

「아, 물론…….」

하다가 말고 나는 깜짝 놀랐다.

「하지만 그런 일이 있을 리가! 당신은 그 유언장에 대해서 전혀 모르지 않았소?」

「아니, 그렇지 않아요, 찰스, 난 알고 있었어요.」

그녀는 속삭이다시피 말했다.

「뭐라고?」

나는 그녀의 얼굴을 응시했다. 갑자기 오싹한 기분이었다.

「난 할아버지가 내게 유산을 남겨 주셨다는 걸 처음부터 알고 있었어요.」

「아니, 도대체 어떻게—?」

「할아버지가 얘기해 주셨으니까요. 돌아가시기 2주일쯤 전이었죠. 느닷없이 말씀하시는 거예요. '소피아, 내 유산은 다 네 앞으로 물려주련다. 그러니 내가 죽고 나면 가족들을 잘 보살펴야 한다.' 하고 말이에요.」

나는 여전히 꼼짝 않고 그녀를 바라보았다.

「그런 얘기는 한번도 하지 않았잖소.」

「그래요. 모두들 처음 나온 유언장에 할아버지가 서명을 했다고 하는 바람에 난 할아버지가 뭔가 착각하신 모양이라고 생각했죠. 다른 유언장에 서명하시고 내게 재산을 물려주신 줄로 아시나 보다 하고 말이에요. 혹은 내게 유산을 물려주신다는 유언장을 분명히 만들긴 만들었는데 그것이 어디로 사라져 나오지 않는 건가 보다 하고 생각했죠. 어쨌든 난 그 유언장이 나타나지 않기를 바랐어요—무서웠으니까.」

「무섭다니, 왜 무섭단 말이오.」

「글쎄—아마 살인이 일어났기 때문이겠죠.」

나는 그때 다시 한 번 브렌다의 얼굴에 떠올랐던 공포의 표정을 기억해냈다. 이상하리만큼 격렬한 그 공포의 표정을—그리고 이어서 나는 여자 살인자 역할을 해 보려고 마그다가 꾸며냈던 절체절명의 공포 어린 얼굴도 역시 떠올려 보았다. 하지만 소피아의 마음 속에 그러한 공포심은 없었을 것이다. 그녀는 현실주의자였으니까. 또한 그렇기 때문에 그녀는 만일 레오니데스의 유언장이 나오게 되면 자신에게 혐의가 돌아오리라는 것을 알고 있었던 것이다.

이제야 나는 그녀가 왜 나하고 약혼하길 주저했는지, 그리고 왜 그렇게 진실을 가려내 달라고 부탁했는지 알 수 있었다. 아니, 알 듯한 심정이었다. '진실만이 필요해요'—그녀는 이렇게 말했었다. 나는 그 말을 할 때 그녀가 보였던 격정과 간절한 표정을 기억해냈다.

우리는 몸을 돌려 집을 향해 걷기 시작했다.
  그때 갑자기 나는 그녀가 한 또 다른 말이 생각났다. 그것은 자신도 누군가를 죽일 수 있을 것 같다는 말이었다. 하지만 그녀는 곧 덧붙였다. 누군가를 죽인다 해도 그것이 꼭 그럴 만한 가치가 있는 일이 아니라면 결코 하지 않겠다고.

제22장

 정원 모퉁이에서 로저와 클리멘시가 경쾌한 걸음걸이로 우리를 향해 걸어오는 것이 보였다. 로저는 외출용 신사복이 아니라 그에게 더 잘 어울리는 풍성한 트위드 양복을 입고 있었다.
 그는 힘이 넘쳐 보였고, 또 뭔가 잔뜩 흥분해 있는 사람 같았다. 하지만 그 반면에 클리멘시는 얼굴을 잔뜩 찌푸리고 있었다. 우리를 보고 먼저 입을 연 것은 로저였다.
 「어이, 거기들 있었군. 자, 이제 마침내 끝났어. 난 경찰이 그 비열한 여자를 체포하지 않으려나 보다고 생각했는데. 대체 무슨 생각으로 꾸물대는지 알 수가 없었단 말이야. 그런데 이제야 그 여자를 체포한 거야. 가엾은 보이프렌드도 함께 말이지. 둘 다 교수형을 받으면 좋으련만.」
 클리멘시는 남편의 말에 더욱 얼굴을 찌푸렸다.
 「그런 야만적인 소리는 하지 말아요, 로저.」
 「야만적이라고? 천만에! 힘없고 자기를 그렇게나 믿어 준 가여운 노인네를 잔인하게 독살했는데도 말이야? 그런데도 당신은 살인자들이 드디어 잡혀서 기뻐하는 나보고 야만적이라고 하다니! 분명히 말하지만 나는 내 손으로 직접 그 여자 목을 조이고 싶은 심정이오. 그래, 경찰이 체포하러 왔을 때 그 여자도 자네 두 사람하고 같이 있었지? 그 여자가 뭐라고 하더냐?」
 「너무 끔찍했어요.」
 소피아가 착 가라앉은 목소리로 대답했다.
 「거의 넋이 나간 모양이에요.」
 「인과응보지, 뭘.」

「제발 그렇게 앙심품은 말은 하지 말아요.」

클리멘시가 다시 로저를 말렸다.

「그래, 나도 내 말이 지나친 걸 알고 있소, 여보. 하지만 당신은 내 심정을 몰라. 그야 돌아가신 분이 당신 친아버지가 아니니까 당연하겠지. 하지만 난 아버지를 진실로 사랑했단 말이오. 이해 못하겠소? 정말 진실로 사랑했단 말이오!」

「이젠 이해해야겠죠.」

그러자 로저는 반 농담조로 말을 꺼냈다.

「클리멘시, 당신은 상상력이라곤 없어. 하지만, 이봐요, 만일 내가 독살당했다고 생각해 보란 말이오─」

나는 그녀가 눈을 질끈 감고 두 손을 꽉 움켜쥐는 것을 보았다. 곧이어 그녀가 날카로운 목소리로 내쏘았다.

「장난이라도 그런 소리는 하지 말아요!」

「아아, 걱정 말아요, 여보. 우린 이제 곧 이 지겨운 소동에서 벗어나게 될 테니까.」

우리 네 사람은 집을 향해 걷기 시작했다. 로저와 소피아가 앞장서고 클리멘시와 나는 그 뒤를 따랐다. 클리멘시가 문득 입을 열었다.

「일이 모두 해결되었으니 이젠─경찰이 우리를 보내 주겠지요?」

「그렇게 빨리 가고 싶으십니까?」

「난 아주 지쳐 버렸어요.」

나는 깜짝 놀라 그녀를 바라보았다. 그녀는 희미하게 자포자기한 미소를 지으며 고개를 끄덕이는 것이었다.

「찰스, 내가 그 동안 얼마나 악전고투했는지 모르겠어요? 내 행복을 위해 얼마나 악전고투했는지……그리고 로저의 행복을 위해서 말이죠. 식구들이 로저를 타일러 그냥 영국에 머물게 하면 어쩌나 하고 조마조마했답니다. 그렇게 되면 우리는 가족들 틈에 섞여 가족적인 유대라는 굴레에 얽매여 질식하고 말 거예요. 그리고 난 또 소피아가 로저에게 돈을 주어서 그가 그냥 영국에 머물러 있게 되면 어쩌나 겁이 났어요. 영국에 있는 편이 나에게 더 편하고 안락한 생활이 보장된다는 이유를 들어서 말이죠. 로저의 단점 중 하나는 다른 사람의 말을 잘 들으려고 하지 않는다는 거예요. 언제나 자기 멋대로 생각하거든. 그런데 그 생각들이란 게 제대로 된 게 하나도 없어요.
 저이는 세상일에 대해선 무엇 하나 아는 게 없으니까요. 게다가 또 여자의 행복에는 물질적 안락함과 돈이 직결된다고 믿는 전형적인 레오니데스 집안 사람이에요. 하지만 나는 기필코 내 행복을 위해 싸울 거예요. 두고 봐요. 로저를 멀리 데리고 가서, 그이에게 좌절감을 안겨 줄 염려가 없는 소박한 생활을 시킬 테니. 난 로저가 나만의 로저이길 원해요—가족들에게서 완전히 떨어져 나만이 소유할 수 있는 로저이길 바란단 말이에요.」
 그녀의 어조는 낮고도 조금 서두르는 목소리였는데, 그 목소리에 담긴 필사적인 갈망이 나를 놀라게 하기에 충분했다. 나는 그녀가 그처럼 벼랑에 선 필사적인 심정이 되어 있었는지는 꿈에도 몰랐던 것이다. 아울러 그녀가 로저에 대해 가진 애정이 그처럼 간절하고 독점적인 것인지 미처 몰랐다. 이렇게 생각하자 내 마음 속에는 돌연 에디스 드 하빌랜드의 그 이상한 말이 떠올랐다.
 그때 그녀는 묘한 억양으로 '맹목적인 사랑' 운운했었다. 그렇다면 그 말은 바로 클리멘시를 두고 한 말이 아니었을까—.
 로저는 아내를 깊이 사랑하기는 했지만 이 세상 누구보다도 자기 아버지를 우선 사랑했다. 나는 그때서야 비로소 로저를 자기 사람으로 만들고 싶다는 클리멘시의 갈망이 얼마나 집요하고 간절한 것인지를 깨달았다. 그녀에게 있어서 로저에 대한 사랑만이 그녀의 존재를 지탱해 주는 뿌리였던 것이다. 로저는 그녀의 남편이자 연인이기도 했지만, 그녀의 귀여운 아기기도 한 것이다.
 바로 그때 자동차 한 대가 현관 앞에 멈추어 섰다. 나는 소리쳤다.
「아니, 저런! 조세핀이 돌아왔구나!」
 차에서 내린 사람은 조세핀과 마그다였다. 조세핀은 머리에 붕대를 감고 있었지만, 그것만 빼놓고는 아주 힘이 넘쳐 보였다.
 그녀는 차에서 내리자마자 외쳤다.
「금붕어를 보러 가야겠어요!」
 그리고는 우리 곁을 지나 연못을 향해 달려가기 시작했다.
「조세핀!」
 마그다가 소리 질렀다.
「우선 집에 들어가서 누워 있어야 해. 그리고 영양분 있는 수프도 좀 먹고!」
「소란 피우지 마세요, 엄마!」
 조세핀이 같이 소리쳤다.
「난 멀쩡하다고요. 그리고 영양분 수프 같은 건 질색이란 말이에요.」
 마그다는 어찌할 바를 모르고 있었다. 나는 조세핀이 이미 퇴원해도 좋은 상태였다는 것을 알고 있었다. 하지만 이제까지 병원에 있게 된 것은 태버너의 권유 때문이었다. 그는 용의자들이 무사히 체포될 때까지는 조세핀의 안전에 대해 심히 불안했던 것이다.
 나는 마그다에게 말했다.
「아마 신선한 공기를 쐬는 것도 좋을 겁니다. 제가 가서 그 애를 보살펴 주지요.」
 그리고 나서 나는 조세핀이 연못에 닿기 전에 뒤쫓아가 그 애를 붙잡았다.
「조세핀, 네가 없는 동안에 별의별 일이 다 있었단다.」
 조세핀은 내 말에 아무런 대꾸도 하지 않았다. 그리고는 근시인 눈으로 연못 속을 들여다 볼 뿐이었다.
「페르디난드가 보이지 않는데요.」
 이윽고 그 애가 입을 열었다.
「페르디난드가 어떤 놈인데?」
「꼬리가 넷 달린 금붕어였어요.」

「그것 참, 신기하구나. 난 저기 밝은 금빛 나는 놈이 좋은데.」
「그건 어디서나 흔히 보는 거예요.」
「그리고 저 얼룩덜룩한 흰 놈은 별로 마음에 들지 않는구나.」
조세핀은 나를 깔보는 듯한 시선을 던졌다.
「그건 쉬번킨이라는 놈이에요. 아주 비싼 거란 말예요—금붕어 같은 것보다 훨씬 비싸요.」
「그 동안 무슨 일이 있었는지 듣고 싶지 않니, 조세핀?」
「웬만한 건 저도 알고 있어요.」
「유언장이 또 하나 발견되었다는 것도? 너희 할아버지가 재산을 모두 소피아 언니에게 물려주셨다는 것도?」
조세핀은 귀찮다는 얼굴로 고개를 끄덕였다.
「엄마가 벌써 말씀해 주셨어요. 물론 그전에도 알고 있었지만ㅡ.」
「병원에서 들었니?」
「아뇨, 제 말은 할아버지가 소피아 언니에게 유산을 물려주신다는 걸 벌써 알고 있었다는 거예요. 할아버지가 소피아 언니에게 말하는 것을 들었으니까요.」
「또 엿들었구나?」
「제가 엿듣기 좋아한다는 건 아저씨도 아시잖아요.」
「그런 건 아주 몹쓸 짓이야. 그리고 한 가지 얘기해 두겠는데 남의 말을 엿듣는 사람은 남들한테 좋은 소리를 못 듣는다는 걸 알아둬.」
조세핀은 이상야릇한 얼굴로 나를 쩨려보았다.
「저도 할아버지가 저에 대해서 소피아 언니한테 얘기하는 걸 들었어요. 아저씨가 말하는 게 그런 뜻이라면 말이에요.」
그리고 나서 그 애는 덧붙였다.
「유모는 제가 문에서 남들 얘기하는 걸 엿듣는 걸 보면 무지무지하게 화를 내요. 유모 말이 그런 일은 숙녀가 할 짓이 아니라고요.」
「유모 말이 맞고말고.」
「핏!」

조세핀이 비웃었다.

「요즘은 숙녀라고 하는 건 있지도 않아요. 브레인즈 트러스트(방송 청취자의 질문을 즉석에서 대답해 주는 전문가들)에서도 그렇게 말하던걸요. 그 사람들 말이 그런 건 낡아빠진 거래요.」

조세핀은 '낡아빠진'이라는 말을 조심스럽게 한 음절씩 발음했다.

결국 나는 두 손을 들고 화제를 바꿨다.

「그리고 또 한 가지 큰 사건이 있었는데, 네가 좀 늦었구나. 태버너 주임경감이 브렌다 새 할머니하고 로렌스 씨를 체포했어.」

나는 조세핀이 어리지만 탐정놀이를 좋아하는 터라 이 소식을 들으면 흥분하리라고 기대했었다. 하지만 조세핀은 점점 더 짜증난다는 듯 대꾸했다.

「그것도 이미 알고 있어요.」

「알 리가 없지. 지금 막 일어난 일인데.」

「길에서 지나가는 차를 봤어요. 태버너 경감님과 스웨드 가죽 구두를 신은 형사가 브렌다 새 할머니하고 로렌스 선생님이랑 같이 그 안에 앉아 있던걸요. 그래서 아, 저 사람들이 이제 체포되었구나 하고 알았죠. 다만 경감님이 그 사람들한테 정중한 대우를 해 주었길 바라요. 그래야 하잖아요.」

나는 태버너 주임경감이 예절에 따라 아주 정중하게 대했다고 안심시켜 주었다.

「그 편지 얘기를 해줄 수밖에 없었어.」

나는 조세핀에게 변명하듯 말했다.

「물탱크 뒤에 있는 걸 내가 찾아냈거든. 하지만 네가 직접 경감님한테 편지 때문에 얻어맞고 기절한 거라고 얘기했으면 좋으련만—.」

조세핀은 머리에 가만히 손을 대보더니 뭔가 흡족한 듯 말했다.

「정말 죽을 뻔했어요. 제가 그랬죠, 두 번째 살인이 일어날 만한 때라고 말이에요. 사실 물탱크야말로 그런 편지를 숨기기엔 더할 나위 없는 곳이잖아요. 전 로렌스 선생님이 그곳에서 나오는 것을 보고 금방 눈치챘어요. 그분은 원래 물탱크 마개나 수도 파이프, 전기 퓨즈 같은 것에 손댈 줄 모르는 사람이거든요. 그래서 전, '아하, 이건 저 사람이 뭘 감추려고 들어간 거구나.' 하고 추리해 냈지요.」
「하지만 난 말이다―.」
내 말은 에디스 드 하빌랜드의 위엄 있는 목소리가 들려오는 바람에 더 이상 이어지지 못하고 말았다.
「조세핀, 조세핀, 어서 들어오너라!」
조세핀은 한숨을 내쉬었다.
「더 골칫거리가 나타나셨군. 하지만 가봐야지 어쩌겠어요. 에디스 이모할머니 말은 거역할 수 없거든요.」
말을 마치자 그 애는 잔디밭을 가로질러 쏜살같이 달려갔다. 나는 그 뒤를 느릿느릿 따라갔다. 조세핀은 에디스 드 하빌랜드와 몇 마디 말을 나누더니 집 안으로 들어갔다. 내가 집 앞으로 가니 테라스 위에 에디스 드 하빌랜드가 서 있었다.
오늘따라 그녀는 더욱더 나이 들어 보였다. 나는 그녀의 얼굴에 나타난 고뇌와 고통의 표정을 보고 깜짝 놀랐다. 그녀는 피로에 지치고 넋이 나간 모습이었다. 그녀는 내 얼굴에 어린 근심의 표정을 보자 억지로 미소를 지었다.
「저 애는 여전히 모험거리를 찾아 헤매는구려. 그런 일을 당하고도 여전하니―앞으로는 전보다 더 조심해서 살펴봐야겠어. 하지만―이젠 일이 다 해결되었으니 그럴 필요도 없겠지?」
그러고 나서 그녀는 한숨을 쉬며 다시 덧붙였다.
「어쨌든 일이 다 끝나서 나는 기쁘다우. 하지만 그 망신이라니! 살인죄로 체포될 정도라면 뭔가 좀 위엄 같은 것이 있어야지. 난 브렌다같이 제정신을 잃고 고래고래 소리를 지르는 사람을 보면 참을 수가 없다우. 도대체 용기라고는 눈곱만큼도 없는 사람들이라니까. 게다가 로렌스 브라운은 꼭 쫓기는 토끼 같은 꼴이었으니―.」
그녀의 말에 나는 문득 그 두 사람들이 가여워졌다.

「그래도―안됐어요.」
 내가 말했다.
「그래―불쌍한 사람들이지. 하지만 브렌다도 자기 자신을 돌볼 만한 지각이야 있겠지. 변호사니 뭐니 그런 것 말이우.」
 참으로 이상한 일이었다. 이 집안 식구들은 모두 브렌다를 싫어하면서도 그녀가 변호에 유리한 길을 찾았으면 하고 걱정해 주고 있으니 말이다.
 에디스 드 하빌랜드가 다시 말을 계속했다.
「그런데 얼마나 걸릴 것 같수? 재판이며 뭐며 다 끝날 때까지―.」
 나는 잘 모르겠다고 대답했다. 하지만 두 사람이 즉결재판소에 넘겨졌다가 그 다음에 재판에 회부될 것은 분명하다고 덧붙여 말했다. 내가 알기론 그 과정이 한 3~4개월 걸릴 것이다. 그리고 만일 유죄 판결을 받게 되면 항소를 할 것이라고 생각했다.
「두 사람이 유죄선고를 받을 것 같수?」 그녀가 물었다.
「글쎄, 모르겠습니다. 경찰이 얼마나 증거를 확보해 두었는지도 모르겠고―그야 편지가 있긴 합니다만.」
「연애편지 말이오? 그럼 두 사람이 진짜 사랑하는 사이였던가?」
「예, 두 사람은 서로 사랑하고 있습니다.」
 그 말을 듣자 그녀의 얼굴이 더욱 완고한 표정으로 변했다.
「찰스, 난 이런 일이 아주 역겹다우. 난 브렌다가 싫어. 예전에는 지금보다 훨씬 더 싫었지. 그래서 가시 돋친 얘기도 많이 하곤 했다우. 하지만 지금은―그녀에게 가능한 한 모든 도움을 주고 싶구려. 애리스티드도 그것을 바랄 테고. 브렌다가 공정한 재판을 받게 하는 것이 내 책임이라고 생각해요.」
「로렌스는 어떻게 됩니까?」
「아, 로렌스?」
 그녀는 짜증난다는 듯 어깨를 으쓱거렸다.
「남자야 자기 일쯤은 자기가 해야지. 하지만 로렌스도 돌보지 않는다면 애리스티드가 우리를 결코 용서하지 않을 게야. 만일—」
 그녀는 말을 다 마치지 않고 여운을 남겼다. 그러고 나서 말을 다른 데로 돌렸다.
 「이런, 점심때가 다 되었네. 자, 집 안으로 들어가요.」
 나는 런던에 올라갈 일이 있다고 말했다.
 「당신 차로?」
 「예, 그렇습니다.」
 「그래—그렇다면 날 좀 데려다 줄 수 있을지 모르겠네. 이젠 우리 식구들도 모두 밖에 나가도 될 듯 싶은데.」
 「물론 모셔다 드리고 말고요. 그런데 마그다 부인하고 소피아도 점심식사를 하고 나서 런던에 간다던데요. 제2인승 차를 타시는 것보다는 그분들하고 같이 타고 가시는 편이 더 편하실 텐데요.」
 「난 그 애들하고 같이 가고 싶지 않아요. 당신이 좀 데려다 주구려. 내가 런던에 간다는 건 아무한테도 알리지 말고.」
 나는 내심 좀 놀랐으나 그녀의 부탁대로 런던에 데려다 주기로 했다. 런던으로 가는 동안 우리는 별다른 이야기를 나누진 않았다. 그리고 런던에 도착한 뒤 나는 그녀에게 어디에 내려드리면 되겠느냐고 물었다.
 「할리 가(街)(의사들이 모여 사는 지역)에 내려 줘요.」
 나는 왠지 모르게 좀 걱정이 되었으나 아무 말도 않기로 했다. 그러자 그녀는 다시 고쳐 말했다.
 「아니, 그건 너무 이르겠어. 날 데브넴즈에서 내려줘요. 거기서 점심을 먹고 그 다음에 할리 가로 가도 늦지 않으니까.」
 「제가 같이—.」
 나는 이렇게 말을 꺼내다가 그녀가 다시 말을 계속하는 바람에 중단했다.
 「내가 마그다와 오고 싶지 않았던 것도 그 때문이라오. 그 애는 무슨 일이든지 연극으로 만들어 버리거든. 괜한 소동을 피우면서 말이지―.」
「그런 걸 보면 괴로우셨겠군요.」
「뭐 꼭 그런 건 아니라오. 난 내 인생에 만족하거든. 내 딴에는 아주 만족스러운 인생을 살아왔으니까.」
그리고 나서 그녀는 싱긋 웃었다.
「그리고 그 인생은 아직 끝나지 않았다우.」

제23장

나는 며칠 간 아버지와는 전혀 만나지 않았다. 하지만 아버지가 요사이 레오니데스 사건보다는 딴일 때문에 바쁘다는 것을 알고는 태버너 주임경감을 찾으러 나섰다.

태버너 주임경감은 마침 짧으나마 휴식을 즐기고 있었던 터라, 밖에 나가 술 한잔 나누자는 내 말에 쾌히 응해 주었다. 나는 우선 사건이 해결된 것에 대해 축하를 했다. 그 역시 축하인사에 답례를 했으나, 그의 태도에는 어딘지 만족하지 못한 기색이 깃들어 있었다.

「물론 끝나기야 끝났죠, 기소를 했으니까. 우리가 기소를 하는 데 반대할 사람은 아무도 없을 겁니다.」

「그래, 유죄판결이 날 것 같습니까?」

「그야 딱 잘라 말할 수는 없죠. 그 증거란 것이 다 정황(情況)이라서 말입니다. 뭐 살인사건에 있어 증거란 대개가 다 그렇지만―다 그렇기 마련이지요. 배심원들이 증거를 어떻게 받아들이느냐에 따라 상황이 달라질 겁니다.」

「편지들은 어느 정도로 영향을 끼칠까요?」

「찰스, 그 편지들은 언뜻 보면 결정적인 증거처럼 보입니다. 브렌다의 남편이 죽으면 함께 살자는 말이 분명히 언급되어 있으니까요. '이젠 멀지 않았어요'―뭐 이런 구절 같은 거 말이죠. 하지만 변호인 측에선 그걸 다른 식으로 해석할 게 분명해요. 레오니데스 노인이 워낙 고령인 만큼 피고측에서 그가 죽기를 기다리는 거야 당연하지 않느냐는 식으로 말이죠. 게다가 독살에 대한 뚜렷한 언급이 있는 것도 아니지 않느냐고 반격할 겁니다. 그야 물론 그런 비슷한 뜻을 담고 있는 구절이 있긴 하지만, 그러니 결국 배심원들이 어떻게 생각하느냐에 따라 판결이 달라지는 겁니다. 카베리 판사라면 가차 없이 유죄 판결을 내릴 텐데. 그 양반은 불륜의 애정을 다룬 사건이라면 더할 나위 없이 엄격하거든요.

변호인 측에는 이글스나 험프리 카가 나서지 않을까 합니다. 험프리는 이런 사건에는 아주 귀재지요. 하지만 로렌스의 입장을 유리하게 할 만한 혁혁한 전공(戰功) 기록이라도 있다면 험프리가 그 실력을 제대로 발휘할 텐데, 그렇지 못하단 말입니다. 양심적 전쟁 거부자라고 하면 스타일 구기기가 십상이니. 문제는 배심원 측에서 브렌다와 로렌스를 좋게 보느냐에 달려 있는 겁니다. 하지만 배심원들이 어떤 인상을 받느냐는 건 사실 어느 누구도 알 수 없는 거죠. 게다가, 찰스, 당신도 알다시피 두 피고인은 쉽사리 남들의 동정을 받을 만한 처지가 아니질 않습니까. 브렌다는 돈 때문에 늙은 부호와 결혼한 미모의 여인이고, 브라운은 정신질환 기미가 있는 양심적 전쟁 반대자이니 말입니다. 그런 범죄는 흔해빠진 거지요. 너무나 틀에 박힌 거라 오히려 그렇게 빤한 짓을 과연 저질렀을까 의심까지 나는 판이니. 물론 배심원 측에서는 그게 다 로렌스 짓이고, 브렌다는 전혀 아니라고 판결을 내릴지도 모르죠. 혹은 그 반대로 브렌다가 저지른 짓이고, 로렌스는 아무것도 모른다고 판결할 수도 있고. 그렇지 않으면 두 사람 다 공범이라고 판결이 날지도 모르는 일입니다.」

「그렇다면 경감님 자신의 생각은 어떻습니까?」

내가 물었다.

태버너 주임경감은 표정이 없는 나무 인형 같은 얼굴로 나를 내려다보았다.

「아무 생각도 하지 않습니다. 난 단지 사실을 뒤져내 검사에게 넘겼을 뿐이니까. 그리고 검사 측에서 일단 기소하기로 결정하지 않았습니까? 그럼 다 된 거죠. 난 내 의무를 다했으니 이제 그 사건과는 아무런 관계가 없는 거죠. 알겠습니까, 찰스.」

하지만 나는 알 수 없었다.

태버너의 표정에서 그가 무슨 이유 때문인지 불편해 하고 있음을 알아차렸던 것이다. 그러한 나의 생각을 아버지에게 털어놓은 것은 사흘이 지나서였다. 아버지 역시 이 사건에 대해서는 나에게 입도 벙긋하지 않았다. 덕분에 아버지와 나는 긴장 속에 며칠을 보내고 있었다. 나는 그 이유를 알 듯 싶었다. 하지만 아버지와 나 사이에 그런 장벽이 그대로 남아 있게 둘 수는 없는 일이었다.

「어떻게 좀 하지 않으면 안 되겠어요, 아버지. 태버너 주임경감은 브렌다와 로렌스가 범인이라는 것이 내심 좀 미심쩍은 모양인가 봐요—아버지 역시 그러신 것 같군요.」

아버지는 머리를 내저으며 태버너가 한 말과 똑같은 내용을 되풀이할 뿐이었다.

「이제 이 사건은 우리 손을 떠난 거다. 남은 건 판결 뿐이야. 그 사건에 대해서 이제 더 이상 왈가왈부할 것이 없어.」

「하지만 아버지는—태버너 경감님도 그렇고—두 사람이 유죄라고 생각하지 않으시죠?」

「그건 배심원들이 판결 내릴 문제야.」

「제발, 아버지! 그런 전문적인 용어로 얼렁뚱땅 넘어가려고 하지 마세요. 제가 알고 싶은 건 아버지 자신이—아니, 두 분이 이 일에 대해 개인적으로 어떻게 생각하고 계시느냐 하는 점이란 말입니다.」

「내 개인적인 견해란 것도 네 견해보다 나을 게 하나도 없다.」

「그렇지 않아요. 아버지에겐 경험이라는 것이 있으니까요.」

「그럼, 내 솔직히 말하마. 나로선—잘 모르겠다!」

「그 사람들 유죄가 될까요?」

「그렇겠지.」

「하지만 아버지는 지금 두 사람이 유죄라고 확신하지 않으시죠?」

아버지는 어깨를 으쓱 올렸다가 내렸다.

「그걸 누가 알겠니?」

「아버지, 그렇게 내 질문을 따돌리려고 그러시지 마세요. 다른 사건 때는 언제나 확신을 가지셨지 않습니까? 틀림없다고 언제나 믿으셨잖아요? 일단 확신을 가지시면 한치의 의심도 하지 않으셨지 않습니까?」

「때로는 그랬지. 하지만 언제나 그런 건 아니었어.」

「이번 사건에서도 확신을 가져 주세요.」

「나도 그랬으면 한다.」

우리는 잠시 말을 않은 채 묵묵히 앉아 있었다. 나는 문득 어두운 정원에서 나오던 로렌스와 브렌다 두 사람의 모습을 떠올려 보았다. 그들은 고립무원의 외로운 처지였고, 불안에 쫓기는 가련한 처지였다. 사건이 일어났을 때부터 두 사람은 줄곧 불안에 쫓겨왔다. 그것은 죄의식의 발로 때문이 아닐까?

하지만 나는 스스로 그 물음에 해답을 내렸다. '꼭 그렇지만은 않다'고―브렌다와 로렌스는 인생 자체에 대해 불안해했던 것이다. 그들은 자신들 존재 자체에 확신이 없었으며, 위험과 패배를 피할 수 있는 능력에 대해 확신이 없었던 것이다. 그 대신 그들의 눈에는 불륜의 사랑이 거쳐가는 공식, 즉 언제든 살인이 일어날 수 있다는 사실만이 너무나 뚜렷하게 보였다.

이윽고 아버지가 다시 입을 열었다. 그 목소리는 엄숙하면서도 따스했다.

「찰스, 사실을 제대로 직시해 보자. 넌 레오니데스 집안 식구 중 한 사람이 진범이라는 생각을 아직도 품고 있는 거지?」

「그렇지도 않아요. 전 단지 의아한 게―.」

「아니야, 넌 그렇게 생각하고 있어. 네 생각이 틀릴지도 모르지만, 어쨌든 네 생각은 그래.」

「예, 그렇습니다.」

마침내 내가 실토했다.

「그건 왜지?」

나는 내 생각을 분명히 정리해 보려고 잠시 뜸을 들인 뒤에 입을 열었다.
「그건—그건—.」
그래, 바로 그거야! 나는 문득 분명히 생각해냈다.
「그건 그들 가족들 자신이 그렇게 생각하고 있기 때문입니다.」
「가족들이 그렇게 생각하고 있다고? 그것 참 재미있는 일이로구나. 허, 그것 참—그렇다면 네 말은 그 가족들이 전부 서로를 범인으로 의심하고 있다는 말 아니냐! 아니면, 누가 범인인지 의심하고 있다는 말 아니냐! 아니면, 누가 범인인지 알고 있거나—.」
「그건 확실하게 모르겠습니다. 모든 일이 제각기 뒤죽박죽이니까요. 하지만 전체적인 느낌으로 볼 때 그들은 뭔가를 알고 있으면서도 그걸 감추려는 느낌이에요.」
아버지는 내 말이 납득이 간다는 듯 고개를 끄덕였다.
「그런데 로저만은 달라요. 로저는 브렌다가 범인이라고 진심으로 믿고 있는데다가, 더욱이 진심으로 그녀가 교수형이 되었으면 하고 바라고 있거든요. 그렇게 되어야 자기 마음이 후련하게 된다면서요. 그 사람은 그만큼 단순하고 곧이 곧대로죠. 뒤에 뭘 감추거나 그러는 성격이 아니에요. 하지만 다른 사람들은 좀 달라요. 로저처럼 단순하고 간단하지가 않다는 말입니다. 모두들 브렌다에게 가능한 한 모든 노력을 다 동원해서 최선의 변호를 얻게 해 달라고 부탁하거든요— 그건 대체 무엇 때문일까요?」
그 해답은 아버지가 내려 주었다.
「왜냐하면 그 사람들도 내심으로 브렌다가 범인이라고 믿지 않기 때문이겠지. 그래, 그럴 수도 있어.」
그러고 나서 아버지는 조용한 어조로 물었다.
「그럼 대체 누구 짓일까? 너 그 집안 사람들 하고 모두 얘기 나누어 보았지? 그래, 누가 가장 수상쩍더냐?」
「글쎄요……. 저도 그것 때문에 어리둥절할 뿐입니다. 아버지는 제게 살인자란 대개 이러이러하다고 말씀해 주셨지만, 막상 그 집안 식구들 중 거기에 들어맞는 사람은 아무도 없거든요. 그런데도 제 육감은—그 집안의 누군가가 분명 범인이라고 말하고 있으니—.」

「그게 소피아냐?」

「아뇨, 천만에요, 그녀는 아니에요!」

「하지만 찰스 네 마음 속에서는 그런 가능성도 생각하고 있어. 그걸 부인하지는 말아라. 네가 그걸 부인하면 할수록 더욱 그런 생각이 들게 될 테니까. 그리고 다른 사람들은 어떠냐? 필립은 어때?」

「그 사람에겐 다소 엉뚱한 동기를 생각해 볼 수 있는데, 그 동기가 사실일 경우엔 그 사람을 범인으로 볼 수도 있지요.」

「동기란 건 언제나 다소 엉뚱해 볼 일 수가 있는 거야. 때로는 아주 별것 아니라고 생각했는데 뜻밖에도 그것이 동기일 수도 있고. 필립의 동기란 뭐지?」

「그 사람은 형인 로저에게 심한 질투심을 가지고 있습니다. 지금까지 살면서 내내 그랬지요. 로저에 대한 레오니데스 노인의 편애 때문이었지요. 로저는 파산 직전에 있었어요. 그런데도 노인이 그걸 듣고는 로저를 다시 일으켜 세워 주겠다고 약속했습니다. 만일 필립이 그걸 알았다고 생각해 보십시오. 그는 이렇게 생각했을 겁니다. 자, 오늘밤 아버지를 죽이면 로저를 도울 수 없게 된다—그렇게 되면 로저는 완전히 쓰러져 낙오하고 말 것이다—이런 생각을 말입니다. 아, 물론 이건 바보 같은 생각입니다만—.」

「아니, 그렇지 않아. 다소 기발하긴 하지만 충분히 있을 수 있는 일이야. 그게 바로 인간이라니까. 그럼 마그다는 어떠냐?」

「그분은 좀 어린애 같아요. 무슨 일이든지 균형 있게 할 줄을 모르거든요. 하지만 그녀가 조세핀을 스위스로 그렇게 갑작스레 보내려고만 하지 않았던들 저도 그녀에 대해 추호도 의심하지 않았을 겁니다. 그런데 그렇게 서두르는 걸 보니 조세핀이 뭔가 알고 있어서 그걸 말하지 않을까 하고 두려워하는 것이라는 생각이 어쩔 수 없이 드는 겁니다.」

「그런데 바로 그때 조세핀이 머리를 얻어맞았다는 말이지?」
「예, 하지만 설마 그녀가 그런 짓을 할 리가 없지 않습니까?」
「그건 왜지?」
「아니, 아버지, 누가 자기 자식을—.」
「이봐, 찰스, 넌 경찰 신문도 못 읽었느냐? 어머니가 자기 자식 중 하나를 미워한 예는 얼마든지 있단다. 다른 자식들한테는 헌신적으로 사랑을 쏟으면서도 유독 한 자식만을 미워하는 거지. 거기에는 대개 어떤 연상 작용이나 이유가 관련되어 있지. 하지만 그 이유를 완전히 납득하기는 어려워. 어쨌든 일단 그런 일이 있게 되면 불가사의하리만큼 유독 그 애만을 심하게 미워하게 되지.」
「마그다 부인은 조세핀을 '바꿔치기 못난이'라고 불렀다더군요.」
나는 마지못해 아버지의 말에 수긍을 했다.
「그래서 그 아이가 괴로워했다고 하더냐?」
「별로 그런 것 같지는 않았어요.」
「그럼 이제 누가 남았지? 로저는 어떠냐?」
「로저가 자기 아버지를 죽일 리야 있나요. 그것 하나만은 저도 자신하고 있습니다.」
「그렇다면 로저는 일단 용의선상에서 지워 버리기로 하지. 그럼, 그의 아내—이름이 뭐더라—그래, 클리멘시던가?」
「예, 만일 그녀가 시아버지를 죽인 거라면 그 동기는 아주 색다른 것일 겁니다.」
그러고 나서 나는 클리멘시와 나누었던 이야기를 아버지에게 자세히 들려주었다. 그 이야기를 하면서 나는 클리멘시가 자기 남편 로저와 함께 영국에서 멀리 떠나기 위해 시아버지를 독살했을 가능성도 있다고 덧붙였다.
「그녀가 로저에게 아버지한테 알리지 말고 그냥 떠나자고 설득하는 것을 레오니데스 노인이 알았다고 해 보세요. 그렇게 되면 노인은 있는 힘껏 식당 체인점 회사에 경제적인 후원을 해 주려고 했을 겁니다. 그렇다면 클리멘시의 꿈에 부푼 희망이며 계획은 죄다 좌절되고 마는 겁니다. 게다가 그녀는 로저에 대해 필사적인 애정을 쏟고 있었어요. 그건 맹목적인 우상숭배 이상 가는 것입니다.」

「넌 에디스 드 하빌랜드의 말을 그대로 되풀이하고 있구나.」

「예, 그런 셈이죠. 그리고 에디스 드 하빌랜드 역시 범인일 가능성이 있어 보입니다. 그 이유는 모르겠지만—그저 혹시 그녀가 뭔가 그럴 듯한 이유가 있어 직접 자기 손으로 법을 행사해 버린 게 아닌가 하고 생각할 따름이지요. 그분은 능히 그럴 만한 사람이거든요.」

「그런데 그 사람 역시 브렌다가 제대로 변호를 받아야 한다고 하더냐?」

「예, 그렇습니다. 제가 보기에 그건 양심의 가책 때문인 듯 싶습니다. 하지만 한 가지 확실한 것은, 만일 그녀가 범인이라고 해도 브렌다와 로렌스에게 죄를 덮어씌우는 일 같은 건 절대 하지 않을 거라는 사실입니다.」

「그렇지 않겠지. 하지만 그녀가 그 애 조세핀을 돌로 내려치는 그런 일이 있을 수 있을까?」

「예, 그럴 수야 없겠죠.」 나는 느릿느릿 대답했다.

「아, 그런 말을 듣고 보니 조세핀이 한 말이 제 머릿속을 줄곧 맴돌고 있는데—그게 뭔지 도통 생각이 안 나는군요. 깜빡한 모양이에요. 분명히 뭔가 앞뒤가 맞지 않는 말이었는데—아아, 그게 뭔지 생각나면 좋으련만—.」

「너무 신경 쓰지 말거라. 곧 생각나겠지, 뭐. 그밖에 또 의심나는 일이나 사람은 없니?」

「아뇨, 많이 있어요. 혹시, 아버지, 소아마비에 대해 알고 계신 것이 없으십니까? 어린애의 성격에 어떤 영향을 끼치는지 뭐 그런 것 말입니다.」

「유스터스 얘기를 하는 거냐?」

「예, 그 소아마비에 관한 문제를 생각해 보면 해볼수록 저로선 유스터스에게 자꾸만 혐의가 가는 거예요. 할아버지에 대한 그 애의 혐오감과 분노—그 애의 이상야릇한 성격과 우울증 등등, 비정상적인 점이 한두 가지가 아니거든요. 그리고 조세핀을 아무 양심의 가책도 없이 때려눕힐 수 있는 건 가족 가운데 그 애뿐입니다. 만일 조세핀이 그 애에 대해 뭔가 알고 있었다면 말입니다. 사실 그럴 가능성도 상당히 높습니다. 조세핀이 유스터스에 대해 뭔가를 알고 있을 가능성 말이에요. 조세핀은 뭐든지 모르는 게 없거든요. 그리고는 자기가 알아낸 걸 작은 노트에 적어 놓으면서—.」

그때 문득 나는 말을 멈추었다.

「이런, 맙소사! 이런 바보가 있나!」

「아니, 뭐 때문에 그러니?」

「우리 생각이 잘못이었다는 것을 이제야 깨달았습니다! 태버너 주임경감님과 저는 조세핀의 방이 그렇게 엉망이 된 건 범인이 그 편지를 찾으려고 미친 듯이 뒤졌기 때문이라고만 여겼죠. 그때 전 그 애가 편지를 간직하고 있다가 그걸 물탱크 저장실에 숨긴 거라고 생각했죠. 하지만 나중에 조세핀의 말을 듣고 그 물탱크 저장실에 편지를 숨긴 건 로렌스라는 걸 확실하게 깨달았습니다. 그 애는 로렌스가 물탱크 저장실에서 나오는 것을 보고는 이리저리 뒤지다가 그 편지를 찾아낸 겁니다. 그리고는 그 편지를 읽었겠지요. 그 애라면 틀림없이 그랬을 겁니다! 하지만 그 애는 편지들을 제자리에 그대로 갖다 두었습니다.」

「그래서?」

「그래도 모르시겠어요? 조세핀의 방에서 범인이 찾으려고 한 것은 편지가 '아니었다'는 말입니다! 분명히 다른 것이었어요.」

「그렇다면 범인이 찾은 건—.」

「그 애가 자기의 탐정 기록을 적은 작고 까만 노트였죠. 범인은 누군 지는 몰라도 그 사람은 노트를 찾아내지 못했을 겁니다. 아마 조세핀이 아직 갖고 있을 거예요. 하지만 만일 그렇다면—.」

나는 여기까지 말하고 나도 모르게 자리에서 벌떡 일어났다.
「만일 그렇다면 그 애 신변은 여전히 위험하다는 거지?」
「예, 만일 그렇다면 그 애는 스위스로 떠나기 전까지는 결코 안전하지 못합니다. 가족들이 그 애를 스위스로 보내려고 한다는 건 말씀드렸죠?」
「그런데 그 애가 스위스에 가려고 할까?」
나는 곰곰이 생각해 보았다.
「그럴 것 같지는 않군요.」
「그렇다면 가지 않을 게다.」
아버지는 냉정한 목소리로 잘라 말했다.
「하지만 그 애가 위험하다는 건 옳은 말이다. 빨리 그 집으로 가보는 것이 좋겠다.」
「유스터스일까요, 범인이?」 나는 흥분하여 소리쳤다.
「아니면 클리멘시가?」
아버지는 나지막한 목소리로 타이르듯 말했다.
「내 생각엔 지금의 여러 상황이 모두 어떤 한 가지 사실을 명확하게 가리키고 있다고 여겨진다……네가 그걸 깨달을 수 있는지 모르겠다만…….」
그때 글로버가 문을 열었다.
「실례합니다만, 찰스 씨, 스윈리 딘의 레오니데스 양으로부터 급한 전화가 걸려왔습니다.」
이건 또 웬 불길한 일인가! 지난번에 조세핀이 다쳤을 때하고 똑같은 상황 아닌가! 그렇다면 조세핀이 또 희생의 제물이 된 걸까? 이제야말로 살인범이 실수를 저지르지 않고 정확하게 목표를 달성한 게 아닐까?
나는 허겁지겁 전화기 앞으로 달려갔다.
「소피아, 당신이오? 나 찰스요!」
소피아의 절망감 어린 목소리가 수화기를 타고 흘러나왔다.

제23장 245

「찰스, 다 끝난 것이 아니었어요! 살인범은 아직 우리 집 안에 있어요!」

「아니, 대체 그게 무슨 말이오? 무슨 일이오? 또, 조세핀이 당한 거요?」

「조세핀이 아니에요. 이번엔—유모예요!」

「유모가?」

「예, 코코아—코코아를 마셨어요—조세핀이 먹다 남긴 코코아를 식탁 위에 놓아 두었는데 유모가 버리기가 아까워서 그만—마셔버린 거예요.」

「저런, 가엾게도……그래, 중태요?」

소피아의 목소리가 갈라졌다.

「아니에요, 찰스, 유모는—죽었어요.」

제24장

우리는 또다시 악몽 속으로 되돌아갔다.

태버너와 함께 런던을 출발, 스윈리 딘을 향해 차를 타고 가면서 내게 떠오른 생각은 그런 것이었다. 전에 조세핀이 다쳤을 때도 나는 태버너와 함께 이렇게 달려갔는데, 지금도 그와 똑같은 상황이 아닌가 말이다.

태버너는 가는 도중 가끔 입 속으로 욕설을 중얼거렸다. 그리고 나는 이따금 멍청한 얼굴로 같은 말을 자꾸 되풀이하고 있었다.

「그럼 범인은 브렌다와 로렌스가 아니었군. 브렌다와 로렌스가 아니었어.」

하지만 솔직히 말해서 내가 그 두 사람을 범인이라고 생각했던 적이 한번이라도 있었던가! 그 생각을 하자 나는 기뻤다. 보다 사악한 다른 가능성에서 벗어난 것이 기뻤던 것이다.

그들 로렌스와 브렌다는 서로 사랑에 빠진 나머지 그저 순진하고 로맨틱한 연애편지를 주고받았던 것뿐이다. 그리고는 브렌다의 늙은 남편이 되도록 빨리, 그리고 편안하게 눈을 감기를 바란 것뿐이다. 하지만—나는 그들이 정말 레오니데스가 죽기를 바라고 있었다고 생각되지 않았다. 왜냐하면 그 두 사람에게는 법적으로 맺어진 흔한 결혼생활보다는 불행한 사랑을 나누면서 절망과 갈망을 맛보는 편이 더 그럴 듯하게 어울린다는 느낌이 들었던 것이다. 하지만 내가 보기엔 브렌다라는 여자에게 그렇게 열렬한 정열이 있어 보이지 않았다.

그녀는 뜨거운 피가 모자라는 여자였고, 또 다소 미온적인 심성의 소유자다. 그녀가 바라는 것은 그저 낭만적인 로맨스일 뿐이다. 또한 로렌스 역시 내가 보기엔 구체적이고 육체적인 만족감보다는 절망과 다소 애매모호한 미래의 꿈을 즐기는 성격의 사나이였다.

하지만 그들은 결국 덫에 걸린 셈이었고, 난관을 타개해 나갈 정신력도 없이 그저 공포에 떨고 있을 뿐이었다. 특히 어처구니없는 것은 로렌스에게는 브렌다가 보낸 편지를 없애 버릴 만한 꾀도 없었다는 사실이다. 하지만 그가 브렌다에게 보낸 편지는 발견되지 않은 걸로 보아 브렌다는 최소한 편지들을 태워버릴 만한 지각은 있었던 모양이다. 그리고 세탁실 문 위에 대리석 괴임돌을 놓은 것도 필시 로렌스는 아닐 것이다. 그것은 지금도 여전히 가면 뒤에 얼굴을 숨기고 있는 그 누군가의 짓—즉, 범인의 짓이었던 것이다.

차가 저택 현관 앞에 닿자마자 태버너와 나는 홀 안으로 들어섰다. 홀 안에는 내가 모르는 사복 형사가 서 있었는데, 그 형사가 태버너에게 경례를 붙이자 태버너는 그를 한쪽 구석으로 데리고 갔다.

나는 홀 안에 있는 짐 가방을 눈여겨보았다. 그 가방에는 검사 표찰이 붙어 있어 언제라도 비행기에 실려 떠날 수 있게 되어 있었다. 내가 그 가방을 물끄러미 바라보고 있노라니 클리멘시가 2층에서 내려와 아래층의 열려 있는 문으로 들어왔다. 그녀는 언제나 입고 있는 빨간 드레스 위에 트위드 천으로 된 코트를 걸치고 있었고, 머리에는 펠트 모자를 쓰고 있었다.

「마침 잘 왔군요. 작별인사를 하려던 참이었는데—.」

「어디로 떠나십니까?」

「오늘밤 런던으로 가요. 내일 아침 일찍 비행기가 뜨거든.」

그러고 나서 그녀는 말없이 미소를 짓고 있지만, 눈길만은 나를 주의 깊게 살펴보고 있었다.

「하지만 지금 이런 때 떠나실 수는 없지 않습니까?」

「왜?」

그녀의 어조는 딱딱하기 그지없었다.

「유모가 죽었는데, 이런 때에—.」

「유모가 죽은 건 우리하고는 아무 상관도 없는 일이에요.」

「그야 그렇겠죠. 하지만 아무리 그래도…….」

「'그렇겠죠'라니? 유모가 죽은 것은 우리하고 아무런 상관도 없는 일이에요. 로저하고 나는 위층에서 짐을 꾸리고 있었어요. 그 코코아 잔이 식탁 위에 있는 동안 주방에는 내려오지도 않았다고요.」

「증명하실 수 있습니까?」

「로저의 알리바이에 대해선 내가 입증할 수 있지. 그리고 내 알리바이에 대해선 로저가 입증할 거고.」

「그건 소용없는 일입니다……두 분은 부부이지 않습니까.」

내 말에 그녀는 분노에 차 소리쳤다.

「정말 못 알아듣는군요, 찰스! 로저와 나는 멀리 떠나 우리만의 인생 설계를 하려는 사람들이란 말이에요. 그런데 대체 무엇 때문에 우리와는 아무 감정 상한 일도 없는 부지런하고 맘씨 좋은 유모를 독약을 먹여 죽인단 말이에요!」

「독을 먹이려던 목표가 유모가 아니었을 수도 있죠.」

「그렇다면 우리가 조세핀 같은 어린애를 독살할 리는 더욱 없는 거잖아요!」

「어린애도 어린애 나름이죠, 안 그렇습니까?」

「그게 무슨 말이죠?」

「조세핀은 여느 어린애하고는 다른 애입니다. 그 애는 사람들에 대해 이것저것 아는 게 많단 말입니다. 그리고―.」

내 말이 갑자기 멈춰졌다. 조세핀이 거실로 향하는 문을 열고 들어섰기 때문이었다. 그 애는 여느 때와 마찬가지로 사과를 베어 물고 있었는데, 그 크고 둥근 빨간 사과 위로 그 애의 눈이 잔인한 즐거움으로 반짝반짝 빛나고 있었다.

「유모가 독살당했어요. 할아버지처럼―정말 흥미진진한 일이잖아요?」

「아니, 넌 그걸 보고도 전혀 괴롭지 않니?」

나는 꾸짖듯이 조세핀을 힐책했다.

제24장 249

「너, 유모를 좋아했잖아?」

「꼭 그렇지도 않았어요. 유모는 언제나 저만 보면 이것저것 잔소리를 하면서 시끄럽게 굴었으니까요.」

「그럼, 대체 네가 좋아하는 사람은 누구니?」

클리멘시가 비꼬는 투로 물었다.

그러자 조세핀이 꼬마 유령 같은 눈길을 클리멘시에게 돌렸다.

「에디스 이모할머니요. 전 에디스 이모할머니가 정말 좋아요. 유스터스와도 친하게 지내고 싶었는데, 오빤 언제나 저한테 으르렁거려요. 게다가 이번 사건의 범인이 누군 지도 흥미 없어 하고요.」

「이제 이것저것 정탐하고 다니는 건 그만두어야 한다.」

내가 엄숙하게 말했다.

「아주 위험하거든.」

「이젠 그런 짓 안 해도 돼요. 전 진상을 다 아니까—.」

조세핀의 말에 우리 세 사람 사이에 잠시 침묵이 흘렀다. 조세핀은 짐짓 엄숙한 표정으로 눈도 깜박거리지 않은 채 클리멘시를 응시하고 있었다. 그때였다. 누군가의 기다란 한숨 소리가 들려왔다.

나는 홱 몸을 돌이켰다. 층계 중간쯤에 에디스 드 하빌랜드가 서 있었으나, 그녀가 한숨 소리를 낸 것은 아닌 듯싶었다. 그 한숨 소리는 조세핀이 조금 아까 있었던 문 뒤에서 들려왔기 때문이다.

나는 얼른 문으로 다가가 벌컥 열어 젖혔다. 하지만—그 안에는 아무도 없었다.

나는 심한 불안감을 느꼈다. 누군가가 문 뒤에서 조세핀의 말을 엿들은 것이다. 나는 되돌아가 조세핀을 끌어안았다. 하지만 조세핀은 여전히 사과만을 베어 먹으며 클리멘시를 뚫어지게 노려보고 있었다.

그 딱딱한 얼굴 표정 뒤에는 어떤 이상야릇하고 사악한 기쁨 같은 것이 도사리고 있었다.

「자, 조세핀, 저리 가서 얘기 좀 하자꾸나.」

마침내 나는 그 애의 팔을 잡아끌며 재촉했다.

조세핀이 항의할지도 모른다고 생각했지만 지금은 그런 소리를 들을 심정이 아니었다. 나는 그 애를 재촉해 그 애 방 쪽으로 갔다. 마침 그 근처에 아무도 들어오지 않은 작은 거실이 있었다. 나는 조세핀을 그곳에 밀어 넣고는 문을 꼭꼭 걸어 잠근 뒤 의자에 그 애를 앉혔다. 그리고는 의자 하나를 끌어와 그 애 바로 앞에 앉았다.

「자, 조세핀, 이제 솔직히 얘기하자. 네가 알고 있다는 게 대체 뭐냐?」

「여러 가지를 알고 있죠.」

「그야 물론이겠지. 네 머릿속은 지금 알아도 되는 것과 쓸데없는 것으로 꽉 차 흘러 넘칠 지경일 테니까. 하지만 내가 물어 본 것이 무슨 뜻인지 알 텐데, 안 그래?」

「물론이죠, 전 바보가 아니에요.」

조세핀이 한 그 '바보'라는 말이 나를 비웃고 한 말인지, 아니면 경찰을 두고 한 말인지는 알 수 없었지만 나는 그냥 모른 체하고 넘어갔다.

「그럼 누가 코코아에 독을 넣었는지 알고 있니?」

조세핀은 고개를 끄덕였다.

「너희 할아버지를 누가 죽였는지도?」

조세핀이 다시 고개를 끄덕였다.

「누가 대리석으로 네 머리를 다치게 했는지도?」

조세핀은 여전히 고개를 끄덕였다.

「좋아, 그럼 이제 네가 알고 있는 것을 몽땅 다 털어놓아 봐, 하나도 빼지 말고—자, 빨리.」

「얘기 안 해요.」

「해야 돼. 네가 알고 있는 것, 찾아낸 것을 모두 경찰에게 알려야 한단 말이야!」

「경찰한테는 더욱더 아무것도 얘기 안 할 거예요. 죄다 바보들뿐인걸요. 경찰은 브렌다 새 할머니나 로렌스 선생님이 범인이라고 여기고 있죠. 저 같으면 그런 어리석은 생각은 하지 않을 텐데—두 사람은 절대 범인이 아니에요. 전, 잘 알아요. 전 범인이 누군지 눈치챘어요. 그래서 일단 시험을 한번 해 보았죠. 그랬더니 제 생각이 맞더군요.」

그 애의 마지막 말은 의기양양하게 뽐내는 어조였다.

나는 지금이야말로 절대 인내가 필요한 때라고 속으로 뇌까리고는, 다시 아무렇지도 않은 듯 말을 이었다.

「그래, 조세핀, 넌 참으로 영리한 아이로구나—.」

내 말에 조세핀은 기분이 좋은 얼굴이었다.

「하지만 이봐, 조세핀, 비밀을 캐내고 즐거워하는 것도 좋지만, 만약 네가 살아 있지 못하다면 네 영리함도 아무짝에 쓸모 없는 게 아니냐? 내 말 알겠니, 이 바보야? 지금 너처럼 비밀을 멋대로 떠들고 있다간 언제 무슨 위험한 꼴을 당할지 모르는 거야.」

조세핀은 내 말에 동감한다는 듯 고개를 끄덕였다.

「그래요, 정말—.」

「우선 너는 두 번의 아슬아슬한 고비를 넘기지 않았니. 그중 한 번은 진짜 네 목숨이 날아갈 뻔했고, 또 이번에는 남의 생명까지 앗아갔잖아. 만일 네가 그렇게 계속 집 안팎을 돌아다니며 범인이 누군지 알고 있다는 둥 큰소리를 치고 다니면 범인은 계속 너를 노릴 거란 말이야. 알겠니? 그렇게 되면 결국 네가 죽거나, 또 누군가 다른 사람이 죽게 되는 거라고!」

「어떤 탐정소설을 보니까 그렇게 차례로 사람이 죽더군요.」

조세핀이 자기 지식을 뽐내려는 듯 말했다.

「그러다 보면 마지막으로 한 남자 아니면 한 여자가 남게 되니까, 그걸로 범인이 누구인지 알게 되는 거죠.」

「이건 탐정소설이 아니야. 그리고 여긴 스윈리 딘의 스리 게이블스 저택이고. 조세핀, 너는 필요 이상으로 탐정소설을 많이 읽어 잘난 척하는 계집아이일 뿐이고 말이야. 그러니 이제 빨리 털어놓지 않으면 네 이빨이 흔들릴 정도로 야단을 쳐 줄 테다.」

「그렇다면 아무 얘기나 가짜로 꾸며서 털어놓는 척하죠, 뭐.」

「그럴 수도 있겠지. 하지만 넌 그러지 않을걸. 대체 네가 기다리고 있는 게 뭐냐?」

「말해봤자 모르실 테니 절대 얘기 안 할 거예요. 아마―그 사람이 좋아졌나 봐요.」

그러고 나서 조세핀은 내가 그 말을 음미할 시간을 주려는 듯 말을 끊었다.

「제가 만일 털어놓는다 해도 그럴듯하게 털어놓겠어요. 모든 사람을 주위에 다 불러모은 다음 처음부터 끝까지 이것저것 단서를 제시해 가면서 설명을 하는 거예요. 그러다가 마침내 갑자기 말하는 거죠. '범인은 바로 당신이었어!' 하고 말이죠.」

조세핀이 마치 연극의 한 장면처럼 집게손가락을 앞으로 휙 뻗었을 때 에디스 드 하빌랜드가 방 안에 들어왔다.

「그 사과 속을 휴지통에 버려라, 조세핀. 손수건은 있니? 손가락이 더럽구나. 자, 차를 타고 나와 같이 좀 가자.」

그녀의 의미심장한 눈이 내 눈과 마주쳤다.

「한두 시간쯤 나가 있어야 네가 안전할 듯 싶어 그런 단다.」

조세핀이 뾰로통한 얼굴로 못마땅하다는 기색을 내보이자 에디스는 다시 덧붙였다.

「롱브리지로 가서 아이스크림소다를 먹는 거야.」

그러자 조세핀의 눈이 반짝였다.

「두 개 사 줘요.」

「그래, 그러마. 자, 빨리 가서 모자하고 코트를 걸치고 오너라. 짙은 감색 목도리를 하고―오늘은 바깥 날씨가 아주 춥거든. 찰스, 그 애가 옷을 입는 동안 좀 같이 있어 줘요. 한눈팔지 말고. 그 동안 난 편지를 두 통 쓸 게 있으니까.」

말을 마치자 에디스는 책상 앞에 앉았다. 나는 조세핀을 데리고 방을 나섰다. 에디스가 주의시키지 않았더라도 찰거머리처럼 조세핀에게 꼭 붙어 있을 작정이었다. 분명한 육감으로 조세핀에게 위험이 다가와 있다고 느꼈기 때문이다.

내가 조세핀의 몸차림을 거들어 주고 있을 때 소피아가 방 안에 들어오더니 내 모습을 보고 놀란 얼굴을 했다.

「어머나, 찰스, 이젠 아기보기까지 맡았어요? 난 당신이 여기 있을 줄은 꿈에도 몰랐어요.」

「나, 에디스 이모할머니하고 같이 롱브리지로 가서 아이스크림을 먹을 거야.」

조세핀이 뽐내듯 말했다.

「저런, 이렇게 추운 날에 말이냐?」

「아이스크림소다는 언제 먹어도 맛있는걸. 바깥이 추울 때 먹으면 속이 따뜻해지거든.」

소피아는 얼굴을 찌푸렸다. 그녀의 얼굴에는 근심의 빛이 가득했다. 나는 그녀의 창백한 얼굴과 눈 밑에 거무스레하게 나타난 그늘을 보고 가슴이 저려왔다.

우리가 거실로 돌아와 보니 에디스가 편지 두 통 위에 압지를 누르고 있는 중이었다. 그리고는 우리를 보자 경쾌하게 자리에서 일어섰다.

「자, 이제 가자. 에반스에게 포드 자동차를 대놓으라고 일렀다.」

그러고 나서 그녀는 나는 듯 홀로 나섰다. 우리도 그녀 뒤를 따랐다. 내 눈길이 다시 한 번 홀 안에 놓여 있는 여행 가방이며 푸른 꼬리표에 머물렀다. 그것을 보자 웬일인지 내 마음 속에 희미한 불안감이 피어올랐다.

「날씨가 아주 좋구나.」

에디스 드 하빌랜드는 장갑을 끼면서 하늘을 올려다보았다. 모델 번호 10인 포드 자동차가 현관 앞에 대기하고 있었다.

「날씨가 차갑긴 하지만 상쾌해. 진짜 전형적인 영국 날씨지. 저기 앙상한 나뭇가지 좀 봐. 하늘을 향해 뻗어 있는 모습이 정말 아름답지? 누렇게 물이 든 나뭇잎이 한둘 아직도 매달려 있네…….」
　잠시 말이 없던 그녀는 몸을 돌려 소피아에게 입맞추었다.
「잘 있으렴. 너무 근심하지 말아라, 소피아. 살다보면 피하지 말고 꿋꿋이 직면해야 할 일도 많은 거란다.」
　그러고 나서 그녀는,
「자, 가자, 조세핀!」 하고 외치더니 차에 올랐다. 이어 조세핀도 그 뒤를 따라 차에 올라 에디스 옆자리에 앉았다. 차가 출발하자 두 사람은 우리를 향해 손을 흔들어 보였다.
「에디스 이모할머님 말씀이 맞아. 조세핀을 잠시 이 집에서 나가 있게 하는 편이 낫겠어. 하지만 소피아, 저 애가 알고 있는 걸 털어 놓게 해야 할 텐데…….」
「그 앤 아마 아무것도 모를지도 몰라요. 허세를 부리는 것뿐인지도 몰라요. 그 애가 뽐내기 좋아하는 건 당신도 알잖아요.」
「아니, 꼭 그렇지만도 않소. 그런데 경찰에서는 코코아에 무슨 독이 들어 있었는지 알아냈답니까?」
「디기탈린(디기탈리스 잎에서 뽑아낸 독물)이라던데요. 에디스 이모할머니가 심장병 때문에 디기탈린 액을 드시고 계시거든요. 이모할머니 방에는 언제나 디기탈린 정제가 가득 들어 있는 작은 병이 있는데, 그 병이 비었다는 거예요.」
「그런 물건이면 어디다가 감추고 잘 잠가 두어야지.」
「그러셨어요. 하지만 누군가가 열쇠를 찾아내는 건 별로 어렵지 않았을 거예요.」
「누군가라니—누구 말이오?」
　나는 다시 한 번 그 여행가방을 바라보았다. 그리고는 갑자기 큰소리로 외쳤다.
「그 사람들을 보낼 순 없어! 가게 해선 안 돼!」
　소피아는 내 말에 화들짝 놀랐다.

「로저 큰아버지하고 클리멘시가? 찰스, 당신이, 설마 그분들이―.」
「아니면, 그럼 누구라는 거요?」
소피아는 제발 도와달라는 듯 두 손을 앞으로 내밀며 속삭였다.
「모르겠어요, 찰스. 내가 아는 건―끔찍한 악몽 속으로 되돌아왔다는 사실밖에―.」
「나도 그렇소. 태버너 주임경감하고 차를 타고 이리로 오면서 나도 내내 그 말을 중얼거렸지.」
「이건 정말 악몽이라고 볼 수밖에 없어요. 평소에 그리도 잘 알던 사람들 사이를 걸어다니면서 얼굴을 맞대고 있는데―갑자기 그 얼굴이 죄다 뒤바뀐 거예요―전혀 모르는 사람의 얼굴로―낯선 이방인―낯설고 잔인한 사람의 얼굴로…….」
그리고 나서 그녀는 울부짖듯 말했다.
「밖으로 나가요, 찰스―이 집 밖으로! 집 바깥이 더 안전해요……. 이 집 안에 있는 것도 이젠 견딜 수 없어요!」

제25장

우리는 오랫동안 정원에 나가 있었다. 비록 입 밖에 내지는 않았지만 우리를 짓누르고 있는 공포에 대해서는 화제에 올리지 않기로 합의를 보았다. 그 대신 소피아는 죽은 유모가 자신들에게 해 준 여러 가지 일이며 어릴 적에 그녀와 같이 놀던 일—그리고 유모가 로저와 그녀의 아버지 필립, 그리고 유스터스와 조세핀 등, 그녀가 돌보아 준 다른 형제자매에 대해 이야기 등을 털어놓았다.

「우리는 모두 유모의 친자식들 같았지요. 전쟁 중에도 유모는 우리를 돌봐주러 돌아왔어요. 그때 조세핀이 아주 어린 아기였고, 유스터스도 조그만 사내애였을 때지요.」

이렇게 추억을 늘어놓자 소피아는 다소 마음에 위안을 느끼는 듯싶었다. 그래서 나는 이야기를 계속해 보라고 부추겨 주었다.

그때 문득 태버너가 지금 무얼 하고 있을지 궁금해졌다. 아마 가족들을 이것저것 심문하고 있을 테지. 언뜻 보니 경찰 사진사와 두 남자가 탄 자동차가 집 밖으로 사라지는 것이 보였다. 그리고는 그 차와 엇갈려 구급차 한 대가 나타났다.

소피아는 그 차를 보고 몸을 떨었다. 구급차는 곧바로 다시 집을 떠났지만 우리는 그 안에 해부를 위해 유모의 시체를 실었음을 알고 있었다. 차가 떠난 뒤에도 우리는 정원에 앉아 이야기를 계속했다. 하지만 우리가 나누는 말들은 점차 우리가 마음 속으로 정말 생각하고 있던 것들과는 멀어졌다.

마침내 소피아가 몸을 떨며 자리에서 일어났다.

「너무 늦었어요—벌써 어둑어둑 해진 걸요. 이젠 집에 늘어가야겠어요. 에디스 이모할머니하고 조세핀은 아직 돌아오지 않는군요…….

지금쯤이면 돌아올 때가 됐는데?」

그 말에 나는 막연하게나마 불안을 느끼기 시작했다. 혹시 무슨 일이 있는 건 아닐까? 혹시 에디스 드 하빌랜드가 일부러 그 애를 이 '비뚤어진 집'에서 멀리 데리고 나간 것이 아닐까?

집에 들어선 소피아는 커튼을 치고는 집 안에 불을 켰다. 그러자 그 커다란 응접실이 그곳에 떠도는 이상한 분위기—과거의 영화(榮華)를 상징하는 듯한 분위기에 더없이 어울리는 모습으로 변했다. 탁자 위에는 청동 색 국화가 심어진 커다란 화분들이 놓여 있었다.

소피아가 벨을 누르자 2층에서 주로 일을 하는 낯익은 하녀가 차를 가지고 들어왔다. 그녀는 울어서 눈이 빨개진 채 여전히 훌쩍거리고 있었다. 나는 그녀가 뭔가 잔뜩 겁을 먹고는 연신 어깨 뒤로 눈길을 보내는 것을 보았다.

곧이어 마그다가 들어와 우리 옆에 앉아 차를 마셨다. 하지만 필립의 차는 서재로 가져갔다. 지금 마그다가 맡고 있는 역은 비탄으로 인해 꼼짝 않고 앉아 있는 여인의 역이었다. 그녀는 거의 입을 다물고 있다가 딱 한 번 입을 열었다.

「에디스 이모님과 조세핀은 대체 어디 있는 거지? 너무 늦는걸.」

하지만 그 말도 무슨 딴 생각에 잠겨 건성으로 하는 투였다.

나는 점점 더 불안해지기 시작했다. 마그다에게 태버너 주임경감이 아직도 여기 있느냐고 물어 보니 그런 것 같다는 대답이었다. 나는 곧 그를 찾아내서는 에디스 드 하빌랜드와 조세핀이 걱정된다고 말해 주었다.

내 말을 들은 태버너는 곧 전화기를 들어 여기저기 무슨 지시를 내렸다.

「소식이 오면 곧 알려 주겠습니다.」

나는 그에게 감사의 말을 전한 뒤 거실로 돌아왔다. 와보니 마그다는 어딘가로 가버리고 유스터스가 들어와 소피아와 함께 앉아 있었다.

「무슨 소식이 있으면 알려 준다고 했소.」
나는 소피아에게 태버너의 말을 전했다.
소피아는 착 가라앉은 목소리로 말했다.
「무슨 일이 있는 거예요, 찰스. 무슨 일이 난 게 틀림없어요.」
「소피아, 걱정하지 말아요. 아직 그렇게 늦은 건 아니잖소.」
「뭘 그리 걱정해요? 아마 영화라도 보러 갔겠죠.」
유스터스가 끼여들었다. 그리고는 발을 질질 끌며 방 밖으로 나갔다. 나는 소피아에게 말했다.
「에디스 이모할머님이 조세핀을 호텔로 데려간 모양이오. 아니면, 런던에 데려갔을지도 모르지. 그분은 조세핀이 진짜 위험하다고 생각하신 모양이야. 우리가 생각하는 것보다 더 절실히 그걸 깨달으셨나 봐.」
하지만 소피아는 내 말에도 그저 암담한 표정을 지을 뿐이었다. 나로서는 그녀가 왜 그리 두려워하는지 알 수 없었다.
「에디스 이모할머님이 아까 나한테 작별 키스를 했어요…….」
나는 그녀가 왜 밑도 끝도 없이 그런 말을 하는지 알 수 없었다. 대체 그게 무슨 뜻일까? 나는 마그다도 불안해하고 있느냐고 물어보았다.
「어머니가요? 아뇨, 어머니는 아무렇지도 않아요. 시간관념이라곤 전혀 없는 분이시거든요. 지금 어머니는 배버수 존스의 〈모사꾼 여인〉이라는 신작 희곡을 읽고 있어요. 살인극인데―푸른 수염(프랑스 소설의 주인공으로 아내를 차례로 죽인 사나이)이 나오는 극이라나요. 참 너무나 어처구니가 없어서! 아마 〈비소와 낡은 레이스 천〉이라는 희곡을 표절한 것일 거예요. 하지만 그 주인공은 좋은 여자예요. 미망인이 되고 싶은 편집증에 걸렸을 뿐이지―.」
나는 이제 더 이상 아무 말도 하지 않았다. 그 뒤 우리는 잠시 동안 서로 책을 읽는 척하며 앉아 있었다.
6시 30분이 되자 태버너가 문을 열고 들어왔다. 그의 얼굴을 보자 우리는 그가 무슨 말을 하려는지 짐작이 갔다.

　소피아는 자리에서 벌떡 일어났다.

「무슨 일이에요?」

「유감이지만 나쁜 소식이오. 아까 그 차를 찾으라는 비상수배령을 내렸는데 어떤 운전사가 그 차와 비슷한 번호판을 단 포드 자동차가 플랙스퍼 히스 근처 대로(大路)에서 옆길로 빠져 숲 속으로 들어가는 것을 보았다고 연락해왔습니다.」

「설마─플랙스퍼 채석장으로 가는 길은 아닐 테지요?」

「맞습니다, 레오니데스 양.」

태버너 주임경감은 잠시 말을 멈추었다가 계속했다.

「그 차는 채석장에서 발견되었소. 안에 타고 있는 사람은 둘 다 죽어 있었소─즉사해서 그나마 다행이었지만─.」

「조세핀!」

문 앞에 서 있던 마그다가 소리쳤다. 그녀의 목소리가 흥분으로 인해 찢어질 듯 높이 울렸다.

「조세핀! 내 아기!」

소피아는 마그다에게로 다가가 그녀를 껴안았다.

그때 내가 외쳤다.

「잠깐만!」

그래, 생각났다. 에디스 드 하빌랜드는 책상 앞에서 편지 두 통을 쓴 뒤 그 편지들을 손에 들고 홀로 나갔었다.

하지만 자동차에 오를 때는 분명히 그 편지를 갖고 있지 않았다!

나는 쏜살같이 홀로 뛰어 들어가 기다란 떡갈나무 책상 앞으로 갔다. 책상 위에 편지가 있었다. 놋쇠로 만든 찻주전자 뒤에 살짝 숨겨져 있었다.

위에 놓은 편지는 태버너 주임경감 앞으로 되어 있었다.

나는 뒤따라 들어온 태버너에게 그 편지를 건네주었다. 그는 겉봉을 뜯어 읽기 시작했다. 그리고 나는 그 옆에 서서 속에 쓰여진 짧은 편지를 읽었다.

> 이 편지는 내가 죽은 뒤 개봉되었으면 해요.
> 상세한 설명은 여기 다 적고 싶지 않습니다만 어쨌든 나는 동생의 남편인 애리스티드 레오니데스와 유모인 제닛 로의 죽음에 대한 모든 책임을 지고 이 편지를 씁니다. 그리고 이로써 나는 브렌다 레오니데스와 로렌스 브라운이 애리스티드 레오니데스의 죽음과는 아무런 상관이 없는 결백한 몸이라는 사실을 엄숙히 밝히는 바입니다. 할리 가 783번지 마이클 샤베스 박사에게 조회해 보면 내 목숨이 안 그래도 몇 달밖에 남지 않았다는 사실을 확인해 줄 겁니다. 때문에 나는 이런 수단을 취함으로써 억울하게도 살인죄 누명을 쓰고 말 못할 고통을 겪고 있는 결백한 두 사람을 구하려 작정한 것입니다.
> 이 일을 결행하는 지금 내 정신은 아주 말짱하며 여기 쓴 내용도 명백한 의식 속에서 쓴 것임을 밝힙니다.
>
>   에디스 엘프리다 드 하빌랜드

편지를 다 읽고 난 나는 소피아 역시 내 옆에 서서 그 편지를 읽었음을 알았다. 태버너가 허락을 했는지 아닌지는 모르겠지만—.

「에디스 이모할머니…….」

소피아는 나직이 중얼거렸다.

나는 에디스 드 하빌랜드가 무자비하게 엉겅퀴 풀을 짓밟던 장면을 떠올렸다. 그리고는 처음 그녀를 만났을 때 막연하긴 했지만 그녀를 의심했던 일도 떠올렸다. 하지만 그녀가 왜—?

내가 내 자신의 생각을 미처 정리하지 못하고 있는데 소피아가 먼저 나와 같은 생각을 입 밖에 냈다.

「하지만 이모할머니가 왜 조세핀을—? 대체 뭐 때문에 조세핀을 함께 데리고 나갔을까요?」

「그리고 이번 사건을 저지른 동기는 뭘까?」

나도 소리쳤다. 하지만 그 말을 하면서 비로소 나는 진실을 알 수 있었다. 모든 것이 명백해졌던 것이다. 문득 정신을 차려보니 내 손에는 두 번째 편지가 쥐어져 있었다. 살펴보니 그 편지 겉봉에는 내 이름이 써 있었다.

그 봉투는 첫 번째 편지보다 두툼하고 딱딱했다. 그것으로 나는 편지를 미처 뜯기도 전에 그 안에 든 것이 무엇인지 알 수 있었다. 겉봉을 뜯자 조세핀의 작고 까만 노트가 뚝 떨어졌다. 나는 노트를 방바닥에서 주워 올렸다. 겉장을 열자 첫 페이지 서두가 눈에 띄었다.

마치 먼 나라에서 들리는 것처럼 소피아의 목소리가 들려왔다. 그녀의 목소리는 맑고도 차분했다.

「우리가 잘못 생각했군요. 에디스 이모할머니가 아니에요.」

「그렇소.」

소피아는 내 곁에 다가와 속삭였다.

「조세핀—조세핀이로군요. 그렇죠? 조세핀이었어요.」

우리는 나란히 서서 작은 노트의 첫 구절을 들여다보았다. 그것은 어린애다운 삐뚤삐뚤한 글씨로 다음과 같이 써 있었다.

'오늘 할아버지를 죽였다.'

제26장

 후에 나는 내가 왜 그리도 장님이었을까 하고 혀를 찼다.
 처음부터 진실은 너무나 뻔히 눈에 드러나 있었는데—조세핀—그 애만이 살인범의 요건을 완벽하게 갖추고 있었던 것이다. 그 애의 허영심, 언제나 자기를 내세우고 뽐내려는 욕구, 떠들기 좋아하는 성격, 자기가 얼마나 영리하며 경찰이 얼마나 바보인가를 자꾸만 되풀이해서 말하던 일……등등.
 그런데도 나는 그 애가 어린애라는 이유만으로 전혀 고려의 대상에 넣지도 않았던 것이다. 하지만 어린애들도 살인을 저지를 수 있다. 게다가 이번 살인사건은 어린 아이들만이 저지를 수 있는 사건이었다. 게다가 이번 사건을 보면 그 애의 할아버지가 살인을 위한 상세한 방법까지 가르쳐 주었다.
 그 애에게 살인의 청사진을 제공한 셈인 것이다. 그러므로 그 애는 그저 지문만 남기지 않으면 만사형통이었다. 지문을 남기지 말아야 한다는 정도는 탐정소설 한두 권만 읽어도 누구나 다 아는 일이다. 그리고 그 밖의 모든 사건 경위도 그 애가 탐정소설에서 이것저것 닥치는 대로 끌어 모아 실행에 옮겨 본 것에 지나지 않았다. 작은 노트, 여기저기 정찰해 보는 일, 누군가를 범인으로 의심하는 척해 보이는 행동, 확신이 서기까지는 절대로 입을 열지 않겠다는 그 고집…….
 그리고 마지막으로 자기 자신을 위험에 빠뜨리는 술수. 하지만 그짓은 지칫 잘못했으면 정말 자기 목숨을 잃었을지도 모른다는 점을 생각하면 믿을 수 없을 만큼 대담하고 엉뚱한 짓이었다. 그러나 역시 어린애였으므로 그 애는 자기가 죽을지도 모른다는 가능성은 생각해 보지도 않았던 것이다. 그 애는 여주인공이었다. 그래서 어떤 소설이든 여주인공이 죽는 법은 없다고 스스로 믿었던 것이다.

하지만 알고 보면 명백한 단서가 있었다. 세탁실의 낡은 의자 위에 나 있던 진흙 자국이 그것이다. 집안 식구 중 의자를 딛고 올라서야 비로소 문 위에 대리석 괴임돌을 장치할 만큼 키가 작은 인물은 조세핀 그 애뿐이었다. 그 애는 우선 실험적으로 그 돌을 제 머리 위에 떨어뜨려 보았다. 그것은 세탁실 바닥에 나 있던 자국으로 알 수 있다. 하지만 잘 맞지 않는 바람에 그 애는 몇 번이고 다시 올라가 지문이 남는 것을 피하기 위해 목도리로 돌을 싸서 문 위에 장치했다. 그리고는—마침내 그 돌에 맞은 것이다. 죽을 고비를 넘기긴 했지만—.

그것은 정말 완벽한 배경이었다. 그 애가 남들에게 보여 주려고 한 인상이 완벽하게 실현되었던 것이다! 뭔가를 알고 있는 여주인공이 위험에 처해 있다가 드디어 범인의 습격을 받는다—이것이 바로 그 애가 원하는 바였다.

게다가 이제 보니 그 물탱크 저장실에 있었던 것도 다 내 주의를 끌려고 일부러 그랬던 것이다. 그리고는 세탁실로 가기 전에 자기 손으로 직접 제 방을 흐트러뜨려 놓은 솜씨는 가히 예술적이었다.

하지만 병원에서 퇴원해 브렌다와 로렌스가 체포된 것을 알고는 퍽 실망했을 것이 틀림없다. 그렇게 되면 사건은 결말이 나고 여주인공—즉 조세핀 자신은 무대 조명을 받지 못하게 되기 때문이다.

그래서 그 애는 에디스 드 하빌랜드의 방에서 디기탈린을 훔쳐내 자기 코코아 잔에 타 넣은 뒤 그 잔을 홀 안 테이블 위에 놔두었던 것이다.

유모가 그것을 마시리란 것을 그 애는 알고 있었을까? 아마 그랬을 것이다. 그 날 아침 그 애가 한 말로 미루어보면 그 애는 유모의 잔소리에 항상 불만을 품고 있었던 것이 틀림없다. 그리고 혹시—유모는 평생 동안 아이들을 돌봐 온 경험에서 조세핀을 다소 미심쩍어했던 것은 아닐까? 나는 유모가 그 특유의 경험으로 조세핀이라는 아이가 비정상적이라는 사실을 이미 알고 있었던 것 같은 생각이 자꾸 들었다.

조세핀은 정신적인 발달은 퍽 빨랐지만, 그에 비해 도덕관념은 미숙하기 그지없었던 것이다. 소피아가 말한 그 소위 '이 집안 식구들의 잔인함' 등 유전적인 여러 요소들이 조세핀의 핏속에만 유독 몰려든 셈이다.

조세핀은 할머니의 혈통에서 물려받은 거만함과 잔인함, 그리고 자기의 입장에서만 사물을 보는 마그다의 잔인한 이기주의를 한꺼번에 물려받았다. 또 그 애는 필립처럼 감수성이 예민했기 때문에 가족들이 자기를 못난 아이―바꿔치기 못난이로 여기는 것에 대해 괴로워했다. 게다가 그 애의 핏속에는 레오니데스 노인의 비틀리고 괴팍한 기질이 그대로 전해졌던 것이다. 레오니데스의 손녀로서 그 애는 할아버지의 두뇌와 교활함을 물려받았다. 하지만 레오니데스 노인이 다른 가족들과 친구들 등, 주로 외부를 향해 애정을 쏟은 데 비해 그 애의 애정은 오직 자기 자신에게만 쏠렸던 것이다.

나는 죽은 레오니데스 노인이 다른 가족들은 깨닫지 못한 것, 즉 조세핀이라는 아이가 다른 사람은 물론이고 그 애 자신에게도 위험한 존재가 될지 모른다는 사실을 이미 간파하고 있지 않았을까 생각했다. 그가 조세핀을 학교에 보내지 않은 것도 다 그 애가 무슨 짓을 저지를지 불안했기 때문일 것이다. 또한 그 애를 집 안에 가두어 놓고 보호하기 위해서일 것이다.

이제야 나는 레오니데스 노인이 유언장에서 소피아에게 특별히 조세핀만을 부탁했던 이유를 알 수 있었다. 마그다가 갑자기 조세핀을 외국에 보내기로 한 것도 역시―그 애가 갑자기 두려워졌기 때문이 아닐까? 뚜렷한 공포감이라기보다는 모성적인 본능에서 막연하나마 불안을 느꼈을지도 모른다.

그렇다면 에디스 드 하빌랜드는? 처음엔 그저 막연하게 의심했다가 그 뒤엔 불안을 느끼고—마침내 모든 것을 다 알게 된 것이 아닐까? 나는 내 손에 쥔 편지를 읽기 시작했다.

찰스,
이것은 당신에게만 알려 주는 거요—당신이 좋다고만 하면 소피아에게은 알려 줘도 좋아요. 누구든 사실을 알아야 할 테니까—내가 여기 동봉한 조세핀의 작은 노트를 집 뒤에 있는 못 쓰는 개집에서 찾았어요. 그 애가 거기 숨겨놨더군.
이 노트를 보고 나는 그 동안 내가 품어왔던 의심이 진실임을 알았다오. 이제부터 내가 취할 행동이 과연 옳은 건지 그른 건지는 나 자신도 모르겠어요. 하지만 내 목숨이야 이미 다 된 것—그리고 난 그 애가 고통당하는 것을 보고 싶지 않아요. 자신이 저지른 짓에 대해 세상 사람들로부터 욕을 먹게 되면 그 애는 대단한 괴로움을 겪게 될 테니까—한 배에서 낳은 아이들일지라도 '좋지 못한' 애가 끼어 있을 수 있지요.
만일 내가 하는 일이 잘못된 것이라면 신께서 부디 용서해 주시길! 하지만 내가 이런 일을 하는 것은 모두 그 애에 대한 사랑 때문이라오.

　　　　　　　　당신과 소피아 두 사람의 행복을 빌며—
　　　　　　　　　　　　　에디스 드 하빌랜드

나는 잠시 망설이다가 편지를 소피아에게 건넸다. 우리는 얼굴을 맞대고 조세핀의 작고 까만 노트를 펼쳤다.

'오늘 할아버지를 죽였다.'

우리는 계속 페이지를 넘겼다. 그것은 정말 대단한 작품이었다.

심리학자들이 보면 무척 흥미 있어 할 자료일 것이다. 그 노트는 극도로 비뚤어진 이기주의가 너무도 명료하게 표현된 표본이었다. 또한 범죄의 동기도 자세히 적혀 있었는데, 그 동기란 가여울 정도로 어린애답고 얼토당토않은 것이었다.

할아버지가 내게 발레 같은 것을 절대로 못 배우게 했기 때문에 죽이기로 마음을 굳혔다. 할아버지가 죽고 나면 엄마와 나는 런던에 가서 살게 될 테고, 그렇게 되면 엄마는 내가 발레를 배워도 별로 상관하지 않을 것이다.

여기서는 몇 대목만 소개하련다. 모두 중요한 대목들이다.

나는 스위스로 가고 싶지 않다―절대 안 갈 테다! 엄마가 억지로 날 가게 한다면 엄마 역시 죽여버리고 말겠다. 한 가지 걱정인 것은 독약을 얻을 수 없다는 점이다. 하지만 유즈베리 열매로 만들면 될 테지. 책에서 보니까 그 열매는 독성이 있다고 쓰여 있었다.
오늘 유스터스는 나를 무척 화나게 했다. 오빠 말이 나는 아무짝에도 소용없는 계집애며, 나의 탐정놀이도 바보 같은 짓거리라고 하는 것이다. 살인을 저지른 것이 나라는 것을 안다면 날 바보라고는 생각 못할 테지.
찰스는 그런 대로 괜찮다―하지만 그는 좀 멍청하다. 나는 아직도 범인을 누구로 꾸며야 할지 결정하지 못했다. 브렌다 새 할머니하고 로렌스는 어떨까? 사실 브렌다는 나한테 못되게 굴었다. 제정신이 아닌 애라고 하면서―하지만 로렌스는 좋다. 내게 샬롯 코데이의 이야기를 해 주었으니까. 그 여자는 목욕을 하고 있는 사람을 죽였다고 한다. 하지만 그런 것은 별로 영리하지 못한 방법이다.

노트에 적힌 마지막 기록이 이번 일을 보다 분명하게 밝혀 주었다.

난 유모가 싫다……싫어. 정말 밉다! 나보고 조그만 계집애가 뽐내는 것만 좋아한다고 야단치곤 한다―게다가 유모는 엄마를 부추겨 나를 외국에 보내라고 한다. 유모 역시 죽여야겠다. 지금 생각하니 에디스 이모할머니가 쓰는 약이면 될 것 같다. 살인이 또다시 일어나게 되면 경찰은 부랴부랴 다시 올 테고, 일은 다시 흥미진진해질 테지.

유모가 죽었다. 기쁘다. 약병에 아직 알약이 남아 있는데, 그 병을 어디다 감출지는 아직 정하지 못했다. 클리멘시 큰어머니나 유스터스의 방에 감추면 재미있을 것이다. 내가 나중에 나이 들어 죽게 되면 이 노트를 경찰 책임자 앞으로 보내야지. 그렇게 되면 경찰은 내가 얼마나 위대한 범죄자였는지 알게 될 테지―.

나는 노트를 덮었다.
소피아의 눈에서 눈물이 하염없이 흘러내렸다.
「찰스―아, 찰스―이건 너무 끔찍해요. 그 앤 작은 악마였군요. 하지만—하지만 너무나 가여워요.」
 나 역시 그녀의 말에 동감이다.
 나는 조세핀이 좋아졌다. 그리고 진상을 다 안 지금도 여전히 그 애가 좋았다. 좋아하는 사람이 결핵이나 어떤 치명적인 병을 앓는다고 해서 그 사람에 대한 애정이 덜해질 수는 없는 법이다. 조세핀은 소피아의 말대로 작은 악마였지만 그야말로 가엾기 짝이 없는 작은 악마였던 것이다. 작은 '비뚤어진 집'에서 태어난 비뚤어진 아이였다.
 소피아가 물었다.
「만일—만일 그 애가 살아 있었다면—어떻게 되었을까요?」
「감화원이나 특수학교로 보냈겠지. 그 뒤에 풀려나올 수도 있고—그렇지 않으면 금치산자라는 낙인이 찍힐 수도 있고—나로서도 확실히 알 수 없지만.」
 소피아는 몸을 떨었다.
「그래도 그 편이 좋아요. 하지만 에디스 이모할머님은—난 이모할머님이 그 모든 죄를 다 뒤집어쓴 것이 불쌍해요.」
「그분은 용감히 그 길을 택한 거요. 하지만 진상이 세상에 드러나는 일은 없을 테지. 브렌다와 로렌스는 재판에 회부되었다가 불기소 처분으로 풀려날 거요. 그리고 소피아 당신은—.」
 나는 여기서 좀 다른 투로 말하고는 그녀의 손을 잡았다.
「당신은 나와 결혼하는 거요. 마침 페르시아에서 근무하라는 명령을 방금 받았소. 나와 함께 그곳에 가서 삽시다. 그렇게 되면 당신도 이 비뚤어진 집을 잊게 될 거요. 당신 어머니는 연극을 하시고, 아버지는 책을 더 많이 쓰시고, 유스터스는 곧 대학에 갈 테지. 가족들에 대해선 이제 더 이상 염려할 것이 없으니 이제부터는 나만 생각해 줘요.」
 그러자 소피아는 내 눈을 똑바로 들여다보았다.
「찰스, 당신—나하고 결혼하는 게 두렵지 않아요?」
「무엇 때문에? 당신 가족들이 지닌 나쁜 점이란 나쁜 점은 모두 가엾은 조세핀에게 몰려 있었던 거요. 소피아, 당신에게는 레오니데스 가문이 물려준 용감성과 가장 좋은 장점들이 갖추어져 있소. 그렇기 때문에 당신 할아버지도 당신을 높이 평가한 거요. 그분은 혜안이 있으셨어. 그러니 자신감을 가져요, 소피아. 빛나는 미래가 우리 것이니까.」

「예, 그러겠어요, 찰스, 당신을 사랑해요. 당신하고 결혼해서 당신을 행복하게 해드릴게요.」

그리고 나서 그녀는 다시 그 노트를 내려다보았다.

「가엾은 조세핀……」

「그래……정말 가엾어.」

「그래, 진상은 어떻게 된 거냐, 찰스?」

아버지가 물었다.

나는 아버지에게 거짓말을 한 적이 한 번도 없었다.

「에디스 드 하빌랜드도 아니었어요, 아버지. 조세핀이었어요.」

아버지는 천천히 가볍게 고개를 끄덕였다.

「그래, 나도 얼마 동안은 그렇게 생각했었지. 가여운 아이로구나……」

〈끝〉

■ 작품 해설 ■

여기 소개하는 《비뚤어진 집」(Crooked House, 1949)》은 애거서 크리스티(Agatha Christie, 영국, 1891~1976)의 50번째 추리소설이며 39번째 장편이다.
이 소설은 애거서 크리스티 자신이 뽑은 베스트 10에 들어간다. 그 열 개의 작품을 발행 연도순으로 나열하면 다음과 같다.

· 애크로이드 살인사건(The Muder of Roger Ackroyd, 1926)
· 화요일 클럽의 살인((英)The Thirteen Problems, (美)The Tuesday Club Murders, 1932)
· 오리엔트 특급살인((英)Murder on the Orient Express, (美)Murder in the Calais Coach, 1934)
· 그리고 아무도 없었다((英)Ten Little Niggers, (美)And Then There were None, Ten Little Indians, 1939)
· 움직이는 손가락(The Moving Finger, 1942)
· 0시를 향하여(Towards Zero, 1949)
· 예고살인(A Murder is Announced, 1950)
· 누명(Ordeal by Innocence, 1958)
· 끝없는 밤(Endless Night, 1967)

《비뚤어진 집》은 《죽음과의 약속(Appointment with Death,1938)》이나 《크리스마스 살인((英)Hercule Poirot's Christmas, (美)Murder for Christmas)》과 마찬가지로 대가족간의 갈등을 주제로 한 소설이다.
그것도 모두 많은 재산과 함께 강한 개성을 소유한 가장이 살해됨으로써 벌어지는 홈 머더(Home Murder), 즉 대가족 내부의 살인사건인 것이다.

  이 작품에서 크리스티 여사는 머더 구즈(Mother Goose; 엄마 오리)의 동요를 사용했는데, 머더 구즈의 동요는 많은 추리소설에서 사용되고 있어 추리 독자들에게는 낯설지 않다. 《머더 구즈 동요집》은 영국의 전래 동요를 모은 동요집으로서 작자는 미상이다.